LA
RAGAZZA
SENZA NOME

LIBRI DI LISA REGAN

In lingua italiana

Le ragazze svanite

La ragazza senza nome

La sua tomba nascosta

In lingua inglese

Detective Josie Quinn

Vanishing Girls

The Girl With No Name

Her Mother's Grave

Her Final Confession

The Bones She Buried

Her Silent Cry

Cold Heart Creek

Find Her Alive

Save Her Soul

Breathe Your Last

Hush Little Girl

Her Deadly Touch

The Drowning Girls

Watch Her Disappear

Local Girl Missing

The Innocent Wife

Close Her Eyes

My Child is Missing

LISA REGAN

LA RAGAZZA SENZA NOME

Tradotto da
Alessandro Cataoli & Pietro Negri

bookouture

*A mio fratello, Andrew Brock,
per avermi dimostrato che si può sempre riscrivere la propria
storia!*

UNO

NEWS 5 – Akron, Ohio
27 ottobre 2016

Adolescente del posto muore investito

*Un ragazzo di diciannove anni è morto questa notte
dopo essere stato investito da un pirata della strada a
Highland Square. L'adolescente è stato trovato sulla
strada poco dopo le 5:00 del mattino da un residente che
portava a spasso il cane. All'Akron General Medical
Center, dove è stato trasportato, non hanno potuto fare
altro che dichiararne il decesso. Il nome del giovane non
è stato reso noto in attesa di informare la famiglia. Non
c'erano telecamere di sorveglianza vicino all'incrocio in
cui si è verificato l'incidente. La polizia invita chiunque
abbia informazioni a farsi avanti.*

DUE

LUNEDÌ

Il televisore rimbombava dal salotto. Josie riusciva a sentirlo dalla sua camera al secondo piano, anche con la porta chiusa. Quando le giunsero le prime note della sigla del notiziario dell'emittente locale WYEP, sospirò, prese le riviste specializzate in organizzazione di matrimoni dal comodino e si diresse al piano di sotto.

Luke, il suo fidanzato, era disteso sul divano, la figura alta e muscolosa occupava quasi tutto lo spazio. Sulle ginocchia teneva un contenitore da asporto, da cui attingeva ingozzandosi di patatine fritte. Teneva entrambi i piedi appoggiati sul tavolino, sfiorando la pila di esempi di partecipazioni di nozze che lei aveva cercato di fargli guardare nelle ultime due settimane. I suoi occhi erano incollati alla televisione, dove il notiziario delle dodici trasmetteva ininterrottamente il processo al killer dell'Interstatale, iniziato quella mattina.

«Luke, puoi abbassare un po' il volume?»

Lui non la guardò nemmeno. Josie posò la pila di riviste sul tavolino e si sedette accanto a lui, sfiorandogli la coscia con la sua. Lui continuava a tenere lo sguardo fisso sul televisore: la reporter Trinity Payne si trovava fuori dal tribunale della contea di Alcott, parlava con sicurezza al microfono mentre la brezza le sollevava i capelli scuri. «L'arringa d'apertura del processo contro il killer dell'Interstatale, Aaron King, doveva avere luogo questa mattina. Tuttavia, secondo quanto riferito, poche ore fa King si sarebbe spaccato un labbro contro il lavandino della sua cella in seguito a una caduta. I funzionari del penitenziario ci dicono che ha avuto bisogno di diversi punti di sutura.»

Luke sbuffò e si infilò in bocca un'altra patatina. «Caduto. Ci scommetto che è caduto.»

«Io scommetto sulle guardie.» disse Josie, cercando di coinvolgerlo in una conversazione. Ultimamente il caso King era uno degli argomenti preferiti di Luke, ma ora sembrava non ascoltarla. Lei si guardò intorno. «Mi hai preso il cheeseburger?»

Nessuna risposta. Dalle profondità dei cuscini, lui tirò fuori il telecomando e lo puntò al televisore per alzare ancora di più il volume.

«Luke?» chiamò Josie, ma lui la liquidò con un gesto della mano.

Con gli occhi blu che baluginavano dallo schermo, Trinity Payne continuava: «Si ritiene che Aaron King sia responsabile di una trentina di omicidi avvenuti nello Stato della Pennsylvania negli ultimi quattro anni, anche se le autorità investigative sono riuscite a collegare il suo DNA solo a otto di questi omicidi, il più recente dei quali è avvenuto proprio qui nella Contea di Alcott.»

«Avrei dovuto essere io ad arrestarlo.» disse Luke sottovoce.

Era un ritornello familiare. Un anno prima, il killer dell'Interstatale era stato arrestato da un agente della Polizia di Stato che lo aveva fermato per un controllo di routine. King stava sfrecciando lungo la Route 80 nella Pennsylvania centrale, in un tratto di autostrada di solito pattugliato da Luke. Ma quella sera aveva fatto un cambio turno con un collega per poter andare a cena con Josie e sua nonna, Lisette, che compiva gli anni. Così il collega di Luke si era preso tutta la gloria e le fanfare per la cattura del serial killer che aveva terrorizzato lo Stato per quasi quattro anni.

«Sono contenta che non ci fossi tu. Potevi essere ucciso.» sottolineò Josie, stringendogli delicatamente la coscia. Lui la allontanò di scatto.

Lei ritrasse la mano e sentì il familiare pizzico delle lacrime dietro gli occhi, che respinse sbattendo le palpebre. Non avrebbe dovuto sentirsi rifiutata perché erano mesi che andava avanti così, ma non poté farci niente.

«Luke.» disse prendendogli il telecomando di mano e abbassando il volume.

«Ehi!» protestò lui, degnandola di uno sguardo per la prima volta in tutta la giornata.

Lei forzò un sorriso. «Pensavo che oggi avremmo passato un po' di tempo insieme. Solo io e te. Niente lavoro, niente distrazioni.»

«Sono qui.» disse lui.

No, non sei qui, pensò lei. Il suo sguardo era già tornato alla televisione.

Prese dal tavolino una copia delle partecipazioni di matrimonio. «Pensavo che avremmo potuto parlare di questi. Tua sorella ce li ha mandati per darci un'occhiata.»

«Davvero?» sbottò lui.

«Oh, beh, non dobbiamo usare per forza gli inviti che ci ha mandato Carrieann. Possiamo trovarne altri online. Prendo il mio portatile.»

«Ti prego, Josie, non ora.»

Fissandolo, sentì il corpo irrigidirsi. «Oh, va bene. Allora, magari, potremmo ...»

«Senti, oggi volevo solo rilassarmi, okay?»

«Certo, sì» acconsentì Josie. «In effetti non abbiamo avuto molto tempo per rilassarci insieme ultimamente.» Le sue mansioni di capo della polizia di Denton le portavano via molto più tempo di quanto avesse mai immaginato. Viveva con un costante senso di colpa. Sapeva che molti dei problemi che Luke stava affrontando non avevano nulla a che fare con lei, ma non riusciva a togliersi dalla testa la sensazione che, se avesse avuto più tempo per lui, forse non si sarebbe allontanato da lei ogni giorno di più.

Gli si accostò più vicino, appoggiandosi al suo fianco, ma lui si scostò, rovistando sul fondo del contenitore delle patatine da asporto. Gettò la scatola vuota sull'altro lato del divano e Josie alzò un sopracciglio. «Vuoi che te la butti via?» chiese con piglio deciso.

«Ti ho preso un hamburger» disse lui, come se non avesse sentito una sola parola di quello che gli aveva detto negli ultimi cinque minuti. «È in cucina.» Fece cenno verso il televisore. «Shh. Lo stanno portando in tribunale.»

Con un pesante sospiro, Josie riportò lo sguardo sullo schermo. Sentì il mugugno appena udibile di Luke mentre gli agenti dello sceriffo conducevano King dall'auto al tribunale con una giacca in testa. «Non vogliono far vedere com'è ridotto il suo labbro.» disse Luke.

A beneficio dei telespettatori, la WYEP mostrò sullo schermo la foto segnaletica di King: era giovane, appena ventitreenne, pallido, i capelli castani e la barba incolta e selvaggia. Aveva un naso lungo e stretto che si arricciava leggermente sulla punta e occhi scuri che sembravano penetrare lo schermo. Ogni volta che vedeva una sua foto, le venivano i brividi. Era contenta che non fosse stato Luke a arrestarlo; King aveva inseguito con un machete il poliziotto che lo aveva fermato, un dettaglio che Luke trascurava ogni volta che si lamentava dell'enorme sfortuna di non essere stato presente.

Secondo Josie, Luke aveva avuto abbastanza traumi da bastargli per tutta la vita, senza aggiungere alla lista un'aggressione con machete. Un anno e mezzo prima gli avevano sparato e ci aveva quasi rimesso la pelle per aver aiutato Josie a risolvere un caso sulla scomparsa di alcune ragazze di Denton.

Ma non era questo che lo aveva trasformato da fidanzato affettuoso, bonario e appassionato nell'estraneo apatico che aveva davanti: quattro mesi prima era andato a casa del suo amico Brady per vedere una partita dei playoff della National Hockey League e aveva scoperto che Brady aveva sparato alla moglie Eva e poi si era tolto la vita in un omicidio-suicidio. I Conway vivevano nella cittadina di Bowersville, fuori dalla giurisdizione di Josie - quindi lei non aveva seguito gli sviluppi dell'inchiesta - ma da allora Luke non era stato più lo stesso. Era come se con quel gesto Brady Conway avesse portato con sé una parte di Luke, e Josie non era sicura che l'avrebbe mai riavuta. Per quanto ci provasse, non riusciva più a comunicare con lui. Ogni giorno la distanza, la tristezza e l'incertezza di Josie aumentavano.

«Un serial killer in carne e ossa» disse Luke. «Avrei potuto arrestarlo io. Quante persone possono dire di aver arrestato un serial killer?»

Josie poteva. «Non è tutto oro quello che luccica.» disse. Prese ancora una volta il telecomando e spense il televisore.

«Luke, abbiamo del tempo per stare insieme oggi. Pensavo davvero che avremmo potuto...»

Si tirò su, avvampando di rabbia. «Ehi, lo stavo guardando.»

Le strappò il telecomando di mano e riaccese il televisore, alzando di nuovo il volume.

Josie disse: «Luke, sto cercando di parlare con te.»

Gli occhi di Luke rimasero incollati allo schermo. «Di cosa?»

«Di qualsiasi cosa tu voglia parlare.»

Lo sguardo di Luke passò sul tavolino per poi incontrare il suo. «Ti prego, Josie, sono stanco.»

Lei stava per replicare, ma lui era di nuovo assorto dalla trasmissione WYEP, lontano un milione di miglia da lei anche se c'erano solo pochi centimetri tra di loro. Non era la prima volta che si chiedeva cosa gli fosse successo. La sua tenerezza, il suo innato senso di cavalleria e la sua assoluta normalità erano le cose di lui che l'avevano attratta. Sapeva che questi momenti di distacco non la riguardavano. Lo capiva. Ma non era sicura di quanti ancora ne avrebbe potuti sopportare.

Gli aveva suggerito di rivolgersi a un terapeuta; era chiaro che non aveva elaborato quello che era successo ai suoi amici e sospettava che incolpasse se stesso: se fosse arrivato qualche minuto prima, forse avrebbe potuto evitare quanto accaduto.

Il suo cellulare squillò nel freddo silenzio che li separava ed entrambi volsero la testa in direzione della suoneria: lo aveva lasciato sul tavolo dell'ingresso. «Devo rispondere.» disse a bassa voce.

Attraversò la stanza, prese il telefono e lo appoggiò all'orecchio. «Josie.» disse. Era il tenente Noah Fraley, il suo secondo in comando.

«Boss. Abbiamo un problema. Credo che dovresti raggiungermi subito.»

Non gli chiese il perché. Si limitò a dire «Okay.» e ascoltò Noah che le comunicava un indirizzo che sapeva di conoscere, ma in quel momento non ricordava perché. Riattaccò e prese la giacca dall'armadio.

«Josie?» la chiamò Luke dal soggiorno.

«Devo andare al lavoro.» rispose lei.

TRE

Non si era resa conto di quanto fossero tesi i muscoli delle spalle finché non si trovò a un chilometro da casa e il suo corpo cominciò finalmente a rilassarsi. Sapeva che non avrebbe dovuto nascondersi dietro al lavoro, ma era l'unico posto in cui sentiva di avere il controllo della situazione. Ma il suo sollievo si dissipò rapidamente quando arrivò all'indirizzo che Noah le aveva fornito e improvvisamente capì perché le era sembrato così familiare.

Noah si trovava fuori dalla grande casa vittoriana, con uno sguardo cupo e fisso; al suo fianco uno dei suoi agenti di pattuglia teneva in mano una cartellina e sorvegliava la porta d'ingresso. «Abbiamo una scena del crimine?» gli chiese Josie.

Noah annuì.

«Avete già delimitato il perimetro?»

«Sì. Ho mandato qualcuno a controllare anche il retro. Tutti i punti di ingresso sono coperti.»

«È... è morta?»

In tutta onestà, Josie non sapeva come si sarebbe sentita se Noah le avesse detto che Misty Derossi era morta. Non era un segreto che Josie la detestava: da quando aveva scoperto che il suo defunto marito, Ray, andava a letto con una spogliarellista, notoriamente promiscua, le era stato difficile accettarlo, ma dopo che Ray le aveva confessato di essersene innamorato, tutto era cambiato.

«No» rispose Noah. «Almeno, non ancora. I paramedici l'hanno già portata in ospedale. Ho mandato qualcuno per riferirci le sue condizioni. Una vicina l'ha trovata priva di sensi. Non vedeva Misty entrare o uscire da qualche giorno ed è venuta a controllare. Ha bussato ma non ha ricevuto risposta, quindi è andata sul retro e ha detto di aver trovato la porta parzialmente aperta. È entrata e ha trovato Misty svenuta sul pavimento del soggiorno. Poi ha chiamato il 911. Misty è stata massacrata. La maggior parte della casa è intatta, ma il soggiorno è un disastro. Lo vedrai.»

Josie cercò di calmarsi un momento, decidendo di mettere da parte i suoi sentimenti personali e di trattare il caso come qualsiasi altro. Passò davanti a Noah, che la seguì, mentre faceva un cenno all'agente di pattuglia; lo vide annotare il suo nome sul verbale di sopralluogo. Appena oltre la porta d'ingresso, uno degli agenti della Scientifica aveva allestito una piccola area con il materiale necessario.

La città di Denton si estendeva per circa venticinque miglia quadrate, molte delle quali sulle montagne selvagge della Pennsylvania centrale, con strade tortuose a una corsia, fitti boschi e residenze rurali sparse in lungo e in largo. Con una popolazione che superava i trentamila abitanti, non era abbastanza grande da avere una vera e propria unità di analisi delle scene del crimine, ma aveva un piccolo contingente di agenti appositamente addestrati alla raccolta delle prove e alla conservazione della scena: la Squadra della Scientifica.

Alla postazione operativa, Josie e Noah indossarono le tute in Tyvek con soprascarpe, cappucci e guanti in lattice. «C'è qualcuno che sta facendo il giro del vicinato?» chiese Josie. «Per sapere se qualcuno ha visto qualcosa?»

«Sì» rispose Noah. «Ho mandato due agenti a fare un controllo.»

Seguendo Noah all'interno della casa di Misty, vide che lui aveva ragione: le stanze, squisitamente arredate e accuratamente allestite, sembravano intatte. Josie e Noah erano già stati in quella casa una volta, quasi due anni prima, quando Misty era scomparsa dopo la morte di Ray. Il mobilio era d'epoca ed elaborato, e sembrava tanto scomodo quanto lussuoso. Evidentemente, ballare nello strip club locale era estremamente redditizio.

«Come ho detto, è quasi tutto al suo posto.» disse Noah mentre percorrevano il corridoio del piano terra.

«Hai detto che la vicina ha trovato la porta sul retro socchiusa.» disse Josie. «Ci sono segni di effrazione?»

Noah scosse la testa. «No. O Misty l'ha lasciata aperta o ha fatto entrare il suo aggressore.»

«Finestre rotte?»

«Nessuna.»

«L'auto di Misty?»

«Parcheggiata nel garage sul retro.»

Noah si fermò sulla soglia di un salotto sul retro della casa. Fece un cenno con la mano per indicarle di entrare per prima. «Sei pronta? Attenta a dove metti i piedi.»

Josie inghiottì un gemito quando entrò nella stanza. Nel soggiorno, un tempo immacolato, sembrava fosse passato un tornado; il pavimento in parquet coperto di vetri, schegge di legno e mobili distrutti; il tappeto a motivi floreali azzurro chiaro imbrattato di sangue; a pochi metri di distanza, un tavolino di legno giaceva spaccato a metà con un ciuffo di capelli biondi che pendeva dalle frastagliature del legno rotto. Josie contò intorno a lei tre grandi lampade in frantumi, i vetri dipinti a mano sparsi per la stanza. Alla sua sinistra un'intera porzione di parete color crema, era stata danneggiata da un urto così violento da sbriciolare il cartongesso. Josie fece qualche passo più attento nella stanza e un piccolo oggetto bianco accanto a uno dei contrassegni per le prove attirò la sua attenzione. Si inginocchiò e lo indicò.

«Mio Dio!» esclamò. «È un dente quello?»

Sentì Noah prendere fiato. «Sì» disse. «I paramedici hanno detto che Misty ha perso uno degli incisivi superiori.»

Distolse lo sguardo per esaminare il resto della stanza e contò tre dei suoi agenti al lavoro: uno cercava di rilevare impronte su pareti e mobili, un altro passava l'aspiratore sulle fibre del tappeto rotondo di moquette al centro della stanza e il terzo fotografava ogni dettaglio passando tra i contrassegni di plastica gialli per le prove che erano stati collocati in tutta la stanza. Proprio come Josie e Noah, indossavano tute bianche e procedevano a passi lenti e attenti, come se stessero camminando su una lastra di ghiaccio sottile. Alzarono lo sguardo verso di lei quando si sentirono osservati.

«Boss.» la salutò l'agente con il piccolo aspirapolvere portatile.

Lei gli fece un cenno e lui passò dal tappeto a una spessa coperta di pile bianca abbandonata sul pavimento. La indicò e il fotografo si avvicinò e scattò diverse foto. Poi la coperta fu stesa e passata con l'aspiratore per individuare eventuali peli o fibre rimaste su di essa. L'impronta di una mano insanguinata ne deturpava la superficie bianca e pulita: era di Misty, a giudicare dalle dimensioni.

Poi qualcos'altro attirò lo sguardo di Josie, che indicò l'oggetto accanto al divano.

«Noah, che diavolo è quello?»

QUATTRO

La sdraietta a dondolo per bambini era di un grigio tenue con pois pastello verdi e gialli. Era riversata su un fianco e la giostrina che normalmente pendeva dalla barra a U sopra la seduta era stata staccata, con i suoi animali di peluche tristemente sparsi sul pavimento. Accanto alla sdraietta c'erano un piccolo elefante di pezza e una coperta verde stropicciata, grande abbastanza per avvolgere un neonato.

«C'era un bambino? Ha avuto un bambino? È...?»

«Il bambino non è qui.» disse rapidamente Noah.

Questo non placò la terribile sensazione di ansia che la prese allo stomaco.

«Non sapevo nemmeno che fosse incinta.»

Noah annuì. «La vicina ha detto che Misty avrebbe dovuto partorire da un giorno all'altro. In base a ciò che abbiamo trovato nel bagno del piano di sopra, crediamo che abbia partorito qui a casa. Ma non c'è traccia del bambino. Abbiamo trovato un cane chiuso nel seminterrato, che abbaiava all'impazzata. La vicina ha detto che può occuparsene lei finché non si risolverà la situazione.»

«Quando ha partorito?»

«Non lo sappiamo, ma direi negli ultimi due giorni. La vicina dice di aver visto Misty ancora col pancione quattro giorni fa.»

«Pensi che fosse sola quando ha partorito?»

«Non credo. Vieni di sopra.»

Josie seguì Noah su per le scale e lui la condusse davanti a una stanza che Misty aveva evidentemente preparato come nursery. Josie diede un'occhiata all'interno: le pareti erano dipinte di giallo con animali che vi danzavano sopra; il cassettone, il fasciatoio e la culla sembravano tutti acquistati di recente. Se Misty aveva davvero partorito nelle ultime ventiquattro o quarantotto ore, non aveva avuto il tempo di usare nulla di tutto ciò.

Noah la condusse oltre la nursery fino alla camera da letto principale e la prima cosa che la colpì fu l'odore: sudore stantio, uno strano odore dolce che non riusciva a definire e un leggero odore ramato che riconosceva come sangue. La stanza era sottosopra. L'enorme letto, adagiato su un telaio di mogano finemente intagliato, era ricoperto di asciugamani e lenzuola stropicciate e il copriletto era buttato sul pavimento. Asciugamani, strofinacci e lenzuola appallottolati formavano una fila che arrivava fino al bagno adiacente, quasi tutti ricoperti di sangue secco.

«Abbiamo già raccolto tutte le prove in questa stanza, quindi puoi muoverti liberamente.» le disse Noah.

Josie entrò nel bagno principale. «Ha partorito qui.»

«Sì.» disse Noah.

Josie non sapeva molto di parti, ma immaginava che Misty dovesse essere stata aiutata.

«Dov'è il suo telefono?» chiese Josie.

«Non l'abbiamo trovato.»

«La vicina ha visto qualcuno entrare o uscire? Avete interrogato per prime le persone che abitano più vicino, giusto?»

«Sì. Ho parlato con loro personalmente.»

«Hanno notato nessuno? Magari con un bambino in braccio? Qualche veicolo sconosciuto?»

«Nessuno ha visto niente.» disse Noah.

«Dobbiamo emettere immediatamente un'allerta AMBER.»

«In base a cosa?»

«Le allerte AMBER servono a informare la comunità della scomparsa o del rapimento di un minore di diciotto anni e del pericolo che corre. Questa situazione è conforme ai criteri. Se il neonato non è qui e non è con la madre, dobbiamo considerarlo come un rapimento. Non voglio correre rischi, non con un neonato.»

«Boss, non sappiamo nemmeno se è maschio o femmina.»

«Allora bisogna scoprirlo. Qualcuno deve parlare con il suo ginecologo. Che ne è della sua migliore amica? Quella che ci ha chiamato quando è scomparsa l'ultima volta?»

«L'ho già chiamata.» disse Noah. «Ho trovato sul frigorifero il biglietto da visita di un ginecologo locale e ho mandato Gretchen al suo ambulatorio per vedere cosa poteva scoprire.»

«Bene.» disse Josie.

Gretchen Palmer era la detective nominata dal dipartimento. Josie l'aveva assunta poco dopo essere diventata capo della polizia, avendo bisogno di un detective che la sostituisse. Gretchen aveva circa quarant'anni e per la maggior parte della sua carriera aveva prestato servizio come detective a Philadelphia. Era esperta, senza fronzoli, e rappresentava una vera risorsa per la squadra.

Noah si acciglio. «Non abbiamo foto, né veicoli, né testimoni.»

«Lo so. Non è molto su cui basarsi.» convenne Josie. «Cerchiamo almeno di scoprire il sesso il più rapidamente possibile prima di dare l'allarme. E il padre?»

«Secondo la vicina, Misty non ha voluto parlare di lui con nessuno.»

«Quindi è possibile che si tratti di una vicenda familiare e che sia stato il padre a prendere il bambino.» disse Josie. «Dobbiamo scoprire chi è. Dobbiamo anche capire chi l'ha aiutata a partorire e se aveva intenzione di farlo in casa.»

«Boss? Tenente Fraley?» chiamò una voce dal piano di sotto. Riconobbe che si trattava dell'agente di guardia appostato all'esterno della casa. «C'è qualcuno che vuole parlarvi.»

CINQUE

Sulla veranda di Misty, una donna sui venticinque anni camminava le braccia strette intorno a sé. Indossava jeans blu scuro con i risvolti ben arrotolati, un paio di sandali con il cinturino, e un maglione nero su una maglietta bianca. La sua pelle aveva la tonalità arancione carico di un abbronzante spray, che si sposava con i capelli neri che le scendevano a onde lungo la schiena. Quando vide Josie e Noah si precipitò verso di loro, aprendo le braccia come se stesse per abbracciare uno dei due o entrambi, ma poi si tirò indietro, avvolgendo di nuovo le braccia intorno a sé.

«Posso aiutarla?» chiese Noah, togliendosi il copricapo usa e getta.

Per un attimo gli occhi della donna furono attratti dai folti capelli castani di Noah. Josie dovette ammettere che, dopo aver tolto il cappuccio, apparivano ancora più scompigliati di quanto non fossero prima di indossarlo.

«Miss?» disse Josie.

La ragazza accennò un sorriso incerto, scrutando brevemente Josie. «Mi chiamo Brittney. Mi ha chiamato il tenente Fraley. Sono la migliore amica di Misty. Sta... sta bene?»

Noah si tolse i guanti di lattice e allungò una mano, che Brittney strinse. «Sono io» disse. «Miss Derossi è viva ma versa in gravi condizioni. Ora è in ospedale. Non abbiamo ancora notizie sul suo stato; una vicina l'ha trovata priva di sensi.»

Brittney si portò una mano alla bocca. «Oh, mio Dio. Il bambino sta bene?»

Noah guardò Josie. «Brittney» disse Josie. «Il bambino è scomparso.»

Brittney sussultò. «Cosa? Come sarebbe a dire che è scomparso? È nato quindi?»

«Sa se Misty doveva avere un maschio o una femmina?» chiese Josie.

«Un maschio. Oh, mio Dio, dov'è?»

Josie ignorò la domanda, ponendo invece la propria. «Quando è stata l'ultima volta che ha sentito o visto Misty?»

Brittney si portò una mano al petto. «Non lo so. Forse quattro, cinque giorni fa. Viaggio per lavoro, quindi sono stata fuori città. Le avevo detto che sarei tornata per la data del parto. Le avevo mandato un paio di messaggi ieri e il giorno prima, ma non mi aveva risposto. Non mi sono preoccupata. A volte, quando è stanca o si sente davvero uno schifo, ci mette una vita a rispondere ai messaggi.»

«Quando era previsto il parto?» si informò Josie.

«Domani. Sono tornata oggi proprio per questo.»

«Di cosa si occupa?» chiese Noah.

«Lavoro come rappresentante per un'azienda farmaceutica. Aspetti... quando ha avuto il bambino?»

«Nelle ultime ventiquattro-quarantotto ore, a giudicare dalle condizioni del bagno.»

Dal volto di Brittney svanì il colore. «Le condizioni del bagno?»

«Ha partorito in casa.» disse Josie. «Brittney, sa se... aveva un'ostetrica a cui rivolgersi?»

Brittney riprese a camminare su e giù. «No. No, non ce

l'aveva. Stava per andare in ospedale. Non capisco. Non mi ha chiamato. Chi c'era qui?»

«Speravamo che lei potesse aiutarci.» disse Noah.

«Brittney» intervenne Josie. «Misty le ha detto chi è il padre del bambino?»

«No, è un grande segreto. Non ha voluto dirlo nemmeno a me. Non lo sa nessuno. Ha detto che forse me lo avrebbe detto dopo la nascita del bambino.»

«Perché avrebbe dovuto tenerlo segreto?»

Brittney scrollò le spalle. «Non lo so. Le ho detto che chiunque fosse, non rappresentava un problema... cioè, non per me. Era molto sensibile su questa faccenda. Sapete, ha avuto una gravidanza extrauterina quando aveva circa vent'anni che le ha quasi distrutto l'utero. Mi ha sorpresa che fosse riuscita a rimanere incinta, perché i medici le avevano detto che non poteva. È stato come un miracolo. Così, scherzando, le ho detto che dovevo assolutamente sapere chi fosse l'uomo che finalmente ce l'aveva fatta, ma lei non me l'ha voluto dire. Ha solo detto che c'erano alcune cose che doveva mettere in ordine prima di iniziare a parlarne.»

«Per esempio?» chiese Josie.

«Non lo so. Era strano, capite? Non ha proprio voluto dirmelo. Siamo amiche dall'asilo. All'inizio la punzecchiavo molto, ma poi ho smesso perchè ogni volta che ne parlavo lei si arrabbiava parecchio.»

Josie si accigliò. «È possibile che la gravidanza sia stata il risultato di un incontro non consensuale?»

Brittney smise di camminare e fissò Josie. «Cosa? Intende uno stupro?»

«Sì. Glielo avrebbe detto?»

«Non lo so. Sì, ogni tanto aveva qualche problema con i clienti dove lavorava... Sapete che lavorava al Foxy Tails, vero?»

«Sì.» disse Noah.

«Beh, gli uomini erano sempre ossessionati da lei. Voglio

dire, era davvero brava nel suo lavoro. Venivano sera dopo sera per vederla ballare. Aveva un sacco di clienti abituali che pagavano un extra per i balli privati.»

«Ha avuto relazioni con molti di quegli uomini, non è vero?» Josie chiese con tono deciso, ignorando lo sguardo che Noah le lanciò.

Brittney annuì. «A Misty piaceva divertirsi. Voglio dire, c'era un uomo con cui faceva davvero sul serio. Ray Quinn. Era un poliziotto. Oh...» Brittney si interruppe e sorrise imbarazzata. «Immagino che lo sappiate già.»

Josie si rese conto che Brittney non aveva idea di chi fosse. Non si erano mai incontrate, ma Josie era apparsa spesso in televisione negli ultimi diciotto mesi in qualità di capo della polizia. Una delle cose che detestava della sua nuova posizione. Naturalmente, con i lunghi capelli scuri che portava sotto il cappuccio che aveva indossato prima di entrare sulla scena del crimine, Brittney probabilmente non l'aveva riconosciuta. Così disse: «Conoscevamo Ray.»

Sentì gli occhi di Noah penetrarla, ma non lo guardò.

Brittney disse: «Sì, beh, faceva sul serio con lui. Stavano per sposarsi. Voleva davvero sistemarsi e diceva sempre che lui era il tipo di ragazzo con cui avresti voluto creare una famiglia. Era l'amore della sua vita. Quello giusto, insomma.»

Josie sentì una piccola pugnalata proprio sotto il diaframma. Per una frazione di secondo, l'aria rimase intrappolata nella gola e non riuscì a farla uscire. Lo sapeva. Lo sapeva proprio perché Ray era stato l'amore della sua vita. Anche per lei era stato "quello giusto". Misty era stata solo un puntino sul radar affettivo di Ray. Si erano frequentati solo per circa un anno dopo la rottura del matrimonio di Josie e Ray; lui non aveva mai firmato le carte del divorzio. Anzi, si era rifiutato di firmarle. Non solo, ma Josie sapeva, per ammissione della stessa Misty, che in quel periodo era andata a letto anche con il migliore amico di Ray.

Prima che Josie potesse puntualizzarlo, Noah chiese: «È uscita con qualcuno dopo la morte di Ray?»

Brittney scosse la testa. «Non che io sappia... cioè, non seriamente.»

Josie si mise una mano sul fianco. «Dobbiamo sapere con chi andava a letto dopo la morte di Ray.»

Brittney fissò Josie e un lieve rossore le spuntò sulle guance arancioni. «Oh, beh, posso dirne qualcuno...»

«Qualcuno?» disse Noah, a voce non abbastanza bassa.

«Beh, sì, li... c'erano... Misty non aveva un fidanzato serio oltre a Ray, ma aveva sempre degli uomini, capite?»

«Come sarebbe a dire che aveva degli uomini?» domandò Josie.

Brittney alzò le spalle. «Beh, c'erano molti uomini interessati a lei. Le piacciono le attenzioni. Per alcuni di loro si sentiva in colpa e così, sapete, si concedeva delle scappatelle. Molti ragazzi erano ossessionati da lei, ma lei non faceva mai sul serio con loro. Dovete capire che l'unica relazione che Misty considerava monogamica era il matrimonio. Ecco perché aveva programmato di smettere di lavorare e di non vedere tutti gli altri dopo aver sposato Ray.»

«Ma è andata a letto con uomini sposati» disse Josie. «È possibile che il padre del bambino sia sposato e che per questo abbia pensato che la gente l'avrebbe giudicata?»

Un'altra alzata di spalle. «Beh, può darsi, ma credo che me l'avrebbe detto lo stesso. Insomma, sapevo di molti uomini sposati con cui andava a letto, quindi non sarebbe stata una grande sorpresa se il padre fosse stato uno di loro. Probabilmente me lo avrebbe detto comunque.»

Noah guardò verso l'alto e Josie capì che stava facendo dei calcoli a mente. «Dovrebbe essere rimasta incinta verso dicembre, probabilmente la prima o la seconda settimana... Riesce a ricordare qualcosa di quel periodo? Ricorda se si è mai comportata in modo strano? O che fosse turbata o riservata?»

Brittney si sfiorò il mento pensierosa. «No. Semmai in quel periodo sembrava felice. Ricordo di aver pensato che fosse strano, perché mancava poco alle feste, e quello era il primissimo Natale senza Ray e poi c'era tutto il resto. Credevo fosse molto depressa. In realtà non la vedevo perché ero via per un corso di formazione professionale, ma ci scrivevamo e ci telefonavamo. Ricordo di essermi sentita sollevata che non si fosse suicidata. Ricordo che al liceo era stata...»

Brittney si fermò bruscamente.

«Era stata aggredita quando eravate al liceo?» Josie la incalzò.

Lo sguardo di Brittney cadde a terra. «Non dovrei parlarne. Non spetta a me... Non ha mai voluto affrontare l'argomento. Me l'ha accennato, ma niente di più. Era stravolta, però. Lo fu per mesi.»

«L'ha denunciato?» chiese Josie.

«No, no. Era un ragazzo con cui si vedeva e lei disse che sarebbe stata la sua parola contro quella di lui. Pensava che nessuno l'avrebbe presa sul serio. Smise di vederlo, ovviamente. Ma dopo è stata incasinata per molto tempo. Non era più così quando è rimasta incinta. Era davvero felice.»

«Ma non le ha voluto parlare del padre.» disse Noah. Non era una domanda.

Brittney alzò le spalle. «Credo che alla fine l'avrebbe fatto, una volta sistemato tutto quello che c'era da sistemare.»

«Avremo bisogno di quei nomi» le disse Josie. «Degli uomini che frequentava, tutti quelli che ha visto dopo la morte di Ray, anche quelli che frequentava prima che Ray morisse.»

Noah prese un taccuino e annotò i nomi mentre Brittney li elencava. Josie riconobbe alcuni di loro. «Fa' controllare tutti i loro alibi nelle ultime quarantotto ore.» disse a Noah.

Annuì e tornò a guardare Brittney. «Qualcun altro? Le viene in mente qualcos'altro che potrebbe essere importante?

Ha accennato ai clienti del Foxy Tails. È possibile che uno di loro si sia preso una cotta per Misty tanto da aggredirla?»

«Non saprei. Tutto è possibile. Nel corso degli anni ha avuto sicuramente degli stalker. Nessuno che sia mai diventato violento, però. Dovreste parlare con il suo capo, Butch. Lui ne saprà più di me.»

«Certo.» disse Noah.

«Un'ultima cosa» disse Josie. «Ha detto che Misty sapeva che avrebbe avuto un maschio. Aveva già scelto il nome?»

Brittney sorrise. «Sì. Victor Raymond. Carino, vero?»

SEI

Josie rimase a guardare dalla veranda mentre Brittney si allontanava con la sua Toyota Camry vecchio modello, diretta all'ospedale per sedersi al capezzale di Misty. Il nome la infastidiva. Il nome Raymond le faceva male, certo, ma aveva conosciuto un solo Victor in tutta la sua vita, ed era stato malvagio fino al midollo. Infatti, Victor Quinn picchiava abitualmente la moglie mentre il figlio si nascondeva sotto il tavolo della cucina o dietro il divano. Ray le diceva sempre che la quantità di sangue e budella che aveva visto sul lavoro non era paragonabile a quella che aveva visto a casa sua prima dei tredici anni.

E Misty aveva chiamato il suo bambino come il padre di Ray? Non era la prima volta che Josie aveva la sensazione che Misty si fosse in qualche modo appropriata della sua vita e la stesse governando in modo terribile.

«Boss?»

Distolse lo sguardo dai fanali posteriori dell'auto di Brittney ritrovandosi davanti Noah che la fissava con la fronte aggrottata.

Josie sospirò. «Sì?»

«Vuoi richiedere l'allerta AMBER adesso?»

«Sì. Immediatamente.»

«Pensi che servirà a qualcosa? Con così poche informazioni?»

«C'è sempre la possibilità che, se diamo l'allarme, qualcuno noti un amico o un familiare che improvvisamente ha un neonato e ci chiami. Non possiamo correre alcun rischio. L'allerta AMBER ha la massima priorità. Quando avremo finito qui, andremo al Foxy Tails a parlare con il capo. Hai il numero di cellulare di Misty?»

Noah sfogliò alcune pagine del suo taccuino e glielo mostrò. Lei lo digitò sul suo telefono e lo chiamò, ma sentì la segreteria telefonica. «Chiama la centrale, fa' preparare dei mandati» ordinò a Noah. «Scopriremo qual è stata l'ultima cella agganciata dal telefono e proveremo a triangolare la sua posizione. Anche se personalmente, se avessi appena rapito il bambino di un'altra persona, non mi porterei dietro il suo telefono.»

«Stai dando per scontato che abbiamo a che fare con qualcuno di intelligente.» commentò Noah.

«Ascolta, voglio che qualcuno frughi tra gli effetti personali di Misty. Vediamo se c'è qualcosa di utile. Cerchiamo di non danneggiare nulla, però. Far riparare i suoi mobili costerebbe una fortuna al dipartimento.»

Noah annuì e si avviò verso l'ingresso della casa. In quel momento una Chevrolet Cruze nera si fermò nel vialetto di Misty e la detective Gretchen Palmer scese, alzando una mano in segno di saluto mentre si avvicinava. Era vestita con quella che Josie era ormai abituata a considerare la sua uniforme: pantaloni neri con una polo bianca della polizia di Denton sotto un giubbotto di pelle nera che aveva visto giorni migliori. Era un giubbotto da uomo ed era logoro e consumato dagli anni. Josie era certa che ci fosse una storia, ma non spettava a lei chiedere.

«Boss.» disse Gretchen rivolgendosi a Josie mentre saliva i gradini del portico, con il suo taccuino già in mano. Tirò fuori dall'interno della giacca un paio di occhiali da lettura, se li infilò e si passò una mano tra i corti capelli castani a spazzola mentre leggeva le informazioni che aveva raccolto. «Ho incontrato il ginecologo. Misty Derossi non aveva in programma di partorire in casa. Era previsto per domani – aspettava un maschio – e la settimana prossima le avrebbero indotto il parto se non fosse entrata in travaglio da sola. In effetti, ieri aveva un appuntamento che ha saltato. Ci era già andata quando era incinta di due mesi. Andava tutto benissimo. Nessuna complicazione. Il bambino era sano come un pesce. Non ha mai parlato del padre e non c'era nulla sulla sua cartella clinica. Mentre ero lì, ho fatto un salto al pronto soccorso. Ha riportato una frattura del cranio e un'emorragia cerebrale. Probabilmente dovranno operarla. Inoltre, ha perso un dente, ha un polso fratturato e gravi contusioni agli avambracci e alla gola. Sembra che qualcuno abbia cercato di strangolarla e lei abbia lottato con tutte le sue forze, così l'aggressore l'ha colpita alla testa per metterla fuori combattimento e scappare.»

«Cristo» esclamò Josie. «Dobbiamo trovare il bambino. Che altro hai scoperto?»

Gretchen sfogliò le pagine del suo taccuino. «I medici pensano che il trauma cranico risalga alle ultime ore. Hanno anche detto che probabilmente ha partorito ieri; sta ancora sanguinando molto e c'è qualche lacerazione. Chiunque fosse con lei non le ha messo neanche un punto. Lo faranno in ospedale e hanno già chiesto un consulto ginecologico.»

Josie fece una smorfia. «È una cosa normale? Che le ostetriche ricuciano le donne se... si lacerano durante un parto in casa?»

Gretchen la guardò da sopra gli occhiali da lettura. «La maggior parte delle ostetriche lo farebbe, purché la lacerazione non sia troppo complicata o profonda.»

«Quindi, possiamo tranquillamente supporre che chiunque sia stato qui con lei ieri e l'abbia aiutata a far nascere il bambino, probabilmente non aveva una formazione professionale e non aveva come priorità che Misty si riprendesse in sicurezza. Se si tratta della stessa persona, ha lasciato passare un giorno intero e poi le ha preso il bambino con la forza.»

«Strano, no?»

«Perché, dopo tutto questo, che bisogno c'era di prendere il bambino con la forza? Perché non aspettare che la madre si addormentasse per sgattaiolare via con lui?» disse Josie, pensando ad alta voce.

«Pensi che ci fosse un'altra persona?»

«Sì. Una persona l'ha aiutata a partorire e un'altra ha preso il bambino. Non credo che siano la stessa.»

«È possibile che questa persona abbia portato con sé l'ostetrica?»

Josie scosse la testa. «Non lo so. Noi presumiamo che fosse un'ostetrica. Ma forse non lo era. Forse chi l'ha aiutata a partorire lavorava con la persona che ha preso il bambino, o forse anche loro sono nei guai. Non abbiamo abbastanza prove per fare una qualche ipotesi fondata. Ma per sicurezza, è meglio fare una ricerca su tutte le ostetriche qualificate di Denton. Non possono essere così tante.»

Gretchen lo annotò sul taccuino.

«C'è altro?» chiese Josie.

«Sì. Non ci sono stati problemi con le analisi fatte durante la gravidanza di Misty e da un esame sommario non sembra che abbia avuto un parto difficile. Quindi, il bambino dovrebbe essere sano. Dovrebbe stare bene, almeno finché chiunque lo abbia preso se ne prenda cura.»

Josie scosse la testa. Per come andavano le cose, non c'era niente di più lontano dallo stare bene.

SETTE

La perquisizione della casa di Misty non portò a null'altro, a parte una scrivania antica e decorata con diversi cassetti chiusi a chiave su ogni lato, ma nessuna traccia di chiavi. Noah suggerì di scassinarla ma, a giudicare dall'aspetto, farla riparare quando Misty fosse guarita sarebbe costato più del budget del dipartimento per il carburante. Invece, Josie chiese a uno dei suoi agenti di chiamare un fabbro per vedere se fosse possibile aprirla con il minor danno possibile. Una delle responsabilità principali di Josie in qualità di capo era mantenere il dipartimento a galla dal punto di vista finanziario. Non poteva più permettersi il lusso di buttarsi in un caso con l'unico scopo di risolverlo; ogni decisione doveva essere soppesata rispetto ai vincoli di bilancio del dipartimento.

Uno degli ufficiali più anziani di Josie riuscì a entrare nel computer portatile di Misty, ma anche quello non fornì molte informazioni utili o indizi su un sospetto. Riuscirono a visualizzare i siti che visitava di frequente: il sito della sua banca e la posta elettronica, inutilizzabili senza una password, Amazon, Babies "R" Us e un sito chiamato "La tua gravidanza settimana per settimana"; ma niente di tutto ciò disse loro qualcosa che potesse aiutarli a localizzare il bambino.

Josie sperava di ottenere qualcosa dalle impronte rilevate a casa di Misty, anche se ci sarebbe voluto del tempo, dato che per queste verifiche dovevano ricorrere ai servizi della Polizia di Stato. Spesso ci volevano giorni, ma Josie pensava di poterli convincere ad accelerare i tempi, soprattutto con una vita così fragile in gioco.

Josie provò un piccolo brivido lavorando a fianco dei suoi agenti sulla scena del crimine, come se fosse di nuovo una detective, non una costretta dietro una scrivania ad affrontare una montagna di scartoffie. Dio, quanto le mancava.

Fu distolta dai suoi pensieri dal brusco ronzio, dagli squilli e dalle vibrazioni dei cellulari intorno a lei. La Polizia di Stato doveva aver accettato l'allerta AMBER, pensò con sollievo. Era a loro che spettava il compito di esaminare tutte le richieste e di emettere l'allerta per quelle che venivano accettate. Ora la squadra di Josie doveva solo aspettare.

Lei e Noah uscirono fuori e si tolsero le tute. Avevano finito a casa di Misty, raccogliendo quante più informazioni possibili senza il tipo di analisi che si può ottenere solo in laboratorio. «Vengo con te al Foxy Tails.» disse Josie.

Noah si fermò e la fissò. «Sei sicura?»

L'ultima volta che era stata al club era la sera in cui aveva sorpreso Ray chiuso in un abbraccio appassionato con Misty. La cosa era risaputa all'interno della squadra e Josie non volle più metterci piede, ma l'euforia di essere di nuovo sul campo e il pensiero della fredda accoglienza di Luke che l'aspettava a casa furono sufficienti a convincerla del contrario. Inoltre, Ray se n'era andato da tempo e il bambino di Misty era scomparso. Doveva mettere da parte i suoi sentimenti verso Misty. Aveva un lavoro da fare.

«Sì» disse lei. «Sono sicura.»

«Boss.» chiamò uno degli agenti di pattuglia. Noah aveva

iniziato a chiamarla così subito dopo che aveva assunto la carica. Era cominciata come una specie di scherzo, ma ora tutti la chiamavano così. Qualsiasi cosa era meglio di Capo. Nessuno avrebbe mai sostituito il suo predecessore. Josie e Noah si voltarono a guardare verso la strada dove l'agente di pattuglia stava indicando. Sotto il cielo serale che si stava lentamente oscurando, una limousine nera si era accostata al marciapiede.

«Beh» disse Noah, «non è una cosa che si vede tutti i giorni.»

Uno dei finestrini oscurati sul retro della limousine si abbassò e il volto del sindaco Tara Charleston fece capolino; le sue sopracciglia erano molto inarcate. «Capo Quinn» chiamò. «Una parola?»

Josie guardò Noah. Lui alzò le spalle. Con un sospiro, si tolse gli stivaletti in Tyvek e si diresse verso la limousine. La portiera si aprì quando si avvicinò e lei salì, chiudendola dietro di sé. Il sindaco sedeva sola su uno dei lunghi sedili posteriori in pelle color tortora, con indosso un abito da sera blu intenso e perle in tinta, i capelli scuri legati all'indietro in un'elegante acconciatura alla francese.

«Oh cazzo.» disse Josie.

Cercò di sistemarsi i capelli, che avevano reagito all'elettricità statica del cappuccio. Doveva dare l'impressione di aver infilato un dito in una presa elettrica.

Tara la guardò accigliata. «Si è dimenticata, vero?»

«La serata di beneficenza. Sono desolata.» disse Josie.

«Almeno ha comprato un vestito?» le chiese il sindaco.

«Certo che l'ho comprato. Io...» Si interruppe, ripensando all'abito nero e succinto appeso alla porta del bagno, a come si era tormentata per mesi sul tipo di abito che la prima donna capo della polizia della città avrebbe dovuto indossare per la sua prima serata di beneficenza, organizzata dal sindaco per finanziare il Centro per le Donne che aveva sempre voluto istituire. Josie odiava gli eventi sfarzosi, eleganti e in grande stile – non le era mai piaciuto nemmeno il ballo della scuola – ma pensava che una tale proposta del sindaco fosse indispensabile nella loro città. Sarebbe stata un'enorme risorsa per le donne di Denton. Inoltre, ora era il capo. Evidentemente, questo era il tipo di cose che il capo della polizia doveva promuovere e a cui doveva partecipare. Si chiese distrattamente se Luke la stesse aspettando a casa sua in smoking, ammesso che se ne fosse ricordato.

«Capo Quinn, lei sa quanto sia importante per me questa iniziativa. Ho lavorato per mesi per realizzare questo progetto. Ha idea di quanto sia stato difficile per me mettere Eric Dunn e Peter Rowland nella stessa stanza? Delle promesse che ho dovuto fare? Anche una piccola donazione da parte di uno solo di loro potrebbe fare la differenza tra la creazione di questa organizzazione e la rinuncia all'intero progetto.»

«Me ne rendo conto» disse Josie. «Sono mortificata.»

Peter Rowland era cresciuto a Denton ed era miliardario. Aveva fatto fortuna sviluppando sistemi di sicurezza e sorveglianza all'avanguardia che vendeva in tutto il mondo a varie imprese, in particolare ai casinò. Viveva a New York, ma Josie sapeva che aveva ancora una casa a Denton. Eric Dunn era un magnate dei casinò che da mesi cercava di concludere un accordo per costruirne uno su un terreno inutilizzato appena dentro i confini di Denton.

Josie sapeva, grazie alle precedenti conversazioni con Tara, che Rowland era interessato a negoziare un contratto con Dunn per far installare il suo sistema di sicurezza nel casinò di Dunn a Denton e in qualsiasi altro casinò che avrebbe aperto in futuro.

Per Josie, aprire un casinò a Denton era un'idea orribile, ma capiva che quello che interessava a Tara erano solo i soldi di Dunn. Questo facevano i politici: usavano le persone. Josie non era riuscita a capire il motivo per cui Tara aveva invitato – o meglio, praticamente costretto ad andare – anche lei alla serata di beneficenza, ma era un po' sollevata di averla scampata.

«Ho comprato un vestito» le assicurò. «Avevo tutte le intenzioni di venire.» Fece un cenno verso l'esterno, indicando l'enorme casa vittoriana di Misty, ora buia e silenziosa, dove gli agenti stavano analizzando la scena del crimine e raccogliendo le prove. «Ma qui la situazione è seria.»

«Lo so.» disse Tara. Aprì la sua pochette e tirò fuori un cellulare che sventolò a Josie. «Ho ricevuto l'allerta AMBER, ho chiamato la centrale e ho scoperto dove eravate. Questa è la casa in cui vive lei, giusto?»

Per un attimo, Josie si limitò a fissarla. Il modo in cui aveva pronunciato la parola "lei" era lo stesso in cui Josie l'aveva pronunciata da quando aveva scoperto la relazione di Ray. Il modo in cui qualsiasi donna si sarebbe riferita all'amante del proprio marito, come se avesse qualcosa di sporco in bocca e non vedesse l'ora di sputarlo fuori.

Tara rimise il telefono nella pochette e guardò fuori dal finestrino. «Sapevo che viveva in questo quartiere, ma non ero mai stata qui prima d'ora.»

«Stiamo parlando di Misty Derossi, giusto?» chiese Josie.

Tara annuì, lo sguardo si soffermò sulla casa di Misty mentre Josie aspettava che parlasse di nuovo. Quando lo fece, la sua voce era bassa. «Mio marito aveva una relazione con lei.»

«Questo mi dispiace molto.» disse Josie, non sentendosi così scioccata come avrebbe dovuto. Non poté fare a meno di chiedersi se Misty fosse andata a letto con il marito di Tara mentre stava con Ray. Non era impossibile.

Tara incrociò lo sguardo di Josie. «Lui pensa di essere il padre del suo bambino.»

Josie non rispose.

«Io non ne sono così sicura.»

«Come mai?»

Di nuovo, lo sguardo di Tara si allontanò da Josie. Sembrava esausta. «Non molti lo sanno, ma io e mio marito non possiamo avere figli. È colpa mia, non sua. Abbiamo sempre detto che avremmo fatto ricorso all'adozione, all'affidamento, o qualcosa del genere, ma poi la vita si è messa in mezzo. Avevamo entrambi una carriera... Ho scoperto la sua relazione a novembre dell'anno scorso.»

«Misty dovrebbe essere rimasta incinta nelle prime due settimane di dicembre.» le fece notare Josie.

«Giusto. Beh, mio marito sostiene che... si sono visti un'altra volta dopo la rottura. Tra fine novembre e inizio dicembre. Gli ho detto che i tempi potrebbero anche non quadrare, ma si è rifiutato di credermi. Penso che voglia credere che il bambino sia suo. Aveva questi grandiosi progetti di crescerlo, di fare il genitore insieme a lei mentre era ancora sposato con me.»

E qui Tara scoppiò a ridere e alzò gli occhi al cielo. «Gli uomini a volte sono proprio degli idioti. Comunque, alla fine le ha parlato. Può immaginare la sua sorpresa quando ha scoperto che non era l'unica persona con cui andava a letto.» Josie percepì una piccola dose di soddisfazione nell'espressione di Tara.

«E dopo ha lasciato perdere?» chiese Josie.

«Alla fine, sì. Dapprima ha detto che avrebbe insistito per fare un test del DNA, ma col tempo ha rinunciato all'idea. Siamo stati in terapia. Sono sicura che può capire quanto sia stato difficile per il nostro matrimonio.»

Josie voleva assolutamente chiedere perché Tara non avesse chiesto il divorzio, ma si trattenne. Tara era ambiziosa e Josie sapeva che suo marito, un chirurgo molto rispettato, era utile per l'immagine che le piaceva proiettare di una coppia di potere pronta, volenterosa e capace di guidare la città di Denton. Lo scandalo non le avrebbe fatto comodo se voleva essere rieletta. E nemmeno il divorzio.

«Qual è il vero motivo per cui è qui?» chiese Josie.

«Immagino che la vostra prima linea di indagine sarà capire chi è il padre del bambino.»

Josie rimase in silenzio. Non era sicura che le piacesse la piega che stava prendendo la questione.

«Volevo intercettarvi. Risparmiarvi un po' di tempo facendovi sapere che il nome di mio marito probabilmente comparirà nella vostra lista di potenziali padri.»

«Apprezzo la sua franchezza» disse Josie. «A proposito, dov'è suo marito?»

Tara sorrise. «È in ospedale. È stato chiamato per un intervento d'urgenza qualche ora fa.»

Questo non lo sollevava dai sospetti, dato che non avevano idea dell'ora precisa in cui Misty era stata aggredita, ma Josie capì quello che Tara stava offrendo, così disse: «Se suo marito ha un alibi, perché stiamo facendo questa conversazione?»

«Perché speravo che, avendolo eliminato dalla lista dei sospettati, non fosse necessario rendere pubblico il fatto che andava a letto con Misty Derossi.»

«Lei sa che il mio dipartimento dovrà verificare il suo alibi, vero?»

«Sì, certo. Le chiedo solo un po' di... discrezione.»

«Posso essere discreta finché non c'è un reato in corso.»

Tara si stizzì. Si era aspettata una condiscendenza assoluta, ma Josie non aveva intenzione di accordargliela. Un bambino era scomparso e Josie l'avrebbe trovato a prescindere dalle pietre che avrebbe dovuto scalzare e a dispetto di chi avrebbe arruffato le piume.

Lentamente, Tara frugò nella pochette e tirò fuori un portacipria che aprì, controllando l'eyeliner. «Sa, non ne abbiamo mai parlato, ma lei è ancora considerata un capo ad interim.»

«Cosa vorrebbe insinuare?»

Tara continuò a guardare nel piccolo specchio, passandosi un'unghia sotto una palpebra. «Sto dicendo che probabilmente una persona con un passato come il suo non sarebbe la mia prima scelta come capo della polizia di questa città. Tutta la faccenda dell'anno scorso e poi l'accusa di uso eccessivo della forza.»

«Si è trattato solo di questo» le fece notare Josie. «Di un'accusa, fatta da una drogata morta di overdose due mesi dopo che ho assunto questa carica. Lo sa bene.»

Tara chiuse di scatto il portacipria, con gli occhi che bruciavano in quelli di Josie. «E sa che ha mantenuto il posto di capo perché gliel'ho permesso. Quello che avrei dovuto fare dopo la morte del capo dipartimento Harris sarebbe stato trovare un candidato con la giusta esperienza e un curriculum impeccabile.»

Josie stava quasi per sbottare: «Allora mi licenzi!» ma si fermò. Non aveva mai voluto diventare capo e le mancava il lavoro pratico che i suoi uomini potevano svolgere, ma non voleva iniziare una guerra con il sindaco in quel momento. Doveva trovare il bambino di Misty. Perciò, disse: «I miei uomini mi sono fedeli. Mi conoscono e si fidano di me, anche perché sono stata scelta dal capo Harris per prendere il comando. Ero la sua scelta perché ero pulita e ho portato a termine il lavoro. Sarò il più discreta possibile, sindaco Charleston, ma se scopro che suo marito è coinvolto in qualcosa di illegale, la mia discrezione vola fuori dalla finestra.»

Tara la fissò. La sua minaccia inespressa riempì l'aria tra loro, rendendola palpitante di tensione.

Josie fece un finto sorriso e afferrò la maniglia della portiera. «Beh» disse, «sono contenta che abbiamo fatto questa chiacchierata. Sa dove trovarmi.»

OTTO

«Ma che cavolo voleva?» chiese Noah mentre guidava verso il Foxy Tails.

«Puoi aggiungere il marito del sindaco Charleston alla lista dei potenziali padri.» gli disse Josie.

Noah emise un fischio sommesso. «Accidenti. C'è qualcuno con cui *non* è andata a letto?»

Josie odiava quel vecchio dualismo: un uomo promiscuo è virile, una donna promiscua è una sgualdrina. Non le importava con quanti uomini Misty andasse a letto, era la sua predilezione per gli uomini sposati che le faceva accapponare la pelle. «Tu.» disse a bassa voce, più come una domanda che come un'affermazione.

Lui distolse gli occhi dalla strada per la sorpresa. «Hai ragione» disse. «Beh, una persona in meno che deve fornire un alibi.»

«Già, a proposito...» borbottò Josie tirando fuori il cellulare per inviare un messaggio a Gretchen dicendole di andare a trovare il marito del sindaco per verificare la sua storia.

Noah rallentò. Le lanciò di nuovo un'occhiata, con la fronte aggrottata dalla preoccupazione. «Sei sicura di volerlo fare?»

Josie rispose con uno sguardo che diceva di non chiederglielo più.

E il silenzio di Noah per il resto del viaggio disse che non l'avrebbe fatto.

Il Foxy Tails si trovava alla periferia di Denton, lungo una tortuosa strada di montagna, a diversi chilometri dal centro della città, ma ancora dentro i suoi confini. Gli automobilisti non l'avrebbero notato facilmente se non fosse stato per la gigantesca insegna al neon rosa sul bordo della strada che annunciava: "Foxy Tails Live Girls". L'edificio era tozzo e poco invitante, con pareti di cemento grigio scialbo e il tetto nero e piatto. Una serie di doppie porte viola dava l'unico tocco di colore. Quando Noah e Josie arrivarono era quasi ora di cena e il parcheggio era mezzo pieno.

All'interno, la musica pulsava, il basso rimbombava nel corpo di Josie, facendola sentire come se fosse spinta dal ritmo. Donne in topless, perizoma e tacchi alti, si facevano strada tra i tavoli sparsi nella sala buia, portando drink e attirando i clienti dai loro tavoli alle stanze sul retro, dove Josie sapeva che si esibivano in lap dance private. Con drink in una mano e banconote nell'altra, alcuni clienti si radunavano intorno al palco in mezzo alla sala, dove una ragazza pallida con seno piccolo e fianchi larghi volteggiava su un palo, mentre altri rimanevano ai tavolini, con gli occhi che seguivano avidamente le cameriere.

Il locale puzzava di sigarette, birra stantia e desiderio.

Dietro il bancone c'era una donna molto simile a Misty Derossi: snella, bionda e perfettamente abbronzata. Indossava una camicetta di flanella e pantaloncini di jeans tagliati, che la facevano sembrare un po' troppo vestita rispetto alle altre donne. Sorrise a Noah finché non vide Josie che lo seguiva.

«Siamo qui per vedere Butch.» disse Noah, gridando per farsi sentire mentre mostrava il distintivo.

La donna si acciglò e aprì la bocca per dire qualcosa, così

Josie intervenne: «E prima che tu dica che non c'è, siamo qui per Misty.»

La donna si portò una mano alla bocca. «Sta bene?»

«No» rispose Josie. «Dobbiamo assolutamente vedere Butch.»

«Il bambino?»

«Scomparso. Puoi portarci da Butch, adesso per favore?»

«Oh mio Dio, era questo il motivo dell'allerta AMBER? Il bambino di Misty?»

«Butch. Subito.» disse Josie.

La donna sembrava voler fare altre domande, ma non osò. Lanciò un'occhiata a Noah che sorrise gentilmente.

Evidentemente, le parole di Josie non erano sufficienti. «Solo un minuto.» disse.

Dieci minuti più tardi, furono condotti attraverso un lungo corridoio con pareti dipinte di nero e un tappeto logoro di colore rosa caldo. Si fermarono davanti a una porta nera visibile solo per il pomello dorato. La barista bussò, la porta si aprì e lei li fece entrare, chiudendo la porta alle loro spalle. L'ufficio era grande, con pareti rivestite da pannelli di legno, moquette di un marrone verdastro e una grande scrivania in ciliegio a forma di L. Dietro di essa sedeva Butch McConnell e alle sue spalle c'erano diversi piccoli monitor a schermo piatto che trasmettevano in diretta le attività in varie parti del club. Da una piccola centralina fissata al muro, sotto gli schermi, uscivano dei cavi. Sulla parte anteriore della cassetta, a caratteri piccoli e dorati, Josie riusciva a distinguere le parole Rowland Industries.

Josie distolse lo sguardo dall'impianto di videosorveglianza e guardò Butch che si alzava per stringere la mano a entrambi. Era un uomo imponente, alto quasi due metri. Indossava una maglietta nera a girocollo sotto una giacca da completo nera e Josie potè vedere i rotoli di ciccia che lottavano in cerca di una posizione nel punto in cui la pancia sporgeva da sotto la giacca. Sembrava una montagna fatta di marshmallows. La pelle del viso era floscia come quella di un basset hound bavoso. Doveva essere sulla quarantina.

Mentre si protendeva in avanti per invitarli a sedersi, lasciò intravedere che i capelli, pettinati all'indietro, si diradavano visibilmente sulla sommità della testa. Noah accettò l'invito. Josie rimase in piedi.

«Cosa posso fare per voi, agenti?» chiese Butch con la facile sollecitudine di un uomo che si aspetta di avere dei problemi, ma che spera di poterli abilmente risolvere con una buona dose di servilismo.

«Siamo qui per una delle ballerine» disse Josie. «Misty Derossi.»

Butch sorrise, ma non con gli occhi. «Misty si è licenziata quando è rimasta incinta. Ormai da qualche mese.»

«Non è in maternità?» chiese Noah.

Butch rise. «Non abbiamo il congedo di maternità, amico mio. Le ho detto che, se fosse riuscita a mantenere il culo sodo, magari avrebbe potuto riavere il posto una volta pronta, ma non posso certo tenerlo libero. Non potrei mai lasciarla ballare di nuovo se avesse il corpo stravolto da un figlio.»

Affascinante, pensò Josie. «Per quanto tempo ha lavorato per lei?»

Butch alzò le spalle. «Non lo so. Quattro, cinque anni, forse. Quando ha iniziato a esibirsi, ho dovuto farle un discorsetto. C'erano parecchi clienti che venivano regolarmente per i balli privati e lei voleva rimanere per fare solo quello, ma non potevo permetterglielo. Poi non potevo tenere una ballerina incinta che gironzolava per il locale. Mi sono offerto di farla lavorare dietro al bancone per un altro paio di settimane, ma si è licenziata.»

«Misty le ha mai parlato della sua gravidanza?» chiese Josie.

«No, solo per avvertirmi.»

«Non ha mai parlato del padre?»

Butch scosse la testa. «Non a me. Potete chiedere alle altre ragazze. Forse a loro ha detto qualcosa.»

«Tra lei e Misty... il vostro rapporto era strettamente professionale?» intervenne Noah.

Butch sorrise consapevolmente. «Mi sta chiedendo se c'era qualcosa? No, non con Misty. Cerco di mantenere le distanze dalle mie ragazze. Per non rendere le cose... complicate. Mi accusano già di fare favoritismi. Può diventare spiacevole.»

«Ci serve un elenco dei suoi clienti abituali.» disse Noah.

Butch scosse la testa. Non aveva ancora chiesto cosa fosse successo a Misty o perché si trovassero lì. Josie supponeva che la barista glielo avesse riferito, ma si sarebbe comunque aspettata che volesse maggiori dettagli. Sapeva qualcosa o era davvero così infame?

«Non posso farlo.» disse. «Non posso violare la privacy dei miei clienti.»

Josie mosse un passo avanti e posò un palmo sulla scrivania. «Se non ci dà un elenco, l'arrestiamo per intralcio alla giustizia.» Un'autentica espressione di sorpresa gli attraversò il volto. Josie capì che era abituato a comandare le donne, non a sentirsi rispondere da una di loro.

«Devo chiamare un avvocato?» chiese.

Josie appoggiò l'altra mano sulla scrivania e si chinò verso di lui, inchiodandolo con lo sguardo. «Non lo so. Lei crede?»

Lasciò passare un momento. Quando lui non rispose, gli chiese: «Dove si trovava questa mattina?»

Lui guardò verso Noah come se cercasse un'ancora di salvezza. «Cosa?» Adesso sembrava agitato. «Ma cos'è questa storia?»

«Risponda e basta.» disse Noah.

«Ero... ero a casa. Poi sono stato qui. Io...»

«E ieri? Dov'era?» continuò Josie.

«Uguale. Io... io... no, un attimo, ieri mi sono allenato. Ieri, prima di venire qui, sono andato in palestra.»

Josie ne dubitava fortemente, ma non disse nulla. «A che ora attacca?»

«Tra l'una e le due del pomeriggio» disse Butch. «Ogni giorno. Di solito rimango fino alla chiusura.»

«Non ha un subordinato che gestisce questo posto quando lei non c'è?» chiese Noah.

Butch scosse la testa. «Vuole scherzare? Sa quanto mi costerebbe un manager?»

«Non si prende mai una vacanza?» chiese Josie.

«A volte. Di solito mi faccio sostituire dalla ragazza più anziana per una settimana.»

«In quale palestra va?» chiese Noah, tirando fuori il suo taccuino e annotando la risposta di Butch.

Josie indicò la serie di schermi sulla parete. «Per quanto tiene i video?»

«Sei mesi.» rispose lui.

«Davvero?» chiese Noah. «La maggior parte dei locali conserva i video di sorveglianza per una settimana, se va bene.»

Butch scrollò le spalle. «Sì, il vecchio sistema conservava i filmati solo per settantadue ore. Questo l'ho fatto installare l'anno scorso e conserva tutto per sei mesi. Mi è tornato utile a maggio, quando un tizio ha cercato di farmi causa, dicendo di essere scivolato e caduto al bar. Il filmato ha dimostrato che non era caduto neanche una volta per tutto il tempo che era stato qui.»

Josie disse: «Dovremo rivedere i filmati delle ultime settantadue ore. Anzi, se avete i filmati degli ultimi due mesi in cui Misty ha lavorato, vorremmo dare un'occhiata anche a quelli.»

«Non posso farlo. Voglio dire, non vi serve un mandato o qualcosa del genere?»

Jose lanciò un'occhiata a Noah, che tirò fuori il telefono e mandò un messaggio; Gretchen avrebbe avuto il mandato entro un'ora.

Josie ignorò la domanda di Butch. «Quando la barista è venuta a dirle che eravamo qui, cosa le ha detto?»

«Ha detto che era successo qualcosa a Misty, che il bambino era scomparso e che la polizia voleva parlare con me.»

«Eppure, non ci ha chiesto cosa le è successo. Allora perché non ce lo dice lei?»

E sulla stessa scia, Noah aggiunse: «Dal momento che non è nemmeno un po' curioso, deve sapere cosa le è successo.»

Butch si alzò di scatto dalla sedia, alzando entrambe le mani. «No, no, no. Ho capito cosa state facendo. È successo qualcosa di grave e volete dare la colpa a me. Non ho niente a che fare con niente al di fuori di questo club. Non vedo Misty da mesi.»

«Allora perché non ce l'ha chiesto?» chiese Josie.

«Posso dimostrare dov'ero.» proseguì. «Posso provarlo. Vi farò vedere i video e vedrete che sono stato qui quasi tutto il tempo negli ultimi due giorni.»

«Circa un anno fa, quando Misty è scomparsa, si è preoccupato abbastanza da mandare una delle ragazze a casa sua per vedere se era lì, ma oggi non si pone minimamente il problema di cosa le sia successo? Perché?» continuò Josie.

Lo fissò intensamente finché lui non lasciò cadere le mani. «Senta» disse «ho solo immaginato... non lo so. Che qualcuno l'avesse picchiata di brutto.»

«Non le interessano le sue condizioni?»

Nei suoi occhi balenò l'irritazione. «Senta, signora, deve capire che Misty era una dipendente, chiaro? Non è che fossimo grandi amici. L'anno scorso ho mandato una delle mie ragazze a casa sua perché le altre dicevano che avrei dovuto, ma ho un'attività da gestire. Sa quante ragazze entrano ed escono di continuo da qui? Sa quanti drammi ognuna di loro porta con sé? Non ho tempo di farmi coinvolgere personalmente. Mi dispiace molto che le cose si siano incasinate per lei, ma era solo questione di tempo.»

«Cosa intende dire con questo?» chiese Noah.

Con un sospiro, Butch si rimise a sedere e si passò una mano sul viso. «Cosa pensa che significhi? Come ho detto, a tutte queste ragazze piace giocare al dramma. Misty non era diversa. Alcune di loro sanno come troncare quando si supera il limite.» Fece un cenno al sistema di sorveglianza. Su molti di essi, Josie poteva vedere i fondoschiena nudi delle ballerine e delle cameriere che si facevano strada nel locale. «Questa gente... alcuni di loro vengono solo per vedere delle tette. Prendono una birra, si rilassano. Ad alcuni piace un balletto privato e poi basta. Tornano a casa, alla loro vita e tutto fila via liscio. Ma molti di loro vengono qui regolarmente e iniziano ad apprezzare una ragazza in particolare. Si dimenticano che stanno pagando, chiaro? Cominciano a pensare che non si tratti solo di tette. Diventano, come dire, ossessionati. Ho visto molte ragazze servirsene, sapete, sfruttare la situazione. Ottengono qualunque importo e ogni tipo di favore da questi tizi. Li mungono il più a lungo possibile. Poi un giorno il tizio oltrepassa il limite e io lo devo cacciare. Non mi piace farlo, perché è un cliente pagante, ma devo mantenere delle regole, vi pare?»

«Misty sfruttava gli uomini che si fissavano con lei?» chiese Josie.

Butch teneva gli occhi su Noah, come se fosse lui a fare tutte le domande. A Josie non importava: finché rispondeva, non era importante che fingesse fosse Noah a farle.

«No» disse Butch. «Voglio dire, non esattamente. Beh, forse. Misty non avrebbe mai sfruttato intenzionalmente un cliente. Arrivavano, pagavano per un balletto privato e poi le aprivano il loro cuore, e lei ascoltava. Ricordava tutto quello che le raccontavano, così la volta successiva che entravano lei chiedeva: "Come sta tua madre?" o "Hai risolto la questione con il tuo superiore?" Insomma, era una brava ballerina, ma sembrava sempre che fosse sinceramente interessata ai clienti. E un attimo dopo quelli pensavano di essere innamorati di lei.»

«Qualcuno di loro ha mai cercato di superare il limite con Misty?» chiese Noah.

«Questo è il punto» disse Butch. «Non c'era nessun limite: lei si metteva in relazione con loro. Era coinvolta. Non si metteva con tutti quelli che pensavano di essere innamorati di lei, ma con molti sì. A volte durava mesi. Per lei era come un'avventura, capite? Le piacevano l'attenzione e la novità, come dicevano sempre le altre ragazze.» Alzò la voce di un'ottava, imitando una voce femminile acuta. «"Oh, Misty, a te piace il brivido che ti dà tutto questo." Le altre mie ballerine non vogliono fastidi una volta finito il turno. Non vogliono nemmeno guardarlo, un altro uomo. Si vestono e vanno a casa. È una recita. Capite cosa intendo? Fa parte dello spettacolo.»

«Capisco.» disse Noah.

«Per Misty non era così. Credo che le piacesse avere tutti quegli uomini che si contendevano le sue attenzioni, che la portavano in viaggio e agli appuntamenti, che le compravano fiori e la portavano a fare shopping. Le altre ragazze le chiedevano sempre perché se la facesse con un branco di sporchi maiali, e lei rispondeva che quelli che sceglieva non erano sporchi maiali. Li trovava simpatici.»

«Si è mai innamorata di loro?» chiese Josie. «Di questi uomini?»

«No» disse Butch. «Le piacevano, li "apprezzava" come diceva sempre. A volte diceva anche di tenere a loro, ma non si è mai innamorata. Non fino al poliziotto. Quello era l'unico che le piaceva davvero. È cambiato tutto quando ha incontrato lui.»

Butch non sembrò notare il lampo di emozione sul volto di Josie. «Aveva tagliato i ponti con quasi tutti gli altri dopo aver conosciuto il poliziotto.» proseguì. «Era una cosa seria.»

«La sua migliore amica ci ha detto che c'erano problemi con alcuni di questi tizi.» precisò Josie, cambiando rapidamente argomento.

Butch annuì. «Beh, quando rompeva, alcuni di loro non la prendevano bene. Ho anche dovuto buttarne fuori qualcuno e accompagnarla alla macchina per un paio di settimane. Di solito il vero problema non era con quegli uomini, ma con le loro mogli. Le dicevo di stare alla larga da quelli sposati, ma lei rispondeva che non riguardava il matrimonio, ma la "connessione". Le mogli, però, erano feroci. Più pazze di una dozzina di maschi che si possa vedere in questo posto. E vogliamo parlare delle stalker? Una volta una di loro le ha distrutto la macchina.»

«Davvero?» chiese Josie.

«Oh sì» confermò Butch. «Un giorno una di quelle è venuta minacciando di accoltellarla. Un paio di loro l'hanno seguita. Vedete, "Connessioni" o meno, era solo questione di tempo prima che qualcuno si infuriasse e desse di matto. Non vorrei dirlo, ma è così.»

«Ha idea di chi possa essere questa persona?» chiese Noah.

«No. Come ho detto, Misty ha smesso di lavorare per me circa tre o quattro mesi fa. Non so con chi se la facesse o cosa combinasse.»

«E le altre ragazze che lavoravano con lei?» domandò Josie. «Potrebbero avere informazioni più precise?»

Butch scrollò le spalle. «Può darsi.»

«Dovremo interrogarle.» disse Noah.

«Proprio adesso?»

«Sì, proprio adesso.» rispose Josie.

Butch si girò lentamente sulla sedia e guardò i monitor. «Non fa bene alla mia attività che dei poliziotti si mettano a parlare con le mie ragazze.»

«Useremo una delle stanze private» disse Noah. «Saremo discreti.»

Butch non si voltò, ma Josie poté vederlo annuire con riluttanza.

NOVE

NBC 10-Philadelphia, Pennsylvania
2 dicembre 2016

Morte di un teenager dichiarata accidentale

L'ufficio del medico legale di Philadelphia ha stabilito che la morte di un adolescente che faceva jogging è avvenuta per annegamento accidentale. Tre settimane fa, Mark Conlen, studente di sedici anni della Central High School, era stato dato per disperso dalla madre quando non era rientrato a casa dopo una corsa pomeridiana lungo le rive del fiume Schuylkill. Una settimana più tardi, a seguito di numerose segnalazioni di un cadavere trasportato dal fiume, il corpo del ragazzo è stato recuperato dall'unità marittima della polizia di Philadelphia. La polizia ritiene che Conlen sia caduto mentre faceva jogging, abbia battuto la testa e sia finito nel fiume.

L'autopsia non ha evidenziato prove di un omicidio o di patologie in corso. Sebbene Conlen fosse in libertà su cauzione per accuse pendenti relative a una serie di rapine a mano armata a Center City, la polizia non crede che fosse bersaglio di sicari e che la sua morte sia avvenuta per omicidio. I dettagli del funerale saranno resi noti nel corso della settimana.

DIECI

Le ragazze di Butch non avevano molto da offrire in termini di nuove piste. Josie e Noah passarono un'ora a parlare a turno con ognuna di loro, aspettando che Gretchen si presentasse con il mandato per i video di sorveglianza. Confermarono quello che avevano detto sia Brittney che Butch: Misty era riservata, si rifiutava di rivelare chi fosse il padre del bambino, usciva abitualmente con i clienti, Ray era stato l'amore della sua vita e solo la gravidanza sembrava averla fatta uscire dal dolore per la sua morte.

Una ventata di aria fresca accompagnò Gretchen dentro il locale. Dal bar, Josie la guardò entrare e provò un senso di sollievo; parlare di Ray era sempre difficile, ma sentire le ragazze descriverlo all'infinito come l'anima gemella di Misty era insopportabile.

Noah sbucò dal corridoio che portava all'ufficio di Butch, chiudendo il suo taccuino e scuotendo la testa. Lui e Gretchen raggiunsero il bar nello stesso momento.

«Quella era l'ultima» annunciò. «E non aveva niente di nuovo da aggiungere. È un vicolo cieco.»

«Beh, abbiamo aggiunto almeno due nomi alla lista degli ex

amanti di Misty» osservò Josie. «Dobbiamo però controllare i filmati.»

Gretchen sollevò il mandato. «Facci strada.»

Dieci minuti dopo erano in piedi alle spalle di Butch che metteva in riproduzione il filmato delle ultime settantadue ore. Li fece scorrere velocemente, soffermandosi a mostrare loro a che ora era arrivato ogni giorno, in modo che potessero prenderne nota. Dopodiché, recuperò gli ultimi due mesi di lavoro di Misty. «Non ci sono telecamere nelle stanze private» disse Butch. «Ma tengo d'occhio il corridoio, così potete vedere chi entra e chi esce e quanto tempo resta dentro.»

«Cominciamo con l'ultima notte di Misty, e andiamo a ritroso» disse Noah. «Ci sarebbe d'aiuto sapere quali clienti erano abituali.»

Butch mandò avanti velocemente buona parte del filmato mentre le ballerine conducevano i clienti lungo il corridoio fino alle varie porte e poi tornavano al salone principale alcuni minuti dopo. Rallentò all'inizio del turno di Misty e la osservarono mentre conduceva i clienti dentro e fuori da una delle stanze private. Josie notò che la pancia perfetta di Misty mostrava un accenno di ingrossamento. Inoltre, aveva molti meno clienti delle altre ragazze. «Mi sembrava che avesse detto che Misty portava un sacco di entrate.» disse Josie.

«È così. Finché il suo stato non ha cominciato a essere evidente. Faceva rabbrividire parecchi clienti. Per questo ho dovuto chiederle di andarsene.»

Ripercorrendo la sua ultima settimana di lavoro, Butch indicò due dei suoi clienti abituali che erano già nella lista dei potenziali padri. Il marito del sindaco Charleston non era tra questi. Mentre andavano indietro, sullo schermo apparve un agente di polizia in uniforme completa che seguiva Misty. Butch fermò l'avanzamento veloce e lasciò andare la registrazione a velocità normale. Indicò lo schermo. «Questo tizio è stato qui un paio di volte. Ma non per vederla ballare, voleva solo parlarle.»

Josie sentì che il respiro le si strozzava in gola. «Può... può riavvolgerlo?» chiese, sperando che la sua voce non suonasse tremolante.

«Non è necessario» disse Butch. «Lo vedrà meglio quando torneranno fuori.» Mandò di nuovo avanti veloce e Josie notò che erano passati quattordici minuti e ventisette secondi.

Misty usciva dalla stanza privata senza voltarsi. Luke la seguiva, con il cappello dell'uniforme in mano e lo sguardo rivolto verso il basso. Alla fine del corridoio, lui andava da una parte e Misty da un'altra.

«Dovreste parlare con lui» disse Butch. «Se riuscite a scoprire chi è. Forse sa qualcosa. Sembra un agente della Polizia di Stato.»

Josie sentiva lo sguardo di Noah su di sé. Strinse i denti, desiderando che lui spostasse lo sguardo. Almeno Gretchen non la stava fissando. Fece cenno a Butch di continuare. «Quante volte ha detto che è venuto quel poliziotto?»

Butch scrollò le spalle. «Non lo so. Due? Di sicuro è venuto un mese prima di questo. Lo vedrete nelle registrazioni. Con quell'uniforme si vedeva come una mosca nel latte. Non ci piacciono le uniformi qui, rendono nervosi i clienti.»

Josie emise un sospiro mentre il video ritornava in scorrimento veloce. Non riusciva a parlare. Dalla sua visuale periferica, vide Noah girarsi verso di lei e percepì il suo corpo irrigidirsi. Gretchen, che non sembrava turbata, chiese: «E ha detto che non ha mai pagato per un ballo?»

«No» disse Butch. «Ha detto che aveva degli affari con lei. Non permetterei mai una cosa del genere. Voglio dire, il tempo è denaro, no? Se lei sta lì con lui per quindici, venti minuti, sono soldi persi. Ma gli ho concesso un po' di tempo perché era della polizia.»

«E non ha chiesto a Misty perché un agente fosse venuto nel suo locale per parlarle?» intervenne Noah.

«Certo che l'ho fatto. Ha detto che era una questione privata.» Gretchen sollevò un sopracciglio. «E lei ha lasciato perdere?»

«Non ha voluto dirmi altro. Ha detto che non si trattava di un'indagine su un crimine e che non avrebbe creato problemi al club. Ha detto che stavano risolvendo qualcosa e che, una volta fatto, lui non sarebbe più venuto.»

Dal colletto di Josie salì una vampata di calore. Riusciva a malapena a stare ferma mentre guardavano altri filmati e Luke appariva per la seconda volta, poco più di un mese prima del precedente incontro. Lo scenario era lo stesso, e anche in questo caso uscivano senza guardarsi e si separavano alla fine del corridoio senza una parola. Josie tirò fuori il cellulare e lo guardò. Non c'erano né messaggi né chiamate, ma finse di scorrere e premere sulle icone e dire: «Scusatemi, devo fare una telefonata.»

Andava a letto con Misty Derossi? Possibile che avesse perso due uomini a causa di quella donna? Per questo era così nervoso, e si chiudeva a riccio quando accennava al matrimonio? Poi un altro pensiero, più orribile, si insinuò nella sua mente. Era possibile che Luke fosse il padre del bambino di Misty? Fuori, inspirò l'aria fresca e pulita. Nel frattempo si era fatto buio e le falene svolazzavano e si tuffavano sotto la luce giallastra opaca dei lampioni del parcheggio. Josie si appoggiò all'auto di Noah e guardò ancora una volta il telefono. Una foto di lei e Luke le restituiva lo sguardo, con i volti accostati, sorridenti e felici. Erano stati così felici una volta. All'inizio. Anche se lei era tecnicamente sposata con Ray, erano stati spensierati e pazzi l'uno dell'altra. Poi era arrivato l'orrore dei casi delle ragazze svanite e Luke era stato ferito. Era da allora che le cose avevano cominciato ad andare male? Non ne era sicura. Poi

Brady Conway aveva ucciso la moglie e si era sparato, e Luke era diventato una persona completamente diversa.

«No.» disse Josie ad alta voce.

Non era possibile. Non poteva essere. Ripensò a dicembre, ma non riuscì a ricordare molto, se non che erano stati felici. Non era così?

Se non aveva una relazione con Misty, allora perché era andato allo strip club per incontrarla? Perché a lei non lo aveva detto? Che affari potevano mai avere insieme quei due?

Il suo dito si posò sull'icona del telefono. Avrebbe dovuto chiamarlo. Ma no, voleva guardarlo in faccia quando glielo chiedeva, vedere la verità nei suoi occhi.

«Boss?» Noah le si avvicinò lentamente, con entrambe le mani infilate nelle tasche, e un'espressione sofferente in volto.

Josie sospirò. «Non dire niente.»

«Sono sicuro che Luke non era qui per... Voglio dire, non sembra quel tipo d'uomo.»

«Ogni uomo è quel tipo d'uomo.» mormorò lei.

Noah si avvicinò di un passo. «No, non tutti.» disse con fermezza.

Seguì un momento di silenzio tra loro. Poi Noah aggiunse: «Sto solo dicendo che dovresti concedergli il beneficio del dubbio.»

Lei si riscosse e si allontanò dall'auto. «Devo andare a parlargli» disse. «Devo scoprire perché era qui e che affari aveva con Misty. Se non altro, devo capire se quello che sa può aiutare a trovare il bambino.»

Noah le porse le chiavi. «Mi faccio dare un passaggio alla centrale da Gretchen. Ci vediamo lì più tardi?»

Josie prese le chiavi. «Grazie. Una volta che avrai finito con i video...»

«Mi metterò al lavoro sugli alibi degli uomini di questa lista.» concluse lui.

UNDICI

Luke viveva in un vecchio casolare in pietra a diciassette miglia dal centro di Denton, su quella che era considerata una strada rurale. Il proprietario originario della tenuta aveva diviso la fattoria in lotti e li aveva venduti singolarmente. Alcuni acquirenti vi avevano costruito delle case, ma le abitazioni più vicine si trovavano comunque a mezzo miglio abbondante in ogni direzione.

Josie e Luke passavano quasi tutto il tempo a casa di lei.

In effetti, lui si era trasferito da Josie per un breve periodo, mentre si riprendeva dalle ferite da arma da fuoco riportate l'anno precedente e lei aveva pensato che potesse essere una cosa permanente. Aveva cominciato ad abituarsi all'idea quando c'era stata la sparatoria dei Conway e lui era tornato a vivere a casa propria. E ogni volta che litigavano lui ci tornava e ci restava per qualche giorno finché non si calmava.

Mentre accostava lungo il vialetto di ghiaia, si rese conto che non andava lì da quasi sei mesi.

I fari dell'auto colpivano la facciata della casa, illuminando il pick-up di Luke e, poco più in là, le luci dalle finestre del piano di sotto. Josie parcheggiò e scese, restando nell'oscurità e ascoltando i suoni dei grilli e delle cicale che frinivano e ronzavano nei campi. Sentì un familiare senso di disagio, fece un passo verso casa e cercò di capire cosa l'avesse provocato. Qualcosa non quadrava. Con la mano raggiunse la cintura e toccò l'arma d'ordinanza. Si sentì sollevata per essersi ricordata di portarla con sé quando era uscita di casa per incontrare Noah. Naturalmente, dopo quello che le era successo quasi due anni prima, probabilmente non sarebbe mai più andata da nessuna parte senza.

Fece un altro passo verso la casa e allora lo capì: la luce della veranda non era accesa. Si attivava al movimento e avrebbe dovuto accendersi nel momento in cui lei era entrata nel vialetto. Estraendo la pistola dalla fondina, salì i gradini. Dei vetri scricchiolarono sotto un piede; abbassò lo sguardo per vederne dei pezzi scintillare in una pozza di sangue che si estendeva dal punto in cui si trovava Josie fino all'ingresso. Si fermò in ascolto, sopra il battito del suo cuore, per individuare qualsiasi movimento all'interno o all'esterno della casa. Non c'era nulla. Stringendo la pistola in una mano, usò l'altra per chiamare Noah. Lui rispose al terzo squillo. «Sono da Luke» sussurrò. «C'è del sangue in veranda. Manda subito delle unità.»

«Non entrare» disse Noah. «Aspetta...»

Ma Josie aveva già riattaccato. Infilò il telefono in tasca e tenne la pistola all'altezza del petto mentre entrava in casa. Se Luke era ferito o in fin di vita, non poteva aspettare quindici o venti minuti per l'arrivo dei soccorsi. Erano secoli che non faceva irruzione in un edificio, ma si fece guidare dall'istinto e il suo corpo si mise in moto con il pilota automatico. La preoccupazione per l'incolumità di Luke si scontrava con la preoccupazione più pratica di mettere in sicurezza la scena del crimine. Doveva essere il capo Josie in questo momento, non la futura Mrs. Creighton.

Seguì le tracce di sangue dalla porta fino alla cucina dove

c'era un grosso schizzo sui mobili dipinti di bianco. Sulle piastrelle del pavimento se ne formavano delle pozze. Per sicurezza esaminò le credenze, le pareti e persino il soffitto alla ricerca di fori di proiettile, ma gli schizzi erano più compatibili con una ferita da taglio. A giudicare dai segni di trascinamento sul pavimento, la vittima – per favore, fa' che non sia Luke – era stata inizialmente pugnalata in cucina, dove era rimasta per un po' di tempo, e poi era stata trascinata fuori, in veranda.

Luke teneva la sua arma d'ordinanza in una cassaforte nell'armadio in camera, insieme al fucile da caccia e al fucile a pompa. Lì non gli sarebbero serviti a nulla se fosse stato colto di sorpresa, ma se qualche ospite inatteso si fosse fatto strada lungo il vialetto avrebbe avuto un ampio preavviso per prendere le armi. A meno che non lo stessero già aspettando quando era tornato a casa: questo avrebbe spiegato la luce della veranda rotta. Chiudeva sempre a chiave la porta, ma era abbastanza facile entrare in casa attraverso una delle finestre laterali.

Tenendo la pistola pronta e ascoltando eventuali rumori nella casa, si mosse furtivamente in tutto il primo piano. In ogni stanza in cui entrava si aspettava di trovarlo sanguinante sul pavimento, ma non c'era. Non vide sangue sulle scale, ma si diresse comunque verso il secondo piano, usando la manica per accendere le luci in ogni stanza. La camera degli ospiti era vuota, così come quella che lui usava come palestra. Superò il bagno e passò alla camera da letto principale, anch'essa vuota. Nell'armadio, la cassaforte delle armi era ben chiusa.

Mentre passava in rassegna la stanza per la seconda volta, i suoi occhi si bloccarono sul comodino alla destra del letto. Il lato in cui dormiva lei. Anche se non rimaneva più ormai. La lampada era la stessa, ma c'era un romanzo tascabile con le orecchie alle pagine che non aveva mai visto prima, accanto a una bottiglia d'acqua mezza piena.

«Figlio di puttana.» mormorò tra sé e sé, accasciandosi contro lo stipite della porta.

La casa era libera. Luke era scomparso. A giudicare dal sangue in cucina, dovunque fosse, non ci era andato di sua volontà. Doveva essere correlato a ciò che era accaduto a casa di Misty quel giorno; era una coincidenza troppo grande che Misty e Luke si fossero incontrati in segreto e mesi dopo fossero entrambi in guai seri. In cosa diavolo si era cacciato Luke?

Solo poche ore prima, pensava di sapere tutto quello che c'era da sapere su di lui. Non aveva mai pensato che fosse il tipo di ragazzo che aveva dei segreti. Luke era come appariva. Forse lei era stata così impegnata a preoccuparsi che lui scoprisse gli scheletri nel suo armadio che non le era mai venuto in mente che lui potesse averne di suoi. Il segreto più grande che le aveva tenuto nascosto era di essere stato fidanzato con una donna che lavorava per il laboratorio della Polizia di Stato. Ora si chiedeva se quella fosse l'unica cosa che le aveva nascosto. Chi aveva dormito nel suo letto, accanto a lui? Come aveva fatto a essere così cieca? Scosse la testa, cercando di scrollarsi di dosso l'ultima domanda. Non aveva importanza ora. I suoi problemi di coppia dovevano aspettare. Al momento doveva occuparsi del secondo caso di sparizione della giornata, e si trattava dell'uomo che amava.

Cercò di fermare quei pensieri dettati dal panico mentre tornava in cucina. Evitando accuratamente il sangue, rinfoderò la pistola e tirò fuori il cellulare. Chiamò Luke. Dal soggiorno giunse il suono ovattato di "Mine Would Be You" di Blake Shelton. Ricordava la prima volta che gliel'aveva fatta ascoltare; era la canzone più romantica che avesse mai sentito e ascoltarla ora le provocava una fitta di dolore al petto. Trovò il telefono sul tavolino, gettato alla rinfusa tra altri oggetti: le chiavi dell'auto, il telecomando del televisore, una pila di posta. Voleva controllare per vedere se c'erano messaggi o chiamate con Misty o altri numeri che non riconosceva, ma si trovava sulla scena di un crimine. Prima avrebbe dovuto aspettare che la Scientifica esaminasse la casa.

Tornò in cucina e fissò le macchie di sangue, cercando di capire se una persona potesse perderne così tanto ed essere ancora viva. Il suo telefono vibrò: era un messaggio di Noah, le diceva che era a cinque minuti di distanza. Molto bene. Non voleva rimanere sola ancora a lungo.

Uno scalpiccio sul retro la spaventò, corse verso la porta di servizio e guardò fuori per vedere una figura che correva nell'oscurità verso il fienile ai margini della proprietà di Luke.

Sbatté la porta alle sue spalle mentre correva fuori.

DODICI

In fondo alla scala sul retro, Josie saltò su un mucchio di attrezzi da giardinaggio sparsi per terra e si mise all'inseguimento. Per sua fortuna, la luna piena illuminava quel lato della casa e in pochi secondi la vista si adattò. I suoi piedi volarono sull'erba, toccando appena il suolo. Gridò: «Fermati, polizia!» ma la figura non rallentò. Avvicinandosi, Josie vide che si trattava di una donna: i lunghi capelli d'oro rilucevano di tanto in tanto alla luce della luna. Era esile ed era scalza. Josie la raggiunse rapidamente e la placcò buttandola a terra.

Rotolarono nell'erba prima di fermarsi. Rapidamente, Josie voltò la donna faccia in giù e si mise a cavalcioni su di lei. «Avevo detto fermati.» sbuffò. Trattenne le mani della donna dietro la schiena ma si rese conto di non avere né fascette né manette. Era da più di un anno che non arrestava un sospetto e si vedeva.

Sotto di lei, la donna giaceva immobile, ma Josie sentiva il suo petto ansimare mentre cercava di riprendere fiato. «Chi sei?» chiese Josie.

Non rispose. «Ho chiesto, chi sei?»

Un altro momento di silenzio scivolò via mentre Josie la

perquisiva. Niente armi. Josie emise un sospiro di frustrazione. «Bene. Non importa. Sei in arresto.»

«Io... non lo so.» disse la donna con voce rauca.

«Cosa?»

«Non mi ricordo.»

«Non ricordi il tuo nome?»

«Non ricordo nulla. Mi sono solo svegliata qui. Non so dove mi trovo. Ho sentito qualcuno in casa. C... c'era del sangue. Sono scappata.»

Josie fissò per un attimo la nuca della donna, chiedendosi se fosse sincera. «Di cosa stai parlando?»

«Non lo so. La prego. Ho molta paura.»

Josie si alzò e la tirò in piedi per un braccio. Era minuta, sui venticinque anni, il suo viso aveva la forma di un cuore. Indossava pantaloni da tuta e una maglietta che Josie riconobbe: apparteneva a Luke. Josie sperò che la luce della luna non rivelasse lo straziante lampo di dolore nei suoi occhi.

«Dove ti sei svegliata?» chiese.

La donna indicò la casa. «Laggiù» disse.

«Ho controllato la casa» ribadì Josie. «Tu non c'eri.»

«Ero sul retro. Era buio. Non... non capisco cosa stia succedendo.»

«Come facevi a sapere che c'era del sangue in casa se stavi fuori?»

Alla luce della luna, Josie riuscì a vedere la fronte della donna aggrottarsi sopra un paio di occhi grandi e scuri. «Cosa?»

Josie ripeté la domanda.

«Io... stavo provando ad aprire la porta, ho guardato dentro e ho visto del sangue. Mi è sembrato di vedere qualcuno che si muoveva in cucina, così sono scappata.»

Josie la fissò. Dalla porta sul retro avrebbe potuto vedere buona parte degli schizzi di sangue; tuttavia, questo non spiegava perché fosse scalza e indossasse i vestiti di Luke.

«Ti trovavi in casa» disse Josie. «Chi sei? Cosa ci fai qui?»

«Non lo so. Lo giuro, non lo so. Non mi ricordo. Non ho idea di dove mi trovi o di chi sia quella casa.» Gli occhi della ragazza implorarono comprensione.

«E Misty Derossi? Ti ricordi di lei?»

«Chi?»

Quella ragazza non le dava alcun indizio, perciò, senza dire una parola, Josie la fece voltare e la spinse verso la casa, mentre le sirene risuonavano in lontananza.

«Che succede?» chiese la ragazza con voce flebile, inghiottita dal suono delle sirene. «Può dirmi che cosa sta succedendo? Dove mi trovo? Qualcuno è ferito?»

Josie la ignorò. Quando raggiunsero la casa, le sirene si spensero, ma le luci lampeggianti rosse e blu dei veicoli di emergenza rischiaravano la notte. Josie accompagnò la donna intorno alla casa fino all'ingresso, dove trovò Noah che stava scendendo dalla sua Ford Escape. Spinse la donna verso di lui, che l'afferrò con abilità. «Ammanettala.» gli disse. Lui eseguì e fece salire la ragazza sul sedile posteriore di una volante, mentre Josie camminava avanti e indietro davanti alla casa di Luke. Alcuni dei suoi agenti si avvicinarono e lei diede loro istruzioni per mettere in sicurezza e delimitare la scena del crimine. Loro si misero al lavoro, mentre Josie continuò a camminare finché Noah non le si avvicinò. «Che diavolo è successo?» chiese.

Gli raccontò cosa aveva trovato. «Non so di chi sia questo sangue, quindi dovrai farlo analizzare al più presto. Non ci vuole molto. Dovresti riuscirci stasera. Luke è A negativo. Non ho idea di chi sia quella donna, e lei sostiene di non ricordare il suo nome o come sia arrivata qui. Fai un controllo delle sue impronte. Cerca di trovare qualcosa. Portala in ospedale e falla visitare. Falle fare una TAC alla testa o qualcosa del genere. E che sia sempre sorvegliata. Per ora è l'unico legame che abbiamo con Luke. C'era qualcun altro qui. Non so se fosse lei, Misty o qualcun altro. A quanto pare, è "quel tipo di persona".»

Josie smise di parlare per riprendere fiato, proprio mentre Noah la prendeva per un gomito e la spingeva verso la Escape.

«Che cosa stai facendo?» chiese.

«Sali.» disse.

«Come scusa?»

Lo fissò.

«Boss» cominciò lui, sottomettendosi alla sua autorità ma mantenendo il suo tono deciso. «Sali in macchina.»

Si avvicinò al lato del passeggero e montò. Noah salì accanto a lei, ma non mise in moto. «Questa cosa sta diventando troppo personale.» disse.

Josie si stizzì. «Sto bene. Sto bene. Io...»

«Luke è il tuo fidanzato. È scomparso. C'è del sangue in casa sua e hai trovato una donna sconosciuta che fuggiva dalla scena del crimine. Dimmi di nuovo che stai bene.»

Josie lo fissò mentre respingeva verso il basso, in profondità, l'isteria che le saliva dentro.

«Sono un tuo superiore.» gli ricordò.

«Quindi puoi garantirmi che non stai vivendo questa situazione a livello personale?»

«Mio marito è morto tra le mie braccia quasi due anni fa, nel bel mezzo di un caso. Ho gestito i miei casini e li ho gestiti ogni giorno da allora. Qualunque siano le tue preoccupazioni, è meglio che tu le metta da parte e torni in riga. Abbiamo del lavoro da fare.»

E senza aggiungere altro, scese dall'auto.

TREDICI

La donna misteriosa non aveva documenti e la squadra di Josie non trovò niente in casa che fosse collegato a lei. Josie attese con impazienza mentre Gretchen provava a interrogarla sui sedili posteriori della volante. Con Noah rimase in veranda a guardarle parlare.

«Avrei dovuto farlo fare a te» borbottò Josie. «Forse con un uomo avrebbe reagito meglio.»

«Boss» disse Noah. «Se ha perso la memoria, ha perso la memoria. Non potrebbe trattarsi di commozione cerebrale, trauma, o addirittura amnesia?»

«Non è amnesia» disse Josie. «Sta fingendo.»

«Cosa te lo fa pensare?»

«Lo so e basta.»

«Sei sicura che il problema non sia che indossa la maglietta di Luke?»

Non gli sfuggiva nulla, accidenti a lui. Josie gli lanciò uno sguardo gelido, ma lui si stava già allontanando, fingendo di voler conferire con l'agente di guardia alla porta d'ingresso. Poi sparì in casa.

Josie mise le mani sui fianchi e sbuffò. Guardò Gretchen

che scendeva dall'auto, scarabocchiava alcuni appunti sul taccuino e si dirigeva verso di lei. «Non le ho tirato fuori niente, Boss» disse Gretchen. «Si attiene alla sua storia.»

«Pensi che stia fingendo?» chiese Josie.

«Non lo so. Sa in che anno e mese siamo, chi è il presidente. Sa fare le addizioni e le sottrazioni. Le ho fatto delle domande generiche sulla cultura pop a cui ha risposto correttamente, ma sostiene di non ricordare chi è, da dove viene o dove si trova ora. Non ci sono segni di lesioni fisiche. So che una persona può soffrire di fuga dissociativa da amnesia, quando un evento traumatico le fa perdere la memoria, ma c'è qualcosa che non quadra.»

«Sono d'accordo.» disse Josie.

Gretchen si voltò verso la macchina dove la ragazza, seduta sul sedile posteriore, guardava dritto davanti a sé. «La porto in ospedale. La faccio visitare e poi la porto in centrale per un interrogatorio.»

Entrambe la guardarono sollevare le mani ammanettate e sistemarsi i capelli dietro le orecchie, una dopo l'altra, prima di rilassarsi sul sedile.

«È troppo calma.» disse Josie.

Gretchen disse: «Sarà sotto shock?»

«No» disse Josie. «Ho visto persone in stato di shock. Quando l'ho stesa a terra, respirava pesantemente, ma per lo sforzo di fuggire. Il suo cuore non martellava, lei non tremava, non piangeva. Anche adesso, guardala. Se io mi trovassi sulla scena di un crimine senza ricordare chi sono o come ci sono arrivata, sarei parecchio sconvolta.»

«Il problema è capire come possiamo dimostrare che sta fingendo.»

«Non lo so» disse Josie. «Ma il primo passo è trovare un medico che confermi che non c'è nulla che non vada in lei.»

Noah tornò fuori, con il telefono di Luke in mano. «Questo è stato controllato. Vuoi dare un'occhiata?»

Josie cercò di non strapparglielo di mano con troppo impeto. Sotto gli occhi vigili di Noah e Gretchen, scorse rapidamente le chiamate e i messaggi. «Niente.» mormorò.

C'erano chiamate e messaggi a lei, alla sorella e ai genitori di lui, a tre colleghi di cui riconobbe il nome, tra cui Brady Conway. Si erano scambiati dei messaggi la sera in cui Luke era andato da loro per vedere una partita e aveva trovato la carneficina. Non si era resa conto che Luke aveva conservato la conversazione e si chiese quanto spesso la rileggesse, cercando di conciliare la normalità dei messaggi con quello che aveva trovato quando era arrivato a casa di Brady.

Restituì il telefono a Noah, ma lui le fece cenno di tenerlo. «Non c'è niente di utile. Tienilo e potrai restituirglielo quando lo troveremo.»

Noah. Sempre ottimista.

A Josie non sfuggì lo sguardo che passò tra Noah e Gretchen. Poi Noah si schiarì la gola. «Boss...»

Si interruppe. Josie passò lo sguardo da lui a Gretchen e viceversa. «Cosa?» sbottò.

Parlò Gretchen: «Di solito, quando indaghiamo su un crimine, iniziamo dalle persone più vicine alla vittima.»

«E cioè io.» disse Josie, comprendendo il loro disagio.

«Sappiamo che Luke è il tuo fidanzato, ma se tu... sai qualcosa, sarebbe utile saperlo.» disse Noah.

Josie sospirò. «Non so niente. Non so cosa combinasse o cosa gli stesse succedendo per finire in questo modo. Non sapevo nemmeno che andasse al Foxy Tails per vedere Misty. Dalla sera di Conway è sempre stato freddo e distante. Pensavo fosse solo per quello. In qualsiasi cosa fosse coinvolto, non mi ha detto nulla.»

«Hai perlustrato la casa» disse Gretchen. «Manca qualcosa? O è fuori posto?»

In altre parole, si trattava di una effrazione? Una rapina?

«No» disse Josie. «Non che io abbia visto.»

L'unica anomalia era che qualcuno aveva dormito nel letto di Luke. Nessuno si addentra per chilometri nei terreni agricoli per derubare qualcuno che non ha nulla di valore. Luke aveva alcune armi, ma la cassaforte era rimasta intatta, e non teneva grandi somme di denaro in giro. Il suo bene più prezioso era una piccola barca da pesca che teneva nel fienile, ma non valeva certo la pena di rubarla. No, chiunque fosse stato lì non ci era andato per rubare, ma per fare del male. Gli schizzi di sangue lo rendevano evidente.

Ma chi potrebbe essere andato a cercarlo? O forse erano venuti per la ragazza e Luke aveva lottato per difenderla? E perché? Chi diavolo era?

«E sua sorella?» chiese Noah.

Josie sbatté le palpebre, cercando di concentrarsi su Noah. «Cosa?»

«Sua sorella. Potrebbe sapere cosa gli sta succedendo o se è coinvolto in qualcosa?»

«Ne dubito» disse Josie. «Vive a qualche ora di distanza e non si vedono spesso. Le farò una telefonata. Devo chiamarla comunque, per dirle...» si interruppe, deglutendo a fatica per il nodo in gola. «Hai chiamato il medico legale?»

«Non c'è il corpo» disse Noah. «Non verrebbe fin qui senza un cadavere da esaminare.» Alzò una mano mentre Josie apriva la bocca per parlare. «Ma le ho mandato alcune foto degli schizzi di sangue. Ha detto che è improbabile che una persona che perde una tale quantità di sangue possa sopravvivere senza una trasfusione.»

Si fermò lì, ma Josie sentì comunque le parole nella sua testa. *Mi dispiace, Boss.*

QUATTORDICI

Josie si appoggiò alla sua Ford Escape e accostò all'orecchio il cellulare che squillò tre volte prima che Carrieann Creighton rispondesse. «Josie?»

Non perse tempo. «Carrieann, è successo qualcosa a Luke.»

Josie sentì il suo respiro affannoso. «È... è vivo?»

«Non lo so.» disse lei con franchezza.

In qualche modo, riuscì a mantenere la voce calma mentre spiegava a Carrieann ciò che aveva trovato quando era arrivata a casa di Luke, senza dirle della ragazza sconosciuta. Parlarne apertamente a sua sorella peggiorava le cose. Quasi due anni prima si erano confortate a vicenda in ospedale mentre Luke si riprendeva da una ferita d'arma da fuoco. Quella era sembrata la peggiore situazione possibile: le viscere di Luke erano state fatte a pezzi dai proiettili di un cecchino e lui era a stento aggrappato alla vita dopo l'intervento chirurgico. Ma non sapere dove fosse, quanto fosse gravemente ferito o addirittura se fosse ancora vivo, era molto peggio.

«Mi dispiace.» concluse Josie.

La voce di Carrieann era densa di emozioni.

«Ti raggiungo. Posso arrivare entro domattina.»

«Carrieann, quando è stata l'ultima volta che hai parlato con Luke?»

Un breve silenzio. Poi: «Non so, qualche settimana fa. Sai com'è Luke al telefono. È difficile cavargli qualche parola. È sempre tutto un "Io sto bene, Josie sta bene, le cose vanno bene". Non mi chiama mai. Sono sempre io che lo chiamo.»

Sì, sapeva che era così.

«Quando gli hai parlato, ti è sembrato... strano in qualche modo?»

«No» rispose Carrieann. «Sembrava lo stesso di sempre. So che hai detto che era piuttosto depresso dopo la morte del suo amico, ma non ho mai notato alcuna differenza in lui. Josie, perché mi fai queste domande?»

«Sto cercando di capire cosa stesse passando. In cosa era... in cosa era coinvolto.»

«Coinvolto?»

«Gli stava capitando qualcosa, Carrieann. Non credo che sia stato casuale. Ne parliamo quando arrivi, va bene?»

«Ci vediamo presto.» rispose Carrieann prima di riattaccare.

Chiamò poi il comandante della Stazione di Luke per informarlo dell'accaduto. Questi riferì che Luke era diventato molto più riservato dopo la morte di Conway, ma non aveva dato segno che gli stesse succedendo qualcos'altro. Promise di parlare con gli altri agenti per verificare se avessero informazioni utili e di fornire tutta l'assistenza possibile alle indagini. Josie riattaccò sentendosi ancora più frustrata di quanto non fosse prima di telefonare.

Quando fu evidente che non c'era altro da fare a casa di Luke, lasciò la sua squadra lì a proseguire le indagini sulla scena e guidò verso la città. Lasciò la radio accesa per ascoltare delle voci e soffocare qualsiasi pensiero, e per essere la prima a sentire se qualcuno avesse risposto all'allerta AMBER. Si avviò lungo la strada rurale in cui viveva Luke, percorrendo chilometri senza meta, procedendo lentamente mentre scrutava il ciglio di entrambi i lati della strada. Non sapeva cosa si aspettasse o sperasse di trovare, ma non c'era nulla. Semplicemente non voleva tornare a casa. Con il passare delle ore, Josie lottò contro un senso di disperazione crescente. Aveva percorso quasi tutte le strade di Denton prima che i suoi occhi cominciassero a bruciare per la stanchezza.

Sentiva la voce di Noah nella sua testa. *Boss, vai a casa. Riposati un po'.*

Stava tornando a casa, a malincuore, quando squillò il cellulare. Era Gretchen. «Boss, mi hanno appena chiamata dal laboratorio. Il gruppo sanguigno del sangue nella cucina di Luke è o negativo. Quindi non è di Luke.»

Il sollievo che Josie provò fu così immediato e così forte che per un attimo si sentì un po' stordita. Poi si riscosse e disse: «Se non era suo e non è di quella ragazza, allora c'era qualcun altro lì.» Sperava che il sangue appartenesse alla persona che aveva aggredito Luke; era probabile che quella persona si fosse già dissanguata e che Luke fosse libero. A meno che non fosse morto anche lui. No, non poteva pensarci. «Fai fare al laboratorio un test del DNA così lo inseriamo nella banca dati dello Stato.»

«Agli ordini.» disse Gretchen, e Josie la sentì scarabocchiare sul suo taccuino.

«Sei ancora in ospedale con la nostra donna del mistero?»

«Sì, stanno aspettando di portarla a fare una TAC. Hanno dovuto chiamare il neurochirurgo reperibile per un consulto. Ci vorrà un po'. Ha delle... cicatrici.»

«Di che tipo?»

«Sulla schiena. Tessuto bruciato.»

«Recenti?»

«No. Non sono un'esperta, ma in base a quello che ho visto in passato, direi che sono dovute a una piastra o ad un arriccia-capelli.»

Josie trasalì. «Pensi a una violenza domestica?»

«Potrebbe essere. Non sono grandi, ma ne ha due e una sembra più vecchia dell'altra, il che fa pensare che non sia stato un incidente. Ho pensato che volessi saperlo.»

«Grazie» Josie sospirò. «Chiama Hummel per darti il cambio. Può farle lui da babysitter per la notte. Mi servirai fresca domattina.»

Ringraziò Gretchen e riattaccò, guidando con più decisione verso casa sua. Quando entrò nel vialetto, vide una luce accesa dalla finestra del soggiorno. Nella fretta di entrare si dimenticò quasi di parcheggiare l'auto. Era Luke? Era sempre stato lì?

Ma il salotto era vuoto. Rimase in piedi sulla porta a fissare la pila ordinata di partecipazioni di matrimonio accanto a un vaso di fiori di campo in tarda fioritura, la sua passione. Doveva essere uscito a raccoglierli per lei, cosa che non faceva da secoli. Su un tavolino trovò un biglietto con la calligrafia di Luke: *Mi dispiace. Ti amo. P.S. Questi tre sono i miei preferiti.* Accanto al biglietto c'erano tre partecipazioni di matrimonio che aveva scelto dalla pila sul tavolino.

Aveva pulito e lasciato la luce accesa per lei. Era pronta a scommettere che se fosse andata in cucina, avrebbe trovato i piatti lavati e ordinatamente impilati nello scolapiatti e le sedie sotto il tavolo da pranzo. Era una delle cose di lui che l'aveva sempre fatta impazzire fino a quando, dopo la strage di Conway, aveva smesso di farlo. Quando aveva smesso di essere se stesso.

Strinse il biglietto in una mano e si accasciò sul divano, chiudendo gli occhi per non farsi travolgere dall'emozione. Era andato a trovare Misty allo strip club di nascosto. In più di un'occasione. Un'altra donna era stata in casa sua, aveva indossato i suoi vestiti e dormito nel suo letto. Eppure, dopo essersi comportato in modo così freddo con lei quel pomeriggio, le aveva raccolto dei fiori e aveva scelto le partecipazioni di matrimonio che cercava di fargli vedere da settimane. Cosa diamine stava succedendo?

Non si era nemmeno accorta di essersi addormentata finché non fu svegliata di soprassalto da qualcuno che bussava alla porta. Si alzò di scatto dal divano e guardò verso il televisore, dove il decoder via cavo annunciava che erano quasi le sette del mattino. La luce del giorno si insinuava dai bordi delle tende.

Si strofinò gli occhi e si avviò verso la porta d'ingresso, controllando intanto il telefono.

La batteria era al 5% e non aveva ricevuto notizie da nessuno dei suoi agenti.

Con un sospiro pesante, aprì la porta.

QUINDICI
MARTEDÌ

Carrieann Creighton era sulla soglia di casa di Josie, sovrastandola in altezza, con un'espressione sofferente sul volto. Josie si scrollò di dosso la stanchezza e aprì le braccia. «Carrieann. Sono contenta che tu sia qui.»

Carrieann la abbracciò stretta e a lungo.

«Vieni.» le disse Josie, accompagnandola in cucina.

«Sono andata prima a casa di Luke.» disse Carrieann, mettendosi a sedere al tavolo della cucina.

Josie preparò la caffettiera e l'accese. «Se vuoi, posso mandare qualcuno a pulire.»

Carrieann scosse la testa. «No, no. Posso occuparmene io. Solo che non sapevo se... rischiavo di inquinare le prove.»

«Nessun problema, è stato tutto analizzato. Anche se sei la benvenuta se vuoi restare da me. Lo sai.»

Carrieann le sorrise intensamente. «Magari sì. Non so se riuscirei a stare in quella casa da sola, adesso. Ci sono novità?»

«Nessuna» rispose Josie. «La mia squadra sta lavorando per analizzare le prove, ma in realtà non abbiamo molte piste.»

«Neanche una?»

Josie pensò alla ragazza sconosciuta, con lo stomaco che le si agitava. «Beh, c'era una donna.»

Fornì a Carrieann un resoconto del suo incontro con la ragazza senza memoria e gliela descrisse.

Carrieann scosse lentamente la testa. «Non penso di conoscerla.»

«Conoscevi le ex di Luke, vero?»

«Beh, certo, quelle con cui faceva sul serio. Non è una lista lunga.»

«Forse oggi potresti venire alla centrale, per vedere se la riconosci» suggerì Josie. «Sempre che non venga diffusa la sua foto alla stampa.»

«Pensi che sia una sua ex?»

Josie sospirò. «Non so cosa pensare, Carrieann. È chiaro che quella donna ha dormito nel suo letto e... indossava i suoi vestiti.»

Accigliandosi, lo sguardo di Carrieann si posò sul tavolo. Si strinse nella camicia di flanella. «Non è da lui. Luke non è un tipo che tradisce. Dico sul serio. E non solo perché sono sua sorella.»

La testa di Josie iniziò a martellare. «Quale altra spiegazione potrebbe esserci?»

Lei scrollò le spalle. «Non lo so, ma credo che non piacerebbe a nessuna di noi due.»

***

Tre pasticche di ibuprofene, due caffè e una doccia più tardi, la testa di Josie non sembrava essere migliorata molto, ma intanto il telefono si era ricaricato e aveva la mente un po' più lucida. Carrieann si era ritirata nella camera degli ospiti, quella che di solito teneva per sua nonna Lisette quando dormiva da lei e la si poteva sentire russare fino in fondo alle scale. In cucina, Josie chiamò Noah al cellulare. «Dove sei?» chiese.

«Dove pensi che sia? Hanno appena portato la ragazza dall'ospedale.»

«Che cosa hanno detto?»

«Il neurologo dice che le scansioni sono tutte normali. Ha alcune vecchie fratture orbitali guarite, ma a parte questo è sanissima.»

«Fratture orbitali?» chiese Josie. «Come quelle che si riportano quando si riceve un pugno in faccia?»

«Sì, credo. Il dottore ha detto che sembrerebbe che una volta le abbiano fratturato le orbite oculari.»

«A quanto pare nella sua storia ci sono episodi di violenza domestica, allora. Che cosa ha detto il medico riguardo all'amnesia?»

«Che è uno stato di fuga dissociativa.»

«Vuol dire che ha vissuto qualcosa di traumatico e ha perso la memoria?» chiese Josie pensando alle parole di Gretchen la sera prima.

Sentì Noah sospirare. «In pratica sì. Ho parlato a lungo con il medico al telefono. Da quello che mi ha detto, il quadro corrisponde. Le persone in questo stato di solito appaiono del tutto normali, solo che non ricordano il loro passato o la loro identità.»

«Oh, tutto qui?» sbottò Josie. «Luke è scomparso e questa donna potrebbe avere informazioni preziose. O le sta nascondendo di proposito, o qualsiasi cosa abbia visto l'ha fatta cadere in questo... stato di fuga. Avete preso le impronte?»

«È stata la prima cosa che abbiamo fatto» rispose Noah. «La Polizia di Stato ci ha fornito i risultati quasi subito. Non risulta nell'AFIS». L'AFIS era il Sistema Automatizzato di Identificazione di Impronte Digitali, un database nazionale a disposizione delle forze dell'ordine che permetteva di confrontare le impronte digitali trovate sulle scene del crimine con quelle già presenti nel sistema.

«Il neurologo ha detto come fare per farla uscire da questa condizione?»

«Non c'è modo di farla uscire da questa condizione. Ha consigliato di farla visitare da uno psicologo o da un ipnotizzatore, se abbiamo davvero fretta.»

«Cristo» esclamò Josie. «Non abbiamo tempo per questo. E Misty?»

«È ancora in stato di incoscienza. Ha riportato un edema cerebrale. I medici la opereranno oggi per cercare di alleviare la pressione. Dovremo aspettare per interrogarla.»

«Continuate a controllare i suoi progressi.» disse Josie. «Sto arrivando. Tenete la ragazza senza nome nella sala interrogatori fino al mio arrivo. Carrieann è qui; entrerà più tardi per vedere se la riconosce. Manda Gretchen a casa di Luke e falle perlustrare la proprietà alla luce del giorno. So che la squadra ha controllato il fienile, ma voglio che lo faccia di nuovo. Voglio che l'intero perimetro sia controllato un'altra volta. Deve esserci qualcosa che possa dirci chi è questa donna o chi è venuto a prendere Luke.»

«Agli ordini.» disse Noah.

SEDICI

Alla centrale, Josie passò cinque minuti a fissare dai monitor a circuito chiuso la ragazza senza nome seduta immobile e da sola nella sala interrogatori, con una tazza di caffè intatta sul tavolo di fronte a lei. Cominciava a chiedersi se fosse caduta in uno stato di coscienza alterato quando alla fine la vide guardarsi intorno, mettersi i capelli dietro le orecchie, emettere un lungo sospiro, allungare le braccia sopra la testa e sbadigliare. Indossava ancora i vestiti di Luke e a Josie non piaceva il modo in cui questo la faceva sentire.

La porta del suo ufficio era aperta e qualcuno aveva lasciato una pila di posta sulla sua scrivania. La sfogliò distrattamente. Continuava a pensare a Luke, a chiedersi se fosse vivo, a cosa diavolo avesse fatto per ritrovarsi in questa situazione.

«Boss?» Noah entrò con una tazza di caffè fumante in una mano e il suo taccuino nell'altra. Le porse il caffè. «Ho pensato che ne avresti avuto bisogno.»

«Grazie.»

Lo sorseggiò in piedi, guardandolo alzare il taccuino per leggere una lista di nomi sul lato della pagina. «Ho un elenco abbastanza completo degli uomini ai quali Misty è stata legata» disse. «Risalendo a quando è rimasta incinta.»

«Quindi, potenziali padri.» sintetizzò Josie.

«Esatto» Aggrottò la fronte mentre studiava la lista. «Ce ne sono sette.»

Josie quasi si strozzò con il caffè. «Sette?»

«Sì, e potresti trovarlo interessante: c'è anche Brady Conway.»

Josie posò il caffè sulla scrivania. «L'amico di Luke?»

«Non ci sono altri Brady Conway.»

Fece un fischio basso e ripensò al viedo di Luke al Foxy Tails con Misty; era successo proprio nel periodo della morte di Brady Conway. Era quello l'affare che Luke aveva avuto con Misty? Fungeva da intermediario tra lei e il suo amico? Brady era sposato e faceva il poliziotto: se fosse stato lui il padre del bambino, non sarebbe stata certo una situazione ideale per nessuno dei due. Josie pregò che fosse proprio questo il motivo per cui Luke era andato due volte al Foxy Tails a trovare Misty prima che Brady morisse. Ma perché non glielo aveva detto?

«Boss?» la incalzò Noah.

Ma anche se Brady fosse stato il padre, non si spiegava cosa fosse successo a Misty e al suo bambino, o a Luke. E neanche il ruolo della ragazza.

«Stavo solo pensando» disse Josie. «Il collegamento con Conway è certamente interessante, ma Brady è morto perciò il suo alibi è inattaccabile. Non troveremo il bambino di Misty finché non troveremo la persona che era a casa sua ieri.»

Noah le rivolse un sorriso ironico. «Sì, beh, la maggior parte di questi altri uomini ha un alibi. Ce ne sono cinque con un alibi per gli ultimi due giorni, uno che non abbiamo ancora rintracciato e il marito del sindaco.»

Josie sollevò un sopracciglio. «Il marito del sindaco non ha un alibi?»

Noah scosse la testa. «Sua moglie è il suo alibi. Era all'ospedale ieri e l'altro ieri, ma ci sono lunghi periodi di tempo di cui non può rendere conto... Beh, lui dice che era con lei a casa e lei lo ha confermato.»

«Quindi è possibile che abbia aggredito Misty e preso il bambino; ma allora dove lo terrebbe?»

Noah scrollò le spalle. «È facile nascondere un bambino in una villa.»

«Non riesco a immaginare che Tara Charleston lo accetti. Le piace il potere che le dà il suo status. Non farebbe nulla di intenzionale per metterlo a repentaglio.»

«Eppure, ha già cercato di coprirlo una volta. E se fosse tornata a casa, lo avesse trovato con il bambino e non sapesse cosa fare? Così, invece di chiamare la polizia, ha tenuto il bambino.»

Non era del tutto implausibile. I coniugi si coprono a vicenda in continuazione. Josie avrebbe ritenuto che Tara fosse più intelligente di così, ma d'altra parte era rimasta con il marito pur sapendo che poteva essere il padre del bambino di Misty.

Perciò disse: «Ci lascerà dare un'occhiata in giro, ma se stanno nascondendo un bambino in casa, lo porterà via non appena saprà che stiamo arrivando.»

«Vuoi che faccia intervenire degli agenti per un furto con scasso nelle vicinanze?» chiese Noah.

Josie sorrise. «Forse possono inseguire il sospetto nella proprietà del sindaco.»

«Ricevuto.»

«E le impronte in casa di Misty? Trovato niente?»

«Non ancora. Ho chiesto alla Polizia di Stato di sbrigarsi, ma sai che possono volerci quarantotto ore.»

«È una stronzata. Ieri sera hanno rilevato le impronte della ragazza senza nome per noi.» disse Josie.

«Sì, perché avevano a che fare con il caso di Luke.»

«Richiamali. Digli che i casi sono collegati. Se vuoi li chiamo io.»

Noah scosse la testa. «No, posso occuparmene io.»

«Inoltre, tieni d'occhio il marito del sindaco e vedi se riesci a rintracciare l'ultimo potenziale padre della lista. Proverò a parlare di nuovo con la ragazza.»

DICIASSETTE

Josie chiuse la porta della sala interrogatori alle sue spalle sbattendola e la ragazza sollevò di scatto la testa per la sorpresa. I suoi grandi occhi marroni da cerbiatta si allargarono vedendo Josie avvicinarsi. Con un gesto furtivo si spostò i capelli dietro l'orecchio. Josie recuperò una foto di Luke, posò il telefono sul tavolo e lo spinse fino all'altro capo del tavolo finché non fu proprio sotto il naso della ragazza.

Lei lo fissò con aria assente. «Chi è?»

Josie la guardò. «Dimmelo tu.»

La donna alzò lo sguardo e, per un solo istante, Josie credette di vedere un guizzo di qualcosa di reale, di non studiato. Forse fastidio.

«Non lo conosco.» rispose la ragazza.

Josie si avvicinò e toccò lo schermo del telefono. «Questo è l'agente della Polizia di Stato che vive nella casa da cui stavi fuggendo ieri sera quando ti ho trovata.»

La ragazza non disse nulla.

«Si chiama Luke Creighton, ma questo lo sai già, vero?»

«No, no, non ricordo...»

«Cosa hai visto in quella casa ieri sera?»

«Gliel'ho detto, non me lo ricordo.»

«Perché ti trovavi lì?»

«Non lo so, gliel'ho detto. Cioè, non a lei, ma all'altra detective.»

Josie si mise una mano sul fianco. «Sono al corrente di ciò che hai detto alla detective Palmer. Ora ti chiedo: chi ha preso Luke?»

«Preso? Di cosa sta parlando?»

Lo schermo del telefono si era oscurato. Josie lo prese e le mostrò di nuovo la foto, questa volta ingrandendo il volto sorridente di Luke. La puntò in faccia alla ragazza. «È ovvio che lo conoscevi, indossi la sua maglietta. Perché ti trovavi lì ieri sera?»

Lei allargò le mani sul tavolo, con i palmi rivolti verso l'alto in segno di frustrazione. «Non lo so! Non ricordo nulla. Non ricordo perché ero lì, né chi sia questo Luke. Se sapessi qualcosa, glielo direi, lo giuro.»

«Cosa hai visto?»

«Gliel'ho detto. Io... mi sono svegliata, mi trovavo fuori, in veranda. Era buio. Mi sono avvicinata alla porta sul retro e ho visto del sangue sui muri, così sono scappata. Non ricordo nient'altro.»

«Come sei arrivata lì?»

La ragazza alzò gli occhi al cielo. «Quante volte devo dirlo? Non me lo ricordo!»

«Come ti chiami?»

«Non lo so.»

«Come ti sei fatta le bruciature sulla schiena?»

L'espressione della ragazza cambiò lievemente. Un leggero irrigidimento della mascella. «Cosa?»

«La detective mi ha detto che quando sei stata visitata all'ospedale hanno trovato segni di bruciature sulla tua schiena. Come te li sei procurati?»

«Io... non lo so. Cioè, non me lo ricordo.»

Josie la valutò per un lungo momento di silenzio. Poi accese la fotocamera del telefono e lo tenne in mano. «Sorridi.»

La ragazza strabuzzò gli occhi, non per finta innocenza stavolta, ma per paura. «Cosa sta facendo?»

«Ti faccio una foto, per rilasciarla alla stampa. Qualcuno da qualche parte saprà chi sei.»

Lei balzò in piedi, coprendosi il viso con le mani, proprio mentre Josie scattava. La ragazza si muoveva come un tornado. «Basta!» gridò.

Josie represse un sorriso di soddisfazione. «Perché? Vorrai sicuramente sapere chi sei e da dove vieni, no?»

Sollevò di nuovo il telefono. «Ora sta' ferma.»

La ragazza si coprì il viso. «Per favore» disse. «Non lo faccia.»

«Perché no?»

«Io... credo di essere in pericolo.»

«Davvero? E perché?»

Si abbassò i capelli sul viso, distogliendo lo sguardo da Josie. «Beh, sono stata in quella casa e ovviamente è successo qualcosa di brutto. Il sangue... ho visto il sangue. Me lo ricordo. Adesso volete sapere chi ha preso questo... questo Luke, il che significa che è scomparso. Non so cosa stia succedendo, ma è chiaro che sono coinvolta in questa storia, altrimenti non mi terreste qui. E se mostrate la mia foto al notiziario e chi l'ha preso viene a cercarmi?»

Josie socchiuse gli occhi. «Sei sotto la custodia della polizia.»

La donna si voltò di nuovo verso Josie, con gli occhi marroni che spuntavano tra le dita. «Sì, e il tizio che è stato rapito non era un agente di polizia? Com'è andata a finire per lui?»

Josie teneva ancora il telefono in alto come un'arma.

«Per favore» continuò. «Prima di spiattellare la mia faccia in televisione e su internet, mi dia un altro giorno per cercare di ricordare. Voglio dire, non ho ancora dormito. Forse se mi riposassi un po'...»

Josie ripose il telefono in tasca e appoggiò entrambi i palmi sul tavolo, sporgendosi verso la ragazza. «Ti proteggerò» disse. «Posso proteggerti da qualsiasi cosa tu stia nascondendo. Se mi dici subito di cosa si tratta, posso aiutarti.»

«Non ricordo nulla.» insistette lei.

«Non capisci che qualsiasi cosa tu stia nascondendo o da cui tu stia scappando potrebbe far uccidere Luke, se non è già morto? Io devo trovarlo. E subito.»

La ragazza rimase in silenzio, mordicchiandosi il labbro inferiore.

«E Misty Derossi?»

«Chi?»

«È in terapia intensiva al Denton Memorial. Ieri qualcuno le ha portato via il figlio appena nato. Ne sai qualcosa?»

Gli occhi della ragazza si allargarono in modo impressionante. Josie non poté fare a meno di sentire che lo shock e lo sgomento nella sua espressione erano finti. «È terribile» disse. «Ma no, non ne so nulla, e non la conosco. Non l'ho mai sentita nominare. Le dico che non ricordo nulla.»

«Dimmi quello che sai. Ti proteggerò e ritroveremo Luke, se è ancora vivo.»

Passò un lungo momento. Josie sentiva il rumore dei suoi agenti che camminavano avanti e indietro nel corridoio. Continuò a tenere gli occhi sulla ragazza finché questa non distolse lo sguardo.

«Mi dispiace» disse. «Non ricordo nulla. Ma per favore, datemi solo un giorno. Lasciatemi dormire. Voglio aiutarvi.»

Josie non le credette nemmeno per un secondo e, per quanto desiderasse attraversare la stanza e cavarle di bocca le informazioni, si trattenne. Chiaramente era in pericolo, perciò il posto più sicuro per lei era sotto la loro custodia.

«Ti do quattro ore. Puoi dormire nella cella di detenzione. Se non ricordi nulla quando verrò a prenderti, rilascerò la tua foto alla stampa.»

«Grazie.»

Avrebbe dovuto trovare Luke da sola.

DICIOTTO

Noah la aspettava fuori dalla sala interrogatori. «Beh, è stato un incontro produttivo.» disse sorridendo.

Josie soppresse una risposta brusca, inviandogli invece un messaggio che fece immediatamente trillare il suo cellulare. Lui lo guardò. «Pensavo che non le avessi fatto una foto.» disse.

Josie sorrise. «Era così impegnata nell'esibizione che non si è nemmeno accorta che l'avevo scattata. Mandala alla WYEP. La voglio al notiziario entro un'ora.»

«Pensavo che le avessi dato quattro ore.»

«Non abbiamo quattro ore. Mettetela in custodia. Fatela sentire a suo agio. Pubblicate la sua foto al notiziario e sui social media. Diremo che è stata trovata sulla scena di un crimine e che stiamo cercando di accertarne l'identità.»

«E se fosse una vittima di violenza domestica? E se il tizio che le ha spaccato la faccia venisse a prenderla?»

«Posso aiutarla» insistette Josie. «Posso proteggerla, ma in questo momento lei è il mio unico legame con Luke. Sa qualcosa. Rappresenta la mia unica possibilità di trovarlo, sempre che sia ancora vivo. Se non può o non vuole dirmi chi è, allora devo usare qualsiasi mezzo per scoprirlo. Non ho altra scelta.»

Noah sembrava sul punto di ribattere, ma poi deglutì e disse: «Va bene. Chiamerò la WYEP.»

«Poi vai al Foxy Tails e mostra la sua foto in giro, per vedere se qualcuno la riconosce.»

«Pensi che conoscesse Misty?» chiese Noah.

«Non lo so. Quello che so è che nel giro di un giorno Misty è stata massacrata di botte e il suo neonato è stato rapito; poche ore dopo abbiamo visto Luke in un video insieme a Misty al Foxy Tails perché aveva qualche affare da sbrigare con lei, poi è scomparso dopo un'evidente colluttazione e questa donna è stata trovata a casa sua. Non può essere solo una coincidenza. Manda in onda quella foto, va bene? Vediamo se alla nostra smemorata piace che le si menta.»

«Ricevuto. A proposito, il cellulare di Misty non ha dato risposta al GPS o alla triangolazione.»

«Quindi chiunque l'abbia preso, probabilmente l'ha distrutto. È un vicolo cieco. E le ostetriche? Devo ancora sapere se è stata denunciata la scomparsa di qualche ostetrica in città.»

«Gretchen ci stava lavorando» disse. «Non ha trovato nulla di sospetto.»

«Bene, questo è positivo. A che punto siamo con il fabbro che deve aprire la scrivania di Misty? Probabilmente è un buco nell'acqua, ma vorrei sapere se c'è qualcosa di utile lì dentro.»

«Gretchen ha fatto venire un fabbro ieri, ma aveva bisogno di un attrezzo speciale per aprire quella particolare scrivania. Sapevi che è stata importata dall'Inghilterra? Ha quasi duecento anni. Comunque, il fabbro ha detto che non ha lo strumento giusto, ma ha un amico che sta a poche miglia di distanza che ce l'ha.»

«Maledetti mobili d'epoca.» mormorò Josie.

«Dillo e noi apriamo quella serratura con le nostre mani.»

«No. Quella scrivania deve costare migliaia di dollari. Non intendo ripagarla. Il massimo che otterremo dai documenti che contiene è un'idea più precisa di chi sia il padre del bambino, e sono abbastanza fiduciosa sulla lista di potenziali padri che abbiamo già stilato. Fammi sapere quando l'aprite, d'accordo?»

«Certamente.»

Noah sparì nel corridoio, già al telefono. Il cellulare di Josie squillò e lei lo tirò fuori vedendo il nome e il numero di Gretchen sullo schermo. «Che cos'hai?» chiese senza preamboli.

La voce di Gretchen sembrava affaticata. «Sono andata a casa di Luke, come mi hai detto. Ho dato un'occhiata all'esterno. Il cortile, il fienile, il perimetro.»

La bocca di Josie si asciugò. «Che cosa hai trovato?» Gretchen non avrebbe chiamato se non avesse trovato qualcosa di significativo.

«C'è un corpo, Boss. Dietro il fienile. Seppellito. Sembra che sia qui da un po'.»

«Quindi non è Luke.» esclamò Josie.

«Non credo, no. Ho chiamato il medico legale. Sta arrivando. Vuoi raggiungerci?»

Josie si guardò intorno. Notò tre dei suoi agenti chini sulle rispettive scrivanie, con gli sguardi puntati sul televisore appeso alla parete. C'era di nuovo Trinity Payne, che seguiva il secondo giorno del processo ad Aaron King nei notiziari nazionali. Come chiunque altro nel paese, anche la squadra di Josie era assorbita dal processo. Perché non avrebbero dovuto seguire il servizio su King? Non c'erano piste da seguire nel caso del neonato scomparso di Misty Derossi. Nessuna pista da seguire sulla scomparsa di Luke. La ragazza non collaborava. «Sarò lì tra venti minuti.» disse Josie al telefono e riagganciò.

Chiamò uno degli agenti che stavano guardando il notiziario e gli disse di mandare immediatamente una squadra della Scientifica a casa di Luke. Rintracciò Noah per raccontargli gli ultimi sviluppi. Lui le promise che l'avrebbe raggiunta più tardi, dopo aver sistemato la ragazza senza nome e controllato alcune delle piste che Josie gli aveva chiesto di seguire. Josie si avviò verso la casa di Luke, percorrendo i diciassette chilometri più lunghi della sua vita.

La dottoressa Anya Feist era sulla quarantina ed era il medico legale della città di Denton da oltre dieci anni. Era intelligente, efficiente e scrupolosa. A Josie era sempre piaciuta. Aveva sempre avuto un aspetto giovanile e vitale, ma il caso delle ragazze svanite l'aveva invecchiata.

Negli ultimi diciotto mesi Josie aveva osservato come i suoi capelli biondi lunghi fino alle spalle fossero diventati quasi d'argento e come avesse perso peso, su un fisico di uno settanta, tanto che la gente aveva iniziato a chiederle se fosse malata. «No» rispondeva sempre. «È solo stress da lavoro.»

Josie la trovò in ginocchio dietro il fienile di Luke, a setacciare la terra smossa con le mani guantate. Aveva già preparato una griglia rettangolare con paletti di metallo e cordini. Gretchen stava al di fuori, scattando foto con una delle macchine fotografiche del dipartimento. Vicino alle ginocchia di Anya, al centro della griglia, sbucava una gamba dalla terra. Era avvolta in un pantalone marrone e il piede calzava un mocassino nero incrostato di fango. Josie provò una piccola ondata di sollievo. Non erano le scarpe di Luke. Lui aveva un paio di Oxford che aveva pagato troppo e che indossava solo ai matrimoni e ai funerali, e non erano quelle.

Anya smise di setacciare la terra e alzò gli occhi verso Josie. «Capo.» disse.

«Dottoressa Feist.» rispose Josie, fermandosi fuori dall'area delimitata.

Gretchen fece un cenno a Josie. Smise momentaneamente di scattare foto e con la macchina fotografica si spostò dietro di lei verso il punto in cui terminava la proprietà di Luke e iniziava un piccolo boschetto. «Qui c'è una pendenza» indicò. «Bisogna salire su quel piccolo argine per entrare nel bosco. La settimana scorsa ha piovuto tanto. Credo che abbia lavato via gran parte della terra e del fango. Altrimenti non avrei mai notato una parte della sua scarpa che sporgeva. Non sembra che sia stato sepolto molto in profondità, tanto per cominciare.»

Anya usò il dorso del polso per spostarsi una ciocca di capelli dalla fronte. «Devo prendere il resto del kit dal mio furgone. Una volta che l'avrò dissotterrato, avremo bisogno di un'ambulanza per trasportare quest'uomo all'obitorio.»

«Tutto quello che le occorre» disse Josie. «Da quanto tempo pensa che sia qui?»

«Non lo so. Non posso tirare a indovinare. Dovrei metterlo sul tavolo e osservarlo per bene. A giudicare dalle condizioni dei suoi vestiti, però, non da molto tempo. Se fosse stato qui per anni, mi sarei aspettata che i pantaloni e le scarpe fossero un po' più malandati.»

«Di quanto stiamo parlando? Giorni? Settimane?»

Anya raschiò via un po' di terra dal fondo dei pantaloni. «Da quattro a sei mesi. Potrebbero essere meno. Ma sa come vanno queste cose. Non posso darvi una risposta certa finché non avrò esaminato il corpo.»

«Capisco. Vado a prenderle il resto delle attrezzature.»

«Solo un minuto.» disse Anya. Si chinò sulla gamba, spingendo delicatamente via la terra dalla parte superiore della coscia con piccoli colpi regolari. Con le dita cercò qualcosa lungo la gamba del pantalone. La tasca dell'uomo, pensò Josie, mentre Anya eliminava altra terra e la punta delle sue dita scompariva in una cucitura del tessuto. «Dai, forza.» mormorò sottovoce, mentre estraeva delicatamente qualcosa all'interno della tasca dell'uomo. Un attimo dopo, teneva un portafogli da uomo stretto tra le dita. «Detective Palmer.» disse.

Gretchen si avvicinò, si chinò sul reticolo di corde e scattò diverse foto del portafogli. Lasciò la macchina fotografica appesa al collo e si infilò un paio di guanti prima di prenderlo.

Josie si avvicinò a Gretchen e guardò da sopra le spalle di Gretchen mentre questa apriva il portafogli per esaminarne il contenuto. Tirò fuori una patente del New Jersey e lesse il nome ad alta voce. «Mickey Kavolis.» La tese in modo che Josie potesse fotografarla con il suo telefono. Gretchen continuò: «Aveva quarantasette anni e viveva ad Atlantic City.»

L'uomo raffigurato sulla patente dimostrava tutti i suoi anni e anche qualcosa di più. I suoi capelli color sale e pepe erano folti sopra le orecchie e sottili sulla sommità del capo, con un'incipiente stempiatura. Aveva profondi occhi marroni scintillanti, e un naso che sembrava essere stato rotto così tante volte da risultare irrimediabilmente appiattito. La sua pelle olivastra era piena di cicatrici da acne. La foto assomigliava più a una foto segnaletica che a una foto da patente. Josie non aveva dubbi sul fatto che, quando avrebbero cercato il suo nome nei vari database, sarebbero emersi dei precedenti penali.

«Atlantic City?» Josie ripeté. «Cosa ci faceva qui?»

E perché era sepolto nella proprietà di Luke?

DICIANNOVE

ABC 7NY-Newark, New Jersey
7 gennaio 2017

Muore cadendo dal balcone

David Hammons, ventenne di Newark, è morto dopo essere caduto dal balcone dell'undicesimo piano. La polizia è intervenuta sulla scena sulla Mt. Prospect Avenue poco dopo le 21:00. Il giovane viveva da solo ed era solo nel suo appartamento al momento della caduta. La polizia ritiene che sia uscito sul balcone per fumare una sigaretta quando è precipitato.

Hammons era stato recentemente licenziato da un centro sociale della zona per accuse di abusi su minori. Tuttavia, non è emerso alcun indizio che faccia pensare a un suicidio. Un'indagine preliminare ha escluso l'ipotesi di un omicidio o di problemi meccanici e strutturali come concause, secondo quanto dichiarato dalle forze dell'ordine.

VENTI

L'obitorio si trovava nel seminterrato del Denton Memorial Hospital, un vecchio edificio in mattoni in cima a una collina da cui si vedeva gran parte della città. Le stanze dei pazienti godevano di un'ottima vista, ma l'obitorio in sé era privo di finestre ed era tetro, pervaso da un odore persistente per metà chimico e per metà di decomposizione biologica. In origine le pareti del lungo corridoio erano bianche, ma non erano state dipinte da così tanto tempo che ora erano di un grigio spento e le piastrelle del pavimento erano ingiallite. Era anche il posto più tranquillo dell'ospedale, forse anche della città. Ogni volta che entrava nell'obitorio, Josie si sentiva come se stesse attraversando il set di un film dell'orrore; oggi si sentiva la protagonista assoluta. La sua mente brulicava di domande. Chi era Mickey Kavolis? Era stato Luke a seppellirlo lì? Era stato Luke a *ucciderlo*? Cercò di placare la tempesta che infuriava nella sua testa. Le occorrevano più informazioni. Doveva affrontare la questione da investigatrice esperta qual era.

La dottoressa Feist regnava sovrana su quel piccolo angolo dell'edificio e disponeva di un assistente part-time, che aveva assunto in seguito al caso delle ragazze scomparse; sui trent'anni, basso e tarchiato, con il torace prominente e un pizzetto ben curato. Josie rimase in piedi in un angolo della sala autopsie mentre l'assistente aiutava la dottoressa Feist a spostare il sacco del corpo di Mickey Kavolis dalla barella dell'ambulanza al tavolo autoptico in acciaio inossidabile.

Si muoveva silenzioso per la stanza, aiutando la dottoressa Feist a togliere il sacco e a preparare la sua postazione di lavoro; lei si tolse la giacca, scoprendo un camice azzurro, si sistemò una cuffia sui capelli biondo-argento e si lavò con cura le mani a uno dei lavandini.

Rivolgendosi a Josie, disse: «Sicura di voler rimanere a vedere?»

Josie sorrise. «Vediamo fin dove arrivo.»

Non aveva dovuto assistere a molte autopsie; non erano la sua passione.

«Può sedersi su quella sedia nell'angolo. Non mi interrompa. Conservi le domande per quando avrò finito. Conosce la procedura.»

Josie si sedette sulla sedia indicata dalla Feist, tirò fuori il telefono e mandò un messaggio a Noah: *Dove sei?*

Sto arrivando fu la sua risposta immediata.

Lo aveva chiamato mentre la dottoressa Feist e la squadra della Scientifica dissotterravano il corpo di Mickey Kavolis. Noah era stato al Foxy Tails a mostrare la foto della ragazza senza nome alle ballerine, ma nessuna l'aveva riconosciuta. Josie gli aveva chiesto di inserire il nome di Mickey Kavolis e le informazioni pertinenti nel database della polizia e di raggiungerla all'obitorio.

Josie guardò la dottoressa Feist che accendeva il registratore digitale e iniziava a esporre le sue scoperte con voce forte e chiara. Conoscevano il nome, l'indirizzo e la data di nascita dalla patente di guida. Un'occhiata al volto parzialmente decomposto dell'uomo fu sufficiente a dire che era morto per un colpo di pistola alla testa. Josie sperava che la dottoressa Feist trovasse un proiettile o qualche altro indizio che potesse suggerire chi avesse ucciso Mickey Kavolis e in che modo il suo cadavere fosse finito dietro il fienile di Luke.

Sapeva che non avrebbe dovuto fare supposizioni, ma la proprietà di Luke era piuttosto remota. Le possibilità che qualcuno, oltre a lui, vi avesse seppellito un uomo erano scarse o nulle. Ogni ora che passava, il brutto presentimento che già serpeggiava dentro di lei cresceva sempre di più. Scorse il telefono per visualizzare la schermata iniziale in modo da poter mandare un altro messaggio a Noah e il volto di Luke apparve ancora una volta nella foto di sfondo.

In che cosa ti sei cacciato? gli chiese in silenzio.

Un leggero colpetto alla porta richiamò l'attenzione di Josie. Il volto di Noah la scrutava dal riquadro della finestra nella metà superiore della porta. Sollevata dal fatto di non dover più essere sola con l'ansia e la paura per Luke, mise il telefono in tasca e, con un cenno alla dottoressa Feist, che aveva appena preso il bisturi, uscì dalla stanza.

Noah fece un passo indietro quando lei aprì la porta. Si premette una mano sul naso. «Mio Dio» disse. «Quell'odore.»

Josie arricciò il naso e si assicurò che la porta della sala autopsie fosse ben chiusa. «Lo so» disse. «È piuttosto sgradevole. Allora, cos'hai trovato?»

Noah guardò ancora una volta la porta e disse: «Vieni con me. Ho bisogno d'aria.»

Trovarono l'uscita più vicina, che portava a un parcheggio per dipendenti dietro l'ospedale. Accanto alle porte c'erano due cassonetti, eppure l'odore era più gradevole di quello emanato dal corpo di Mickey Kavolis.

Josie mise il piede nell'apertura della porta per mantenerla leggermente accostata, perché le porte si sarebbero bloccate una volta chiuse e non aveva voglia di fare il giro dell'edificio per rientrare. «Dimmi.» disse.

«Mickey Kavolis lavorava per Eric Dunn.»

«Come sarebbe che lavorava per Eric Dunn? In che veste?»

«Sicurezza privata.» disse Noah.

«Cioè? Nei suoi casinò?»

«No, come guardia del corpo... tra le altre cose.»

A Josie non piacque quell'affermazione. «Altre cose del tipo?» Noah alzò le spalle. «Difficile dirlo. Ho parlato con qualcuno della polizia di Atlantic City. Hanno arrestato Kavolis un paio di volte negli ultimi tre anni: tre aggressioni e una rapina.»

«Però!»

«Già. L'ha sempre scampata. Non arrivavano mai al processo. L'avvocato di Dunn interveniva, lo faceva uscire su cauzione e poi i testimoni sparivano.»

«Kavolis aveva dei precedenti?»

«Sì, ha scontato dodici anni per omicidio di terzo grado. A ventidue anni ha pestato a morte un ragazzo.»

«Quindi era il braccio armato di Dunn. Che diavolo ci faceva qui? So che Dunn sta trattando con il consiglio comunale per far costruire il suo casinò, ma qual era l'incarico di Kavolis? Nessuno qui ha bisogno di essere intimidito.»

«I membri del consiglio che non vogliono il casinò, forse?» suggerì Noah.

La fronte di Josie si aggrottò. «Nessuno di loro ci ha informati di un'attività criminale nei loro confronti.»

«Lo riferirebbe se venisse maltrattato da un tipo come quello?»

Josie sospirò. «Probabilmente no. Come hai scoperto che lavorava per Dunn?»

«Due mesi fa abbiamo sequestrato un veicolo abbandonato in una delle strade secondarie dietro l'università. Era stata noleggiata a Philadelphia da Kavolis, e indovina di chi era la carta di credito che aveva usato?»

«Di Eric Dunn.»

Noah annuì. «Era una carta aziendale registrata alla Dunn Hotel and Gaming, LLC.»

«Mickey Kavolis non è stato dato per disperso» fece notare Josie. «Almeno, non qui.»

«Nemmeno ad Atlantic City.»

Josie sorrise. «Hai già chiamato Dunn, vero?»

«Ho chiamato le risorse umane e ho detto che chiamavo da una società di sicurezza privata a cui Kavolis aveva inviato un curriculum.»

Josie dovette trattenere una risata: gli uomini come Kavolis non usavano i curriculum. Non ne avevano bisogno. La loro era un'abilità molto richiesta negli ambienti giusti.

Noah continuò: «Hanno detto che si è dimesso a maggio.»

«Dimissioni, eh? Anche questo è un modo di dirlo. È accaduto quattro mesi fa. Hai detto di aver sequestrato la sua auto a noleggio due mesi fa, quindi a luglio. Quando l'aveva noleggiata?»

«A maggio. L'agenzia di noleggio continuava ad addebitare le spese sul conto aziendale di Dunn. Hanno fatto qualche timido tentativo di contattare Dunn per riavere l'auto, ma non hanno ottenuto nulla.»

«E Dunn ha lasciato che gli addebiti si accumulassero?»

«Finché non li abbiamo chiamati e hanno mandato qualcuno a prenderla al deposito, sì.»

«Hanno pagato la multa?»

Noah annuì. «Senza fare domande.»

«Puoi scoprire quando Eric Dunn è stato qui quest'anno? E vedere se Kavolis era qui con lui?»

«Sì, certo.»

«Sta al Eudora Hotel» disse Josie. «Il sindaco Charleston mi ha detto che alloggia lì ogni volta che viene in visita. Credo che sia ancora in città: era suo ospite alla serata di beneficenza di ieri sera.»

Noah sollevò un sopracciglio. «Dovremmo andare a parlare con lui?»

«No, non ancora. Ho bisogno di altre informazioni prima di parlargli.»

«Che tipo di informazioni?»

«Quelle che solo Trinity Payne può fornire.»

VENTUNO

Il palazzo di giustizia della contea di Alcott era il centro di una piccola città chiamata Bellewood, situata a circa quaranta miglia a sud di Denton. Josie procedeva a velocità sostenuta, stringendo con forza il volante per concentrarsi sulle tortuose stradine di montagna e non su ciò che stava accadendo a Luke, sempre che fosse ancora vivo. Il tribunale era assediato dai furgoni dei notiziari e dai corrispondenti del processo ad Aaron King. Giravano con il viso incollato al cellulare, come zombie ben vestiti e perfettamente acconciati. Josie trovò Trinity Payne appoggiata al furgone del notiziario con l'enorme antenna parabolica sul tettuccio, intenta a picchiettare freneticamente sullo schermo del cellulare. Quando le si avvicinò, Trinity alzò una mano e, senza guardarla, disse: «Digli che vado a chiedere un'intervista, okay?»

«Glielo dirò» disse Josie. «Non appena mi dirai chi è.» Trinity alzò lo sguardo, con un sorriso che le illuminava il viso. Come sempre, Josie rimase sconcertata dalla loro somiglianza. Quasi per volontà propria, la sua mano destra sistemò i capelli neri per coprire la lunga cicatrice irregolare che dall'orecchio destro scendeva lungo la mascella. Trinity scosse le sue lucide ciocche nere, gli occhi azzurri brillavano. «Capo Quinn» disse. «Sei qui per cercare aiuto con la ragazza ignota? L'ho vista al notiziario locale. È carina. Dove l'hai trovata?»

«Non sono autorizzata a rivelarlo in questo momento» disse Josie, ricambiando il sorriso. «In realtà, sono qui per qualcos'altro. Qualcun altro.»

Trinity inarcò un sopracciglio perfettamente curato. «Il tuo fidanzato scomparso o il bambino della spogliarellista?»

«Non ti sfugge nulla» osservò Josie. «Ormai non ti occupi nemmeno più della cronaca locale.»

«Ascolto molto. Non si sa mai cosa potrebbe interessare al pubblico nazionale. Allora, di che si tratta?»

«Hai delle informazioni su uno dei due?»

«Mi dispiace ammetterlo, ma non ne ho.»

«Allora non è nessuna delle due cose. Ho bisogno di sapere tutto quello che sai su Eric Dunn. So che nell'ultimo anno il network ti ha fatto fare il giro della East Coast. Ho visto il pezzo che hai fatto sui casinò di Atlantic City che sono falliti. Praticamente tutti, tranne il suo.»

Trinity si mise il telefono in tasca e si posò una mano fresca di manicure sul fianco, osservando Josie con attenzione. Josie sapeva già che non avrebbe ottenuto ciò di cui aveva bisogno senza dare a Trinity qualcosa in cambio. Trinity era stata una fedele alleata a partire dal caso delle ragazze scomparse, ma la sua ambizione non conosceva limiti ora che era sulla scena nazionale.

«Per questo dovrai invitarmi a pranzo.» disse Trinity.

«Tutto qui? Un pranzo?»

Trinity le rivolse un sorriso enigmatico. «Ti dirò quello che so. Poi mi dirai perché vuoi saperlo. Se c'è una storia, la voglio.»

Josie roteò gli occhi. «D'accordo, allora.»

«Voglio mangiare all'Harry's Grill.»

«È costoso.»

«Ne varrà la pena.»

«Sarà meglio che tu sappia qualcosa che non troverei anche su Google.»

Trinity rise mentre camminava fianco a fianco con Josie. «Oh, tesoro, io so sempre più cose di Google.»

L'Harry's Grill, uno dei pochi ristoranti di alto livello della contea, si trovava al primo piano di un vecchio hotel a sei piani che presidiava la Main Street di Bellewood, a pochi isolati dal tribunale. Sebbene la popolazione di Bellewood non fosse sufficiente a sostenere il locale e i suoi prezzi esorbitanti, il costante afflusso di persone che entravano e uscivano dal tribunale della contea lo manteneva in attività. Mentre camminavano, le Jimmy Choo con tacco dieci di Trinity ticchettavano sul marciapiede a un ritmo costante. Tirando fuori il cellulare, Trinity mandò messaggi a raffica mentre si dirigevano verso il ristorante, dove furono fatte accomodare in pochi minuti da una maître vestita più elegantemente di quanto Josie non fosse stata al suo ballo dell'ultimo anno.

Trinity posò il telefono sul tavolo e scrutò Josie con occhi ridotti a fessura. «Prima di dire qualsiasi cosa, devi sapere che Eric Dunn è un uomo micidiale come un infarto.»

«Sarebbe?»

«Sarebbe che le persone che lo ostacolano hanno la tendenza a scomparire.»

La cosa non sorprese Josie in base a ciò che sapeva di Mickey Kavolis, ma rimase in silenzio. La cameriera arrivò con i bicchieri dell'acqua, presentandosi e prendendo le ordinazioni del bere. Trinity ordinò un bicchiere di vino bianco. Josie prese un caffè. Una volta rimaste sole, Trinity si sporse in avanti. «Si tratta del casinò che Dunn sta cercando di costruire a Denton?»

«Vorrei che lo fosse.» disse Josie.

Trinity sorrise e bevve un sorso dal suo bicchiere. «Oh, sembra un argomento interessante.»

«Comincia tu.»

Con un'alzata di spalle, Trinity ripose il bicchiere d'acqua sul tavolo, con l'indice che faceva pigri cerchi intorno al bordo. «Eric Dunn ha ventiquattro anni. È figlio di una coppia benestante. Sono così ricchi che non l'hanno nemmeno avuto loro.»

«In che senso?» chiese Josie.

«Voglio dire che Mr. Dunn era già molto vecchio e la moglie ventenne non voleva rovinarsi la linea, così hanno fatto ricorso a una madre surrogata.»

«Il padre aveva altri figli?»

«No. Eric è il suo primo e unico figlio. Si era già sposato tre volte, ma non aveva mai avuto figli. La moglie numero quattro lo aveva convinto che era la sua ultima occasione, e che non c'era niente di male a usare "metodi non convenzionali" per generare un erede.»

«Come fai a sapere queste cose?»

«Beh, questo lo so da un articolo su *People* di circa due anni fa, quando il successo di Eric Dunn era in prima pagina. Ma tutto il resto lo so perché avevo preparato un servizio su di lui e i miei produttori non hanno voluto mandarlo in onda.»

Fu il turno di Josie di sorridere. «I tuoi produttori non mandano in onda parecchie delle tue storie.»

Trinity alzò gli occhi al cielo. «Non mandano in onda quelle che ritengono troppo controverse. Almeno, non ancora. Quando avrò più esperienza e credibilità, avrò carta bianca.»

La cameriera si presentò con le bevande e prese le ordinazioni: una zuppa per Josie, un antipasto e una entrée assai costosa con tre contorni per Trinity. Josie aveva dimenticato quanto Trinity riuscisse a mangiare in un solo pasto.

«Quindi Dunn ha ereditato l'impero di suo padre.» chiese Josie, sperando di far tornare Trinity sull'argomento.

Trinity alzò le spalle. «Sì, e ne ha fatte meraviglie. È il più giovane magnate di casinò in attività attualmente. Quando aveva vent'anni, suo padre aveva due casinò: uno ad Atlantic City e uno a Philadelphia. E ora? Stanno costruendo casinò in California, Colorado, Louisiana, Las Vegas. Insomma, in tutto il paese. Eric non è andato all'università. Ha preso in mano l'azienda di famiglia dopo che il padre ha avuto un ictus. È bravo. Davvero bravo. Ma non è così... "scrupoloso" come lo era suo padre.»

«Il caro paparino è ancora vivo?» chiese Josie.

«No. Mr. Dunn è morto quando Eric aveva ventidue anni. Dopo l'ictus non è stato più lo stesso. In ogni caso aveva quasi novant'anni.»

«Perché dici che Eric non è scrupoloso come suo padre?»

«Taglia sui costi, cerca di costruire tutto al risparmio, usa lavoratori non iscritti al sindacato e non li paga una volta terminato il lavoro. Corrompe per evitare di ottenere i permessi necessari, e si dice che le persone che non accettano le sue mazzette spariscano o abbiano qualche sfortunato incidente.»

A Josie si gelò il sangue. Luke era ovviamente rimasto coinvolto in qualcosa che riguardava Eric Dunn. Era lui che lo aveva fatto sparire? Era già troppo tardi? Respinse l'emozione che le saliva da dentro e aggrottò le sopracciglia, tornando a concentrarsi sulla conversazione. «Dunn ha legami con la mafia?»

Trinity scosse la testa e bevve un bel sorso di vino. «No, non credo. Ma gestisce i suoi affari con la stessa spietatezza di un boss mafioso. Si circonda di scagnozzi pagati che eseguono qualsiasi suo ordine, o li paga per farlo. Non gli importa chi danneggia o chi frega. È sempre stato in grado di uscire con la forza da situazioni difficili. Almeno, fino a poco tempo fa.»

Josie versò con calma lo zucchero e la panna nel caffè, mescolando languidamente. «Che cosa è successo di recente?»

«Stavano costruendo a Philadelphia e dovevano abbattere alcune strutture preesistenti. Si dice che Dunn abbia corrotto alcuni dipendenti comunali per evitare le ispezioni obbligatorie e abbia assunto per la demolizione degli operai a basso costo che non sapevano nemmeno cosa stessero facendo. Alla fine, premendo un bottone, hanno abbattuto per sbaglio altri due edifici.»

«Oh.»

«Con gente dentro. Uno degli edifici aveva degli appartamenti sopra una caffetteria. Nove persone sono rimaste uccise nel crollo. Per fortuna di Dunn, l'altro edificio stava per essere disinfestato dalle cimici dei letti, quindi sono morte "solo" tre persone.»

«Mio Dio.»

Trinity sorseggiò il vino e annuì. Le sue guance erano rosee. «Sì, è stato davvero brutto. Non posso credere che tu non l'abbia visto al notiziario l'anno scorso. Ha avuto risonanza nazionale.»

Josie ricordava vagamente di averlo visto in un notiziario serale, ma non aveva prestato molta attenzione ai particolari. Inoltre, il nome di Eric Dunn non aveva significato nulla per lei all'epoca. Lo cercò su Google, per dare un volto al nome. La maggior parte delle foto che trovò lo ritraevano in piedi davanti a un edificio di nuova costruzione, mentre tagliava un nastro con un paio di forbici di grandi dimensioni. Dimostrava un po' più di ventiquattro anni, aveva una folta chioma di capelli castani, occhi nocciola un po' troppo ravvicinati e un naso lungo e dritto leggermente ricurvo. Era di altezza e corporatura media. Non c'era nulla di particolare in lui. Aveva un aspetto familiare, ma Josie non ricordava di averlo mai incontrato.

«Non credo che Dunn tema le cause civili» disse Josie. «Voglio dire, sicuramente ha un'assicurazione o un patrimonio sufficiente che gli permette di insabbiarle »

«Certo che ce l'ha» concordò Trinity. «È già stato coinvolto in questo tipo di scandali, ma mai su così vasta scala. Quella dell'anno scorso non è stata la prima volta che qualcuno è morto in uno dei suoi cantieri. In passato, i testimoni sono scomparsi o hanno ritrattato, oppure lui ha pagato le famiglie in segreto prima di arrivare in tribunale, e loro erano felici di prendere i soldi e andare avanti.»

«Ma non questa volta?»

«Questa volta potrebbe esserci una responsabilità penale. Naturalmente, i suoi avvocati sostengono che non ha avuto nulla a che fare con l'assunzione degli operai né con qualsiasi altra cosa riguardi il cantiere. Negano tutte le accuse di tangenti. Ma due degli operai comunali si sono già suicidati e tre di quelli che manovravano le macchine al momento del fatto erano sotto effetto di droghe. Il procuratore sta cercando di incastrare Dunn con qualcosa che lo faccia finire in galera. Le famiglie non accetteranno i suoi soldi.»

«E gli operai?»

«Oh, sono già stati accusati di omicidio colposo e di molte altre cose. Con loro andranno sicuramente fino in fondo. Ma come ho detto, il procuratore non è soddisfatto. Questa è una faccenda troppo grande perché Dunn possa tirarsene fuori con la forza o con i soldi.»

«Ma sicuramente questo tizio ha a disposizione i migliori avvocati che si possano assumere.» disse Josie.

«Certamente. Ma si dice che ci siano prove dirette del fatto che era personalmente coinvolto nella supervisione di questa demolizione.»

«Che tipo di prove?» chiese Josie continuando a scorrere i risultati della ricerca. Una foto di Dunn che entra in uno dei suoi casinò con una donna bionda a braccetto attirò la sua attenzione. La toccò per ingrandirla, ma riuscì a vedere solo la nuca della donna. Dunn si era girato e aveva agitato una mano verso la macchina fotografica, ma la sua accompagnatrice teneva lo sguardo fisso in avanti.

«Registrazioni audio e video. Non si sa con certezza di quale tipo, ma si tratta di uno o di entrambi.»

«E queste voci dove circolano, esattamente?»

«Nella sua organizzazione. Ho parlato con molte persone.

Nessuno ha voluto rilasciare dichiarazioni, ma questa è la versione che ho continuato a sentire.»

Josie tornò alla pagina di ricerca e trovò altre due foto di Dunn con una donna bionda e bassa, ma in nessuna riuscì a vederne il volto. «Qualcuno l'ha sentito da qualcuno che l'ha sentito da qualcun altro... non è affidabile, e lo sai.»

«Sì, ma dove c'è fumo, c'è fuoco. Senti, Eric Dunn non è una brava persona. Le persone che lavorano per lui non sono brave persone.»

«È mai stato accusato di violenza domestica?» chiese Josie.

«Non ufficialmente. Ovvero, ci sono state delle dicerie, ma non c'è niente che sia mai stato denunciato alla polizia.»

«Ha una compagna?»

Trinity inarcò un sopracciglio. «Perché? Sei su piazza? È vero che Luke è scomparso, ma credevo che avresti sperato nel suo ritorno.»

«Non è divertente.» disse Josie.

«Scusami» rispose Trinity. «Era di cattivo gusto. Dunn ha una ragazza. Si chiama Kim qualcosa.»

Josie tirò fuori la foto che aveva scattato alla loro testimone misteriosa. «È lei?»

«È la tua ragazza ignota? Non saprei. Non l'ho mai incontrata. So solo che da circa un anno ha una ragazza di nome Kim. Lui non è mai stato un tipo monogamo; lei si è distinta tra le altre perché è rimasta in circolazione più a lungo.»

«Non ha un cognome?»

«No. Non era lei la storia. Era lui.»

Josie tornò alla ricerca di Eric Dunn su Google e digitò "Eric Dunn fidanzata". Le immagini si caricarono lentamente. Molte erano con quelle che Josie supponeva fossero ex fidanzate. La maggior parte erano top model che superavano Dunn in altezza.

«Puoi procurarmi il cognome?» chiese Josie quando arrivò l'antipasto di Trinity.

Quando Trinity iniziò a tuffarsi nei funghi fumanti ripieni di granchio, fece cenno a Josie di prenderne un po', ma Josie rifiutò con un gesto della mano. «Dimmi perché sei così interessata a Eric Dunn.» disse Trinity cambiando argomento.

Josie valutò le opzioni. Trinity l'aveva già fregata in passato, sfruttando in un servizio di cronaca qualcosa che Josie le aveva detto in confidenza e facendola sospendere senza stipendio, ma questo era successo prima del caso delle ragazze scomparse e prima che Trinity fosse riammessa sulla scena giornalistica nazionale con la sua credibilità, fino a quel momento in frantumi, di nuovo intatta. La sua fiducia in lei era ancora molto debole. Ma anche senza dirlo a Trinity, non c'era garanzia che la morte di Mickey Kavolis o l'ubicazione del suo corpo sarebbero rimaste segrete.

«Abbiamo trovato uno della squadra di sicurezza di Dunn sepolto nella proprietà di Luke. Un colpo di pistola alla testa.»

Gli occhi di Trinity si spalancarono. Per poco non si strozzò con il boccone mezzo masticato mentre diceva: «Sul serio?»

Fece tutte le stesse domande che Josie aveva fatto alla sua squadra: come sapevano che lavorava per Dunn; dove avevano trovato l'auto a noleggio; se la scomparsa di Kavolis era stata denunciata da Dunn o da altri; qual era il legame di Luke con Dunn; e Josie rispose al meglio, ma con il minor numero possibile di informazioni. Trinity passò un indice sul piatto vuoto per spazzolare l'ultima traccia rimasta di polpa di granchio al formaggio e la leccò proprio quando arrivarono le portate principali. Josie aveva poco appetito e le tremava la mano mentre sollevava il cucchiaio per mescolare la zuppa.

«Pensi che Dunn abbia preso Luke?» chiese Trinity.

«Tu non conosci Luke» disse Josie. «Non bene. Non si occupa di... attività criminali.»

«Però è un agente della Polizia di Stato. Certi poliziotti sono corrotti. O non te lo ricordi?»

Josie si stizzì. «Non Luke» disse, anche se la sua mente

tornò al letto sfatto e al comodino sul suo lato del letto. «Non era corrotto... non è corrotto. Ma è rimasto coinvolto in qualcosa. Non so cosa, ma è qualcosa.»

Trinity disse: «Per quello che vale, mi dispiace.»

Era il massimo della gentilezza che Trinity avesse mai dimostrato.

«Grazie.» disse Josie.

«Cosa farai?» chiese Trinity.

Josie allontanò la zuppa, senza mangiarla. «Lo riporterò a casa.»

VENTIDUE

Tornando in centrale, Josie rispose alle chiamate di Carrieann e Gretchen. Carrieann non aveva riconosciuto la donna che tenevano in custodia e stava andando a casa di Luke per cercare di rimettere a posto. Josie non ebbe il coraggio a dirle al telefono che avevano trovato un cadavere nella proprietà, così le disse che la Scientifica avrebbe continuato a lavorare lì per reperire qualsiasi prova che potesse aiutarli a trovare Luke. «Ma staranno fuori, probabilmente vicino al fienile» aggiunse. «Quindi non badare a loro. Ci vediamo a casa mia più tardi, stasera.»

Gretchen informò Josie che lei e la Scientifica avevano finito a casa di Luke e sarebbero tornati presto in centrale. Non avevano rinvenuto altri corpi o altre prove. Se Kavolis aveva un cellulare, non era stato seppellito con lui e non si trovava da nessuna parte nella proprietà di Luke. Il medico legale aveva però trovato un proiettile calibro .45 nel cervello di Mickey Kavolis. Josie non sapeva se essere sollevata o ancora più confusa: Luke non possedeva una calibro .45. Così le disse di iniziare a cercare nei catasti della contea per vedere se Dunn o la sua società possedessero dei beni immobili. Se Luke era ancora vivo – non era pronta ad accettare l'idea che non lo fosse – allora gli uomini di Dunn dovevano tenerlo da qualche parte nelle vicinanze. Era un'ipotesi azzardata, ma era una pista che non poteva ignorare.

Quando Josie varcò le porte della centrale, il sergente Dan Lamay girò intorno al divisorio che separa l'atrio dal resto dell'edificio. Lamay era un uomo rotondo, vicino all'età della pensione, che molto probabilmente aveva bisogno di una protesi al ginocchio.

Josie lo aveva mantenuto in servizio, assegnandolo alla guardiola, perché sapeva che sua moglie stava lottando contro il cancro e lui aveva una figlia all'università.

«Boss» disse. «Abbiamo qualche... problema.»

Proprio in quel momento nel suo campo visivo notò un bagliore blu. Girò la testa appena in tempo per vedere il sindaco Tara Charleston avanzare verso di lei puntandole un dito al petto. Indossava un elegante tailleur blu navy e scarpe abbinate i cui tacchi risuonavano a ogni passo. Come Trinity, pensò di sfuggita. Tara le puntò il dito in faccia e le sue guance pallide erano rosse di rabbia. «Come *osa*!» sibilò a Josie.

Josie rimase immobile, incrociando le braccia al petto e facendo del suo meglio per sembrare annoiata. «Mi scusi, sindaco Charleston, c'è qualcosa di cui vorrebbe discutere?»

Per una frazione di secondo Josie pensò che il sindaco volesse schiaffeggiarla. Non si sarebbe fatta intimidire da Tara Charleston, non nella sua stazione di polizia. Tara sembrò rendersene conto e riprese il controllo di sé, abbassando le mani sui fianchi e fulminandola con lo sguardo. «Innanzitutto, ha mandato i suoi agenti sul posto di lavoro di mio marito per interrogarlo, quando le avevo *specificamente* ordinato di non farlo. Poi ha mandato agenti armati a casa mia con la scusa di cercare un ladro. È impazzita per caso? Cosa sta cercando di dimostrare?»

Josie strinse gli occhi. «Prima di tutto, lei non mi ha ordinato di fare proprio nulla. Mi ha chiesto di essere discreta, cosa che ho fatto. Capisce che è scomparso un bambino, vero? Ho la responsabilità di trovare quel bambino e di riportarlo a casa da sua madre, se sopravvive. In secondo luogo, non avevo bisogno di alcuna scusa per mandare degli agenti a casa sua. Abbiamo ricevuto una chiamata da un vicino.»

«Oh, davvero? Quale vicino?»

«Non sono autorizzata a dirlo.»

Le guance di Tara si colorarono ancora di più. «Sono il sindaco di questa città.» disse con la voce che le tremava per la rabbia.

«E io ho due casi di persone scomparse per le mani» replicò Josie. «Non ho tempo per... qualsiasi cosa voglia.»

Con ciò, le passò accanto e si diresse verso Lamay, che aveva visto l'intero scontro e faceva una smorfia come se avesse inghiottito qualcosa di aspro. Alle sue spalle, Josie sentì Tara dire: «Farebbe meglio a stare attenta.»

Josie si voltò. «E questo cosa significa esattamente, sindaco Charleston?»

«Sa benissimo cosa significa.»

«Che mi licenzierà e metterà al mio posto qualcuno che farà tutto quello che lei gli dirà? Buona fortuna allora.»

Il dito di Tara puntò di nuovo il viso di Josie. «Le ho detto...»

Josie la interruppe, avvicinandosi a lei in modo da farle abbassare il braccio e fare un passo indietro per non essere travolta. «E io le ho detto che ho del lavoro da fare. Finché lei e suo marito non siete coinvolti in qualche attività criminale, il problema non si pone. Ora, se vuole scusarmi, devo parlare con un testimone.»

Lasciò Tara a bocca aperta e passando davanti a Lamay, lo chiamò; lui la seguì negli uffici dietro la parete divisoria dell'atrio. Intanto, il telefono di Josie emise un segnale che annunciava un messaggio.

«Boss» la chiamò Lamay mentre la seguiva per le scale che portavano al suo ufficio al secondo piano.

Il messaggio era di Trinity. *Ho un nome per te. La ragazza di Eric Dunn si chiama Kim Conway. È tutto quello che ho trovato.*

«Conway?» Josie mormorò tra sé e sé.

«Boss» ripeté Lamay mentre raggiungevano la soglia del suo ufficio.

Stava ancora fissando il messaggio. Non poteva essere una coincidenza, ma non ricordava che Brady o sua moglie avessero mai parlato di fratelli. Brady era cresciuto a Denton, si era arruolato nella Polizia di Stato, aveva fatto un periodo di servizio nel comune di Erie e poi a Philadelphia prima di essere trasferito di nuovo nella zona di Denton. Si era poi stabilito nella più piccola, tranquilla e rurale Bowersville. Josie sapeva tutto questo perché la WYEP ne aveva dato notizia dopo la sua morte: da ragazzo di Denton coinvolto in aggressioni domestiche ad agente di polizia divenuto assassino. Josie era andata al funerale con Luke due settimane dopo il fatto, aveva incontrato la madre di Brady in lacrime, la nonna e diversi altri parenti, ma non aveva conosciuto nessuna sorella. Sicuramente non aveva visto nessuna donna bionda di nome Kim.

«Devo parlare con la ragazza» disse Josie a Lamay, mettendo finalmente in tasca il telefono. «E la prossima volta che il sindaco mi aspetta nell'atrio per attaccarmi, mandami un messaggio per avvertirmi, va bene?»

Lui fece una smorfia. «Mi dispiace molto. È arrivata pochi minuti prima che arrivasse lei. E c'è dell'altro.»

Josie si oppose al sospiro che minacciava di uscire. «Qualcosa oltre al Sindaco Mostro in agguato nell'ombra?»

«Beh, si tratta della ragazza sconosciuta. È sparita.»

VENTITRÉ

Josie fissò Lamay, senza capire. «Che cosa hai detto?»

«Ho detto che se n'è andata.»

Josie scese di corsa la scalinata che portava all'area di detenzione al piano terra. Era vuota. C'era solo un agente seduto alla scrivania, che guardava in streaming il processo ad Aaron King sul computer fisso.

«Porca puttana» esclamò Josie. «Che diavolo è successo?»

Lamay la seguiva a ruota, faticando a tenere il passo. «Mi dispiace, Boss. Uno U.S. Marshal è venuto circa mezz'ora fa e l'ha portata via. Ha detto che la ragazza era nel WITSEC.»

«Il Programma federale di protezione testimoni degli Stati Uniti?»

Lamay annuì. «Aveva una tessera. Dei documenti.»

Da quando Josie era in servizio, non era mai capitato che uno U.S. Marshal si fosse presentato senza preavviso per un trasferimento di custodia e naturalmente Lamay era in servizio da molti più anni di lei. «Sergente Lamay, hai mai visto un U.S. Marshal prima d'ora?»

Lamay si tirò su un po' più dritto. «No, ma che motivo avrei avuto di dubitare? È venuto qui a chiedere della ragazza e aveva un documento. Sembrava autentico come qualsiasi altra cosa che abbia mai visto.»

Josie aggrottò la fronte, mentre il mal di testa cominciava a pulsare. «Quell'uomo ha detto il nome della ragazza? L'ha chiamata per nome?»

«No, ma aveva una sua foto. Non ha voluto dirmi chi fosse. Ha detto che era un caso molto delicato e che essendoci la sua foto al notiziario doveva rimettere la donna sotto protezione il prima possibile. Ha detto che la sua vita era in pericolo.»

Ci scommetto, pensò. «Hai chiamato l'ufficio dei Marshal per confermare che si trattava di uno scambio di custodia autorizzato?»

«No, non l'ho fatto...»

«Gli hai fatto firmare i moduli per il trasferimento?»

«Sì, certo» disse Lamay, con aria un po' sollevata. «Le faccio vedere.»

Lo seguì nell'atrio, mandando un messaggio a Noah mentre camminavano. *"Ho bisogno di te qui, adesso."*

Una grande pila di scartoffie oscillava sul bordo della scrivania di Lamay. In cima c'era il modulo di trasferimento di custodia che si usa per trasferire una persona in detenzione a un'altra autorità giudiziaria. L'uomo lo aveva compilato e firmato, ma la sua calligrafia era completamente e volutamente illeggibile. «Chiama l'ufficio dei Marshal.» ordinò Josie, sorpresa dalla calma nella sua voce. L'unica pista per arrivare a Luke le era stata strappata da sotto il naso, molto probabilmente da uno degli scagnozzi di Eric Dunn, se non dagli U.S. Marshal. «Chiedi se confermano il trasferimento. Voglio vedere i filmati delle telecamere di sorveglianza. Se questo tizio è stato qui, lo abbiamo ripreso di sicuro.»

Noah entrò dalla porta principale e Josie provò un'improvvisa sensazione di sollievo alla sua vista. Gli fece cenno di avvicinarsi e insieme entrarono nella sala delle telecamere a circuito chiuso, appena fuori dall'atrio, in quello che era un ripostiglio per le scope. «Cosa sta succedendo?» chiese lui.

«La ragazza senza nome è sparita. Credo di sapere chi è, ma è sparita.»

«E come?» chiese Noah.

«Un uomo che sosteneva di essere uno U.S. Marshal è arrivato circa un'ora fa e l'ha presa. Ha detto a Lamay che era nel WITSEC.»

Noah si passò una mano tra i folti capelli. «Porca puttana! Trovato niente su quel tizio?»

«La sua firma è illeggibile. Sto cercando di rintracciarlo nei video.» Si sedette alla piccola scrivania e iniziò a cliccare al computer, cercando di visualizzare i filmati delle telecamere di sorveglianza dell'atrio di quel pomeriggio. «Non è tutto.» aggiunse, e gli raccontò del suo incontro con Trinity.

«Quindi pensi che la nostra ragazza sia Kim Conway, la fidanzata di Dunn? La sorella di Conway?»

Josie annuì, senza mai staccare gli occhi dallo schermo mentre scorreva il filmato: il postino, un autista di UPS, due donne, un uomo che Josie riconosceva come membro dell'associazione civica, un altro uomo della società storica e altre donne. Avevano tutti passato un po' di tempo allo sportello a parlare con Lamay prima di andarsene. Un paio di loro si erano fermati per appendere dei volantini alla bacheca collettiva accanto alla porta d'ingresso. Catalogarli aiutava a tenere a bada l'ansia.

«Dove sei stato?» chiese a Noah.

«Alla centrale della Polizia di Stato. Sono andato a vedere se potevo convincerli ad accelerare il riscontro delle impronte che abbiamo preso a casa di Misty.»

Josie continuò a scorrere il filmato, cercando un uomo in giacca e cravatta anziché con l'uniforme blu da Marshal, perché riteneva che, se si fosse trattato di uno U.S. Marshal venuto a prelevare una persona sotto la protezione testimoni, non avrebbero attirato l'attenzione vestendosi in uniforme completa, e se si fosse trattato di qualcuno che si spacciava per un Marshal, forse non sarebbe stato in grado di mettere le mani su una vera uniforme. Altre persone erano entrate e uscite dall'atrio, vestite in modo troppo trasandato per potersi spacciare per un Marshal. «Hanno accelerato le analisi sulle impronte?»

«Sì» rispose Noah. «Anche se alcune sono ancora sconosciute, ma...»

Dal tono della sua voce, Josie capì che aveva trovato qualcosa. Alzò il dito dal mouse, mettendo in pausa il filmato. Si voltò a guardarlo. «Cosa?»

Avevano trovato impronte di Luke in tutta la casa di Misty? I due avevano una relazione? Era andato a letto sia con la loro misteriosa testimone che con Misty Derossi?

«C'erano le impronte della ragazza senza nome a casa di Misty. Nella camera da letto, nel bagno padronale, in cucina e nella stanza dov'è avvenuta l'aggressione.»

«Ne sei sicuro?»

«Ho fatto controllare le impronte due volte. È stata in quella casa.»

Josie si girò di nuovo verso il filmato, con l'indice destro che premeva di nuovo sul mouse, per velocizzarlo. «Forza.» mormorò sottovoce. Sotto la scrivania, la sua gamba si muoveva su e giù alla velocità di una mitragliatrice. Nella registrazione non accadde nulla di rilevante, prima che un altro dei suoi agenti desse il cambio a Lamay per la pausa mattutina. Tornò quindici minuti dopo con una tazza di caffè in mano. Non poté fare a meno di chiedersi cosa sarebbe successo se il Marshal fosse arrivato mentre il sostituto di Lamay fosse stato in servizio: avrebbe fatto domande più approfondite al Marshal? Era una faccenda da affrontare ma in un altro giorno. Adesso doveva trovare quell'uomo. Il suo dito premette più forte sul mouse, come se questo potesse accelerare la riproduzione del filmato. «Che diavolo ci faceva a casa di Misty?» chiese a Noah.

«Forse erano amiche.» suggerì Noah.

«Hai ancora il numero di telefono dell'amica di Misty? Brittney? Mandale una foto della ragazza e vedi se la riconosce. Mi sarei aspettata che ci avrebbe chiamati se l'avesse riconosciuta dal notiziario, ma non si sa mai.»

Noah si appollaiò sul bordo della scrivania, tirò fuori il telefono e inviò il messaggio.

«Trovato!» Josie esclamò.

Finalmente, il filmato accelerato mostrò un uomo corpulento e calvo, in abito color carbone, che varcava le porte della centrale. Josie impostò il video sulla velocità normale mentre lei e Noah guardavano l'uomo avvicinarsi al bancone e parlare a lungo con Lamay. Nell'atrio c'erano tre telecamere: una sul soffitto, una dietro la scrivania, appena sopra il livello delle spalle, per riprendere i volti delle persone, e una sopra le porte che conducevano all'esterno. L'uomo teneva il viso inclinato in modo che sia la telecamera sopra le porte che quella dietro la scrivania lo potessero riprendere solo di profilo.

«Sta evitando di proposito le telecamere.» disse Josie.

Noah si chinò tra lei e lo schermo e cliccò su un elemento a sinistra. «Hai controllato ogni telecamera?» Riprodusse l'incontro iniziale con Lamay da tutte e tre le telecamere, ma l'uomo era riuscito a evitare di guardarle direttamente. «Merda» disse Noah tornando alla ripresa dell'atrio. «Sarà impossibile ottenere una foto da questo filmato. È bravo.»

«Troppo bravo. Un vero Marshal non avrebbe avuto motivo di evitare la telecamera» disse Josie. «Cazzo.»

Fece scorrere velocemente alcuni minuti di filmato. Seguiva un altro scambio tra l'uomo e Lamay, che esaminava le sue credenziali, faceva una telefonata al suo dipartimento, o così immaginò Josie, gli faceva firmare il modulo di trasferimento e poi Lamay faceva un'altra telefonata.

Per dieci minuti buoni l'uomo era riuscito a tenere la faccia fuori dalla visuale delle tre telecamere di sorveglianza, mentre consultava la bacheca di sughero appena dentro le porte d'ingresso.

Poi un altro ufficiale era emerso da dietro la parete divisoria seguito dalla ragazza. Josie osservò l'agente muoversi verso l'uomo. La giovane, improvvisamente, si era fermata, irrigidendosi.

«Lo riconosce» disse Josie. «Lo conosce.»

Noah strizzò gli occhi guardando lo schermo. «Come fai a dirlo?»

Josie riavvolse il video. «Guarda.»

«Quindi mentiva dicendo che aveva perso la memoria» disse Noah. «Pensavi che dicesse sul serio?»

«Avevo i miei dubbi, ma per lo più pensavo che fosse sincera.»

Josie alzò gli occhi al cielo.

Noah sentì che aveva ricevuto un messaggio e guardò il telefono. «Brittney dice che non l'ha mai vista prima.»

Intanto il video di sorveglianza mostrava che l'agente aveva lasciato la ragazza con l'uomo. Josie e Noah controllarono di nuovo il filmato da tutte e tre le telecamere, ma l'uomo aveva fatto molta attenzione a tenere la faccia di profilo alle telecamere dell'atrio.

La ragazza era rimasta immobile. Dopo un breve e teso scambio, l'uomo l'aveva afferrata per un braccio e spinta verso la porta. Lei aveva guardato verso il soffitto, muovendo il collo in cerca dell'occhio della telecamera. Poi l'aveva trovata e guardandola direttamente aveva pronunciato una sola parola: *Aiutatemi*.

VENTIQUATTRO

La voce di Josie era scossa dalla rabbia e dalla frustrazione. «Le avevo detto che l'avrei protetta.»

«Boss, non è colpa...»

Si alzò e Noah saltò indietro vedendo che gli puntava un dito contro. «Sì invece. Quello non era uno U.S. Marshall. Oppure è lo stesso tizio che l'ha picchiata fino a romperle la faccia, o gliela sta portando.»

Si mise a camminare avanti e indietro per la stanza, sentiva la rabbia che gonfiava dentro come un palloncino, spingendola al limite. Noah la osservava con quel passo come quello di un animale selvatico in gabbia.

«Lei era la mia unica pista da seguire per Luke. E ora è svanita.»

Noah fissò lo schermo dove Josie aveva messo in pausa il filmato sul volto della ragazza. «Perché non ha detto niente? Perché non ha urlato e non si è difesa? Qualsiasi cosa! Questa è una stazione di polizia.»

«Tu non hai gestito molti casi di violenza domestica, vero?»

Lui incrociò il suo sguardo. «Cosa vorresti dire?»

Josie fece cenno verso lo schermo dove gli occhi terrorizzati della ragazza senza nome li fissavano di rimando. «Sai perché le vittime di violenza domestica non corrono alla polizia? Perché sono troppo spaventate. Gli aggressori hanno una forte presa psicologica sulle loro vittime e la maggior parte delle volte il sistema le ignora quando queste parlano.»

Noah sollevò un sopracciglio. «Era in una stazione di polizia.»

«Proprio così. Sapeva dove trovarla: mettiamo che lei avesse urlato e scatenato l'inferno e che Lamay avesse arrestato quel tizio. Cosa sarebbe accaduto a quel punto? Sarebbe uscito su cauzione tra qualche settimana e sarebbe stato ancora più incazzato con lei per essersi rivolta alla polizia.»

«Quindi per lei era meglio seguirlo?»

Josie scosse la testa. La stanza sembrò improvvisamente troppo piccola, l'aria troppo fitta.

«Tu non sai cosa vuol dire vivere con qualcuno così. Qualcuno che ti fa del male. Qualcuno che trova il modo di farti del male anche quando le persone cercano di aiutarti.»

«E tu lo sai?»

Lei ignorò la domanda. Non era una conversazione che intendeva fare con Noah. Non quel giorno e forse mai. «Devo trovare quella ragazza.» disse invece.

Lui sostenne il suo sguardo per un lungo momento, come se aspettasse che lei aggiungesse qualcos'altro, ma quando non lo fece, le suggerì: «Guarda la registrazione esterna. Forse possiamo vedere con che tipo di veicolo sono ripartiti.»

Josie fece un respiro profondo, cercando di concentrarsi. Avrebbe voluto lanciare tutto quello che le capitava tra le mani, distruggere tutto ciò che incontrava sul suo cammino, ma nulla avrebbe contribuito a riportare a casa Luke o a cambiare il fatto che aveva lasciato la ragazza alla mercé di chi voleva farle del male. Si sedette per recuperare il filmato dell'esterno dell'edificio e disse a Noah di fare una ricerca al computer su tutte le Kim Conways nel New Jersey e in Pennsylvania.

Le telecamere esterne coprivano tutto l'edificio. L'uomo che aveva preso la giovane era entrato dalla parte anteriore, così Josie selezionò quel video per primo. La visuale della telecamera si estendeva per circa mezzo isolato in ogni direzione e comprendeva il piccolo parcheggio per gli ospiti di fronte all'edificio. Ma non era lì dove l'uomo aveva parcheggiato. Entrò nell'inquadratura a piedi, e ne uscì tenendo saldamente il braccio della ragazza, trascinandola. Camminavano lungo il marciapiede, fuori dall'inquadratura.

«Non possiamo rintracciare il suo veicolo» disse Josie, cercando di non far trasparire la disperazione nella sua voce. «Ha parcheggiato fuori dalla visuale delle telecamere. Non sappiamo nemmeno che tipo di veicolo guidasse.»

Si guardò intorno, ricordandosi improvvisamente che era rimasta sola nella sala video e raggiunse l'entrata dove vide Lamay che riagganciava il telefono e si asciugava il sudore della fronte con una manica. Era pallido e non la guardò. «Mi dispiace, Boss» mugugnò. «Ho commesso un errore. L'ufficio dello sceriffo non ha mandato nessuno a prendere la ragazza. Non riesco a crederci, sono desolato.»

Controllando attentamente la sua voce, Josie disse: «D'ora in poi, tutti i trasferimenti al di fuori dell'ufficio dello sceriffo devono essere approvati appositamente da me. Nessuna eccezione. Chiamami a casa, se devi. Hai capito, Lamay?»

Lamay annuì.

«Parleremo delle misure disciplinari più tardi. Per ora, ho bisogno che mandi due o tre unità a pattugliare la città alla ricerca di quest'uomo. Avvisa anche la Polizia di Stato. Saranno ansiosi di aiutare, dato che questo è collegato al caso di Luke.»

Lui annuì di nuovo, ancora incapace di guardarla.

Josie lo lasciò al suo lavoro e andò nel suo ufficio. Noah era già lì. «Dov'è Gretchen?» chiese.

«L'ho messa su Kavolis, dato che hai detto di aver bisogno di me qui. Non ho trovato tracce di un suo soggiorno al Eudora

Hotel quando Dunn è stato qui a maggio, ma se le camere fossero state riservate a nome di Dunn, non si vedrebbe dal computer. Gretchen mostrerà la foto della sua patente allo staff e vedrà se qualcuno se lo ricorda.»

«Fantastico» disse Josie. «Novità su Kim Conway?»

«Ci sono otto Kimberly Conways in Pennsylvania, ma nessuna di loro ha meno di trentotto anni, quindi non è lei. Ci sono nove Kimberly Conways nel New Jersey. Una di loro vive a Margate, che non è lontano da Atlantic City, e lei ha ventidue anni.

«Precedenti penali?»

«No.»

«Account Facebook?»

«Non che io abbia trovato.»

«Foto della patente?»

Noah aggrottò le sopracciglia. «Non posso vedere le foto della patente del New Jersey, solo l'identità.»

«Cazzo. Dimenticavo» Josie si sedette sulla sedia. «La connessione tra i Conway mi sta facendo impazzire.» disse.

«C'è una connessione tra di loro?»

«Non lo so. Non è una coincidenza, non credi? Il migliore amico di Luke era un Conway. La nostra ragazza è molto probabilmente Kim Conway, fidanzata di Eric Dunn il cui lacchè era l'uomo che abbiamo appena trovato morto nella proprietà di Luke. Questi punti non sono difficili da collegare.»

«Quindi, diciamo che il denominatore comune è Eric Dunn.»

«No, il denominatore comune è la ragazza senza nome. Si trovava su entrambe le scene del crimine.»

«Okay, beh, se è la ragazza di Dunn, perché non viene qui a dircelo?»

«Perché se supponiamo che sia scomparsa con uno U.S. Marshal per tornare nella Protezione Testimoni, non sapremo mai e magari nemmeno noteremo mai quando la farà uccidere e si disferà del corpo.»

«Perché dovrebbe voler uccidere la sua ragazza?»

«Non ne ho idea.»

«Sei pronta a far visita a Eric Dunn?»

«Non senza la conferma che quella è la sua donna. Puoi darmi il numero della madre di Brady Conway?»

«Certo.» disse Noah.

Josie stava pensando al volto della ragazza nella telecamera e alla sua silenziosa richiesta di aiuto. Le rimordeva la coscienza. Poteva aver mentito sull'amnesia, ma aveva cercato di dire a Josie che era nei guai. Le ustioni sulla schiena e le vecchie fratture facciali erano prove oggettive, e Josie le aveva ignorate, mettendola ulteriormente in pericolo pubblicando la sua foto così rapidamente. E se avesse aspettato qualche ora come le aveva chiesto?

«Non macerarti su quanto hai fatto.» disse Noah.

Josie gli rispose con un sorriso addolorato. «Puoi leggermi nella mente ora?»

Lui le sorrise. «Sto migliorando» scherzò. «Dico solo che era l'unica pista che avevamo per ritrovare Luke. Dovevi scoprire quello che potevi su di lei il prima possibile. Hai fatto la cosa giusta rilasciando la sua foto. Come potevi sapere che qualcuno sarebbe stato così disperato da impersonare uno U.S. Marshal per trovarla?»

Josie fece rotolare una penna lungo la superficie della scrivania. *E se l'avessi già perso?* si chiese, ma non lo disse a Noah. Invece, Noah disse: «Troveremo Luke. Cercherò il numero di Mrs. Conway.»

Noah si voltò per andarsene e subito Josie si sentì in preda al panico. Stare sola era diventato insopportabile. Nella sua mente si affastellavano tante domande devastanti senza risposta.

«Aspetta.» lo chiamò.

Noah si fermò, rimanendo a metà tra la porta e l'ufficio. «Cosa?»

Lei lo fece rientrare nella stanza. Lui attese, con un sorriso incerto che gli tirava gli angoli della bocca. Passarono alcuni secondi di silenzio, abbastanza a lungo da far sentire a Josie il suono ovattato di qualcuno che guardava in streaming il caso di Aaron King, dal suo telefono o da uno dei computer. In sotto-fondo si sentiva il suono della voce di Trinity Payne. «Al momento, l'accusa intende introdurre prove del DNA che collegano King alla sua ultima vittima...»

«Boss?» chiese Noah.

Non poteva dirgli che non voleva stare da sola. Era il suo superiore. Avevano un caso da risolvere. Delle persone erano scomparse: il suo fidanzato, un neonato e una donna abusata. Fece cenno verso la porta. «Puoi dirgli di spegnere quel dannato servizio su Aaron King, ti dispiace?»

«Certo.» rispose, e poi se ne andò.

VENTICINQUE

CBS Boston
27 marzo 2017

Muore in casa per monossido di carbonio

*Annie Lannan, diciannovenne di Plymouth, è stata
trovata morta in casa sua ieri per avvelenamento da
monossido di carbonio. La madre, tornando a casa dopo
il turno di notte in un ospedale locale, ha trovato la figlia
non cosciente nel suo letto.*

*La polizia e i paramedici arrivati sulla scena non sono
riusciti a rianimare la ragazza. I soccorsi hanno confermato livelli estremamente elevati di monossido di
carbonio in casa. Le autorità stanno ancora cercando di
determinare la causa dell'avvelenamento. Stanno anche
esortando i residenti a installare rilevatori di monossido
di carbonio nelle case.*

VENTISEI

Noah impiegò solo cinque minuti per ottenere il numero di Zora Conway.

«Ha il prefisso 212» disse Josie quando Noah le consegnò il numero. «È di New York, vero?»

«Sì.»

«Pensavo che la madre di Brady vivesse qui.»

«Evidentemente no.» disse Noah.

«Sicuro che sia il numero giusto?»

«Quante Zora Conway pensi che ci siano a New York? Ricordo di aver sentito il suo nome al notiziario quando è avvenuta la sparatoria. È il numero giusto.»

Senza dire una parola, Josie prese il telefono e compose il numero. Noah si accomodò sulla sedia di fronte alla scrivania. Il telefono squillò quattro volte. Proprio mentre Josie immaginava di sentire la segreteria, la voce flebile di una donna le rispose: «Pronto?»

«Mrs. Conway?»

«Chi chiama?» Una nota di sospetto, ma nessuna conferma che fosse Zora Conway.

«Sono Josie Quinn, capo della polizia di Denton. Sto cercando di contattare Zora Conway.»

Un lungo silenzio. Poi, «Ho già parlato alla polizia di mio figlio. Ve l'ho detto, non è mai stato violento. Non so perché abbia fatto quello che ha fatto. Non ho altro da dire.»

«Oh, Mrs. Conway, non chiamo per suo figlio, chiamo per sua figlia.»

Ancora una volta, la donna rimase in silenzio. Josie continuò. «Sua figlia, Kim.» provò.

Silenzio.

«Devo solo farle alcune domande. Penso che lei...»

«Mia figlia è morta.» sbottò Mrs. Conway. Poi ci fu un brusco click e, un paio di secondi dopo, il segnale di linea libera le risuonò all'orecchio.

Tese il ricevitore e lo fissò, perplessa. Provò a richiamare. Per quattro volte il telefono squillò e squillò finché non partì la segreteria telefonica. Era un vicolo cieco.

«Che diavolo è successo?» chiese Noah.

«Ha detto che sua figlia è morta e poi ha riattaccato. Ora non risponde.»

«E adesso?»

Josie ripensò al funerale. L'avevano fatto a Denton perché a Bowersville non c'era una camera ardente e gli altri Conway erano di Denton, compresa la nonna, che Josie ricordava di aver visto alla cerimonia funebre.

«Devo andare a Rockview.» disse.

«Per vedere tua nonna?» chiese lui, perplesso.

«No, per vedere la nonna di Brady Conway.»

VENTISETTE

Rockview Ridge era l'unica casa di riposo di Denton. Si trovava in cima a una collina rocciosa ai margini della città. Lisette Matson, la nonna di Josie, vi risiedeva ormai da diversi anni. A ottantacinque anni, Lisette era ancora molto sveglia e faceva amicizia con tutti gli altri residenti abbastanza lucidi da sostenere una conversazione. Josie sospettava che tra questi ci fosse anche la nonna di Brady Conway, Hattie Conway.

«È quella laggiù, con il maglione blu.» disse Lisette. Indicò la donna che Josie aveva conosciuto al funerale dei Conway e che ora sedeva nella mensa di Rockview leggendo una rivista aperta sul tavolo che aveva davanti. La sfogliava lentamente, abbassandosi per vedere cosa c'era in ciascuna pagina attraverso gli occhiali spessi. Come la maggior parte dei residenti di Rockview, i suoi capelli erano corti e bianchi, un po' cotonati e arricciati, fissati in forma con la lacca.

«Puoi presentarmi?» chiese Josie. «Non sono sicura che si ricordi di me.»

Accanto a lei, Lisette sospirò pesantemente, con un'espressione di rassegnazione mista a fastidio. «Avresti potuto chiamarmi, sai, quando Luke è scomparso. Avresti dovuto chiamarmi.»

«Scusa, nonna.» disse Josie.

«Non è vero che ti dispiace.»

«Sì, invece. Ho fatto un casino. Avrei dovuto chiamarti subito, ma stavo lavorando. Io...»

Lisette, aggrappata al deambulatore, alzò una mano. «Lo so, lo so. Il tuo lavoro è molto importante. Sai che lo capisco. Meglio di chiunque altro, forse. Ma Josie, questo ragazzo diventerà mio nipote acquisito. Avresti dovuto dirmelo di persona.»

Josie aprì la bocca per scusarsi ancora e darle qualche spiegazione, ma Lisette proseguì. «Non dobbiamo parlarne adesso. So che sei sconvolta. Non c'è bisogno che tu entri nei dettagli con me. Dico solo che in futuro, quando qualcuno, che si presume essere un membro della nostra famiglia, dovesse scomparire, mi aspetto una telefonata.»

Senza pensarci, Josie si protese improvvisamente verso la nonna. Lisette fece scivolare un braccio sulle spalle di Josie e la abbracciò. Con una mano artritica le accarezzò i lunghi capelli neri. «Andrà tutto bene» le sussurrò all'orecchio. «Aspetta e vedrai. Lo troverai e starà bene.»

Josie combatté le lacrime che minacciavano di arrivare. Si sentiva in colpa per non aver chiamato subito la nonna, ma era stato troppo difficile. Lisette era tutto ciò che Josie aveva. L'unico membro della sua famiglia ancora in vita. Dirle tutto quello che sapeva sulla scomparsa di Luke avrebbe reso tutto ancora più reale. Troppo reale. Lisette era l'unica persona, ora che Ray non c'era più, con cui Josie era pronta ad abbassare la guardia. Sapeva che parlandole di Luke avrebbe rischiato di perdere l'autocontrollo e non era sicura di poterlo recuperare. Ora aveva bisogno di tutto il contegno e la concentrazione possibili. Più avanti, quando tutto sarebbe finito, avrebbe affrontato le emozioni spinose che a stento riusciva a tenere a bada.

«Grazie.» le disse.

Lisette si scostò e le accarezzò le guance, sorridendo. «Vieni ora, hai del lavoro da fare.»

Hattie Conway si ricordava di Josie dai funerali. «Non avevamo mai avuto un capo della polizia donna prima d'ora» disse sorridendo. «Come potrei dimenticarti? Peraltro, tua nonna si vanta di te senza sosta.»

Josie lanciò un'occhiata a Lisette che sollevò gli occhi come per dire che Hattie esagerava.

«Mrs. Conway» esordì Josie «mi dispiace molto disturbarla, ma sono successe delle cose in città. Ci sono alcune persone scomparse e credo che sua nipote possa essere coinvolta in questa vicenda.»

«Mia nipote?»

«Esatto. Non ha una nipote?»

«Mia nipote era Eve, la moglie di Brady.»

«Giusto, ma Brady non aveva una sorella?»

Il volto di Hattie, segnato da profonde rughe, si contorse, come se avesse mangiato qualcosa di amaro. «Oh, sì, è vero. Voglio dire che era così. Ma non è mia nipote.»

«Non lo è?»

Hattie scosse vigorosamente la testa. «Vede, Zora aveva sposato mio figlio Emmett. Avevano avuto Brady poco dopo essersi sposati. Emmett voleva avere altri figli, così ci provarono... e ci provarono e riprovarono, ma Zora non riusciva a rimanere incinta. Il loro matrimonio ne risentì molto. Mio figlio aveva sempre voluto una famiglia numerosa. Tanti e tanti bambini. So che litigavano pesantemente per questo motivo. Lui iniziò a bere, ad andare nei bar. Un paio di volte lei prese Brady e se ne andò a New York. Non credo che avesse una famiglia là. Non so cosa ci fosse laggiù per lei, ma ci tornava sempre. Un giorno, finalmente, annunciò di essere incinta. Le cose andarono bene per un po'. Sembrava che stessero rimettendo in piedi il loro matrimonio. Poi scoprimmo che Emmett aveva un cancro ai testicoli. Risultò che non avrebbe potuto mettere incinta Zora.

Lei disse che il bambino era suo, ma lui non le credette. Era già morto quando nacque il bambino.»

«Mi dispiace tanto.» disse Josie.

Hattie scosse la testa. «Fu molto difficile. Sapevo che Zora mentiva. La bambina non assomigliava per niente a Emmett. Non gli somigliava affatto. Lo sapevamo tutti, ma lei si ostinava a darle il nome Conway. Che disgrazia.»

«La bambina... Zora la chiamò Kim?»

«Sì, Kim, esatto. Anche lei era una piantagrane. Questo è l'altro motivo per cui sapevo che non era una vera Conway. Aveva problemi di comportamento prima ancora di avere l'età per mettersi nei guai. Non appena Brady si diplomò, Zora la prese e si trasferì a New York. Probabilmente per stare con l'uomo con cui aveva una relazione, chiunque fosse.»

«Kim è ancora viva?»

Hattie scrollò le spalle. «Per quanto ne so, sì.»

«Sa se Zora e Kim ebbero qualche tipo di diverbio?»

«Beh, sicuramente sì.»

«È Zora che gliene aveva parlato?»

«Non ce n'era bisogno. Come ho detto, quella ragazza era un piccolo demone. È quello che Zora ha avuto in cambio per aver tradito suo marito e aver avuto una figlia da un altro uomo.»

«Brady le ha mai parlato di Kim? Avevano una qualche relazione?»

«So che si teneva in contatto con lei, cercava di prendersene cura, ma per la maggior parte del tempo lei era in giro a fare quello che fanno le sgualdrine e lui non la sentiva per mesi. So che voleva tenerla d'occhio perché era la sua sorellastra; io lo avvertii che era una perdita di tempo.»

Josie tirò fuori il cellulare e cercò la foto che aveva scattato alla ragazza sconosciuta, quella che era stata trasmessa dal notiziario locale. Girò lo schermo verso Hattie. «È questa?»

Hattie prese il telefono dalle mani di Josie e lo avvicinò agli occhiali quasi sfiorandoli. Studiò la foto per diversi secondi prima di restituirlo a Josie. «È proprio lei.»

Josie mise via il telefono. Lanciò un'occhiata a Lisette e poi si voltò verso Hattie. «Mrs. Conway, come va la vista?»

Hattie rise. «Sono sicura che è lei» disse. «È proprio Kimberly.»

VENTOTTO

Nell'atrio del Rockview, Gretchen aspettava, appoggiata alla scrivania con la sua tipica giacca di pelle, assomigliando più a una motociclista che a una detective della polizia. Josie si chiese se non fosse il caso di istituire una sorta di codice di abbigliamento per i suoi agenti investigativi più anziani. Ma accantonò il pensiero perché non aveva importanza. Quello che contava era il caso.

«Che succede?» chiese passandole davanti e uscendo dalla porta d'ingresso.

Gretchen la seguì. «Kavolis è stato a Denton a maggio. Il concierge dell'Eudora non è stato affatto d'aiuto, ma il personale delle pulizie lo ha confermato. Inoltre, non riesco a trovare alcuna prova che Dunn o la sua società possiedano terreni nella contea di Alcott. Mi dispiace, Boss.»

Josie trovò molto piacevole sul viso il fresco di settembre. Si fermò davanti alla portiera del guidatore e guardò Gretchen. «Sei venuta fin qui per dirmi questo?»

Gretchen strizzò gli occhi per il sole. «Sono venuta qui per vedere come stavi.»

«Come sto? È stato Noah a chiederti di parlarmi?»

«Il tenente Fraley? No. Sono qui di mia spontanea volontà.»

Josie aprì la portiera ma non entrò. «C'è qualcosa che vuoi dirmi?»

Gretchen esitò, con una smorfia sul viso. «È solo che, sai, faccio questo lavoro da molto tempo.»

«Da più tempo di me, ne sono consapevole» disse Josie. «Hai qualche problema con il modo in cui gestisco il mio dipartimento?»

«No, affatto. Non è questo che intendevo.»

«Sputa il rospo, detective Palmer» sbottò Josie. «Ho del lavoro da fare.»

«Beh, si tratta proprio di questo. Nella maggior parte dei dipartimenti non è consentito ai capi lavorare direttamente ai casi.»

Josie chiuse la portiera dell'auto e fece un passo verso Gretchen, incrociando le braccia sul petto. «Non lo tratto come un caso.»

«Il tuo fidanzato è scomparso.»

«Sì, è il suo caso, non il mio.»

Gretchen sorrise con fare sardonico.

«Così spacchi il capello in quattro, Boss.»

«Pensi che non stia facendo un buon lavoro?»

«Non ho detto questo. Penso che lo stress dovuto alla scomparsa di una persona cara e alla gestione di due importanti indagini possa costituire un grande peso su una sola persona, tutto qui. Sto solo dicendo che possiamo farcela anche da soli. Hai un sacco di brave persone intorno che non ti deluderanno mai.»

Josie sentì il suo disappunto attenuarsi un po'.

«Dormire fa bene.» aggiunse Gretchen.

«Sto bene, davvero» disse Josie. «Hai qualche esperienza in merito?»

Qualcosa di oscuro passò sul volto di Gretchen, che strinse istintivamente il bavero della giacca attorno al collo. Senza rispondere alla domanda, continuò: «Tua cognata, anzi, la tua futura cognata, è in città. L'ho incontrata a casa di Luke. Forse voi due potreste uscire insieme.»

Josie pensò alle lunghe e tormentose ore che aveva trascorso insieme a Carrieann nella sala d'attesa del reparto di terapia intensiva del Geisinger quasi due anni prima. Non aveva alcun desiderio di rivivere quei momenti della sua vita. Aveva bisogno di continuare a muoversi. Il movimento in avanti era l'unica cosa che si frapponeva tra lei e un crollo emotivo.

Aprì la portiera. «Devo andare.» disse.

Gretchen si limitò ad annuire. «Darò una mano a cercare la ragazza.»

«Kimberly Conway» la corresse Josie. «Ho avuto conferma da una parente. Potresti farlo sapere a tutti?»

«Certo. Dove stai andando?»

«Devo fare una cosa.» rispose Josie e non le diede la possibilità di chiedere cosa. Salì in macchina, mise subito in moto e si allontanò guardando la detective rimpicciolirsi nello specchietto retrovisore.

Era quasi arrivata a Bowersville quando Noah la chiamò. «Ci sono novità?» gli chiese.

La voce di Noah era tesa. «C'è stato un incidente» disse dettandole un indirizzo. «Devi assolutamente vederlo. Abbiamo bisogno di te, adesso.»

VENTINOVE

Arrivò sul luogo dell'incidente in quindici minuti. I suoi agenti di pattuglia avevano già delimitato l'area e una folla di curiosi si attardava ai margini, allungando il collo e scattando foto con il telefono. La strada era a due corsie per direzione. Da un lato c'era una fila di condomini e dall'altro il ciglio, delimitato da alberi. La strada girava intorno a una parte densamente alberata del City Park di Denton, uno spazio verde tra il campus universitario e Main Street, dove i residenti portavano a spasso i cani, facevano jogging e organizzavano eventi sociali. All'interno del parco c'erano un grande parco giochi, un gazebo e un piccolo stagno. La strada più vicina era una via residenziale a una corsia, distante diversi metri.

Al centro della carreggiata in direzione nord, una Ford Bronco accartocciata giaceva sul lato del guidatore, con frammenti di vetro e metallo sparsi intorno. I suoi agenti stavano installando una tenda pop-up intorno alla parte anteriore, il che significava che c'era una vittima. Dirigendosi verso di loro, Josie vide una pozza di sangue nel punto in cui il finestrino del lato guida toccava l'asfalto. Più avanti, un piccolo pick-up rosso aveva colpito con il muso il lato passeggero di una Toyota Corolla.

«Boss» la salutò Noah avvicinandosi di corsa dai margini della scena, dove stava interrogando gli astanti.

Alle loro spalle risuonò un colpo di clacson e Josie si voltò per vedere Anya Feist che fermava la macchina oltre l'area recintata dalla polizia.

«Mi vuoi dire cosa diavolo è successo qui?» chiese Josie a Noah.

Josie scorse la dottoressa Feist che parcheggiava accanto alla tenda e scendeva dall'auto per parlare con uno degli agenti, il quale fece un gesto verso il lato rovesciato della Bronco e la dottoressa vi si avvicinò.

Noah indicò i condomini. «Un ragazzo che stava sul balcone ha detto di aver sentito un forte boato, come un colpo di pistola. Poi la Bronco ha perso il controllo, ha colpito un'auto parcheggiata e si è ribaltata più volte sulla corsia in direzione nord. Il pick-up rosso stava cercando di evitare la Bronco e si è schiantato contro la Corolla. Il testimone riferisce anche che una donna bionda è scesa dal lato del passeggero della Bronco ed è fuggita a piedi nel parco.»

«La Conway. Hai messo una squadra alla sua ricerca?»

«Due squadre.»

Josie guardò la dottoressa Feist scomparire nella tenda. «Il pick-up e la Corolla... ci sono state altre vittime?»

Noah scosse la testa. «No, solo piccole lesioni.»

Si sentì sollevata. Qualunque cosa stesse succedendo a Kim Conway, Josie non voleva che ci andassero di mezzo dei passanti innocenti.

«Chi guidava la Bronco? Lo stesso che è venuto a prendere Kim alla centrale?»

«Presumiamo di sì.»

«Non ne siete sicuri?»

«Capo Quinn.» chiamò la dottoressa Feist.

Josie si diresse verso la tenda, cercando la dottoressa.

«Capo?»

Fu allora che Josie notò le gambe della dottoressa che spuntavano dal lato del passeggero della Bronco, che ora era rivolto verso parte superiore della tenda. A un'occhiata ravvicinata attraverso il parabrezza incrinato vide la dottoressa, con il busto che penzolava dal finestrino del passeggero, che si sporgeva verso il guidatore.

«Ma che sta facendo?» disse Josie.

«Cerco di dare una buona occhiata a questo tizio in loco. Qualcuno gli ha fatto saltare la testa.»

La dottoressa Feist scalciando con le gambe ed emettendo un grugnito soffocato si spinse fuori dalla macchina per mettersi quindi a sedere sulla portiera e allungare qualcosa con una mano guantata. Josie guardò Noah, che le porse un paio di guanti di lattice. Li indossò e prese quello che la dottoressa le stava porgendo. Un'altra patente di guida del New Jersey. Questa apparteneva a Denny Twitch, la cui foto mostrava un uomo dal collo taurino e la testa rasata: il loro finto Marshal.

Josie sorrise alla dottoressa Feist. «Sarebbe fantastico se potesse sempre presentarsi sulle nostre scene del crimine e produrre magicamente i documenti delle vittime.»

La dottoressa Feist ricambiò il sorriso e si scostò con l'avambraccio una ciocca di capelli dalla fronte. «Non è magia. Controllate sempre le tasche. A proposito, c'è anche una pistola. Scatterò qualche foto e poi potrete farlo trasportare nel mio laboratorio per un'autopsia completa, anche se posso dirvi subito che è stato ucciso da un colpo di pistola a distanza ravvicinata al lobo temporale destro.»

Tornò a sporgersi all'interno del veicolo. Josie si rivolse a Noah e alzò la patente per fargliela fotografare. «Farò un controllo» disse lui. «Per capire se lavora per Eric Dunn.»

«Ottimo» disse Josie. «E il veicolo?»

«È la sua auto privata» rispose Noah. «È intestata a lui.»

Lei diede un'altra occhiata alla Bronco e sospirò. «È un modello piuttosto vecchio, vero?»

Noah fece una smorfia. «Già. Non ha il GPS.»

«Il telefono?»

«Quando la dottoressa Feist avrà finito, vedremo di trovarlo.»

«Allora, per ora non ha senso andare a trovare Eric Dunn. Finché non troviamo conferma che Twitch lavorava per lui; vediamo se riusciamo a ottenere qualcosa dal suo telefono. Inoltre, dobbiamo trovare Kim Conway.»

«Devo chiamare la stampa?» chiese Noah.

Josie scosse la testa. «No. Tienila lontana dai notiziari, ti dispiace? Se l'organizzazione di Dunn è così decisa a trovarla da mandare qualcuno a fingersi uno U.S. Marshal, è meglio tenere tutto ciò che la riguarda più lontano possibile dai radar. Non voglio nemmeno che sappiano con certezza se è scomparsa.»

«La WYEP continua a segnalarla come "non identificata".» precisò Noah.

«Allora chiamali, di' loro che è stata identificata e che stiamo lavorando per ricongiungerla alla sua famiglia. Ma sottolinea che abbiamo bisogno di privacy, che per il momento non renderemo noto il suo nome. Fa' ringraziare i telespettatori e tutto il resto. Rendilo credibile. Non voglio che si accorgano che è una montatura.»

«Agli ordini.» disse Noah.

Josie camminò lentamente tra i rottami, con i vetri che scricchiolavano sotto i piedi. Si chiese quanto potesse essere spaventata Kim Conway per sparare in faccia a un uomo mentre era alla guida dell'auto in cui viaggiavano. Le riecheggiarono nella mente le parole di Trinity: *Eric Dunn non è una brava persona.* «Noah!» chiamò.

Era scomparso in una delle auto di pattuglia per usare il computer all'interno, e ne uscì. «Che succede, Boss?»

«Voglio un'unità cinofila per cercare Kim Conway. Vedi se

lo sceriffo può prestarcene una, ti dispiace? Potrebbe essere rimasta ferita nell'incidente. Non voglio che vada in giro se ha bisogno di cure mediche.»

Noah annuì e, già al telefono, tornò nell'auto di pattuglia. Josie si allontanò dalla Bronco distrutta e studiò la fila di alberi, chiedendosi quanto lontano sarebbe arrivata Kim Conway a piedi, o se si sarebbe nascosta finché le pattuglie non avessero smesso di cercarla nel parco. Josie sapeva che c'era un numero più che sufficiente di persone a cercarla, che sarebbe dovuta tornare alla centrale o a casa per dormire un po', come le aveva suggerito Gretchen, o anche a Bowersville, dove si stava dirigendo quando Noah l'aveva chiamata. Invece, si diresse verso la fila di alberi e scomparve nel bosco.

TRENTA

Josie attraversò il parco di Denton e i boschi che lo circondavano finché i piedi non le fecero male e il sole non scese sotto il limite dell'orizzonte. Sarebbero passate altre due ore prima dell'arrivo dell'unità cinofila dello sceriffo. Diversi agenti erano sparpagliati nel parco, mentre le auto di pattuglia percorrevano le strade della città, alla ricerca di qualsiasi traccia di Kim Conway. Altri agenti stavano andando di porta in porta nelle strade circostanti per verificare se qualcuno avesse visto o sentito qualcosa. Dopo essere inciampata sul ramo di un albero ed essersi procurata una storta alla caviglia, Josie iniziò a usare la torcia del telefono. Procedeva zoppicando tra le sterpaglie, puntando il fascio di luce sul terreno, sui tronchi e persino sui rami bassi degli alberi che erano facilmente scavalcabili.

Dove diavolo era andata?

Lo schiocco di un ramo la fece gelare. Girò il telefono, la luce danzò all'impazzata sui tronchi degli alberi, finché una giacca blu della polizia non entrò nel suo campo visivo. Si concentrò su di essa finché non vide Noah che si strofinava la fronte con delicatezza. «Non l'avevo mica visto quel ramo.» mormorò.

«Mi hai spaventata» disse Josie. «Che succede? Hai trovato qualcosa?»

Mentre le si avvicinava, scuotendo la testa, lei si accorse che gli si stava formando un bozzo rosso nel punto in cui il ramo dell'albero lo aveva colpito.

«No, niente.»

Josie sospirò, si allontanò da lui e avanzò zoppicando, con la torcia puntata altrove. «Allora, che ne dici di un rapporto sulla situazione?»

«Zoppichi.» le fece notare Noah.

«E questo cosa c'entra?»

Lui ignorò la domanda e le fece un resoconto sullo stato attuale delle indagini. «Abbiamo rintracciato l'ultimo potenziale padre della lista degli amanti di Misty. È stato in prigione negli ultimi tre mesi per un'accusa di spaccio, quindi ha un alibi. Sto ancora cercando di stabilire un collegamento tra Denny Twitch ed Eric Dunn. Si dice che Dunn sia ancora all'Eudora. Questa settimana terrà delle riunioni con alcuni membri del consiglio comunale sui progetti per il suo casinò. Gretchen è all'ospedale con la dottoressa Feist per l'autopsia. Ha detto che hanno trovato un telefono, ma è danneggiato, quindi, lo porterà in quel negozio per riparazioni di apparecchi tecnologici vicino all'università e vedrà di ricavarne qualcosa. Il fabbro prenderà in prestito l'attrezzo che gli serve per aprire la scrivania di Misty senza danneggiarla. Lo ritirerà domani e si troverà con Gretchen a casa di Misty domattina. Oh, e Misty ha superato l'intervento abbastanza bene, dicono, ma è ancora pesantemente sedata. Il chirurgo ha detto che non potremo parlarle prima di domani. Inoltre, credo che dovresti andare a casa a riposare.»

Josie si fermò con le mani sui fianchi. La caviglia pulsava. Desiderava il suo letto, per poterla appoggiare su un mucchio di cuscini e metterci sopra del ghiaccio. E anche un po' di vino, che avrebbe potuto alleviare il dolore. Ma questo avrebbe significato fermarsi; ma Luke e il bambino di Misty, e ora Kim Conway, erano scomparsi e presumibilmente in pericolo, e Josie non era nemmeno sicura del perché. Come poteva fermarsi? Luke aveva bisogno di lei. Il bambino di Misty, così piccolo e indifeso, aveva bisogno di lei. Inspirò profondamente e continuò a camminare. Sentì i passi di Noah che si muovevano alle sue spalle.

«Boss.»

«Non posso, Noah. Non posso.»

Sentì che lui le afferrava delicatamente il gomito, impedendole di andare oltre. Poteva vedere il suo volto nel bagliore della torcia. Così serio, così preoccupato. Le venne quasi da ridere. «Sto bene.» mentì.

«Sei stanca, zoppichi e scommetto qualsiasi cifra che stai morendo di fame. Lavoreremo in ogni angolo per tutta la notte, se questo ti aiuterà a dormire. Ma non sarai utile a nessuno se non riposi. Prendi una pizza, torna a casa e parla con Carrieann. È stata sola tutto il giorno.»

Josie si era quasi dimenticata della futura cognata. «Credo che dovremmo dare un'occhiata alla casa dei Conway.» disse lei.

Lui sollevò un sopracciglio. «Pensi che Kim andrebbe lì? È lunga da qui. Le ci vorrebbero un paio di giorni per arrivarci a piedi.»

«Credo che dovremmo controllare.»

«Chiamo Bowersville e chiedo di mandare una macchina.»

«Bene, perfetto. Vedi se riusciamo ad andarci domani. Vorrei darci un'occhiata, anche se sono sicura che Kim Conway non ci è andata.»

«C'è qualcosa che non mi stai dicendo?» chiese Noah.

Josie voleva fare un sopralluogo alla casa dei Conway dall'omicidio-suicidio, ma Luke non glielo aveva permesso. Non aveva senso, aveva detto. Si era offerta di prestare alla polizia di Bowersville la sua Squadra della Scientifica la notte del fatto, ma il loro capo aveva detto che non ce n'era bisogno. «È abbastanza ovvio quello che è successo qui» le aveva detto. «Non ha senso sprecare uomini e soldi.» Personalmente, Josie non l'avrebbe gestita in quel modo, ma la vicenda dei Conway era fuori dalla sua giurisdizione e non aveva intenzione di mettersi a litigare con un capo della polizia di un piccolo paese il cui lavoro scadente non aveva alcuna influenza sulla sua città. Tuttavia, non era mai riuscita a togliersi di dosso il fastidio per la disinvoltura con cui il capo di Bowersville aveva liquidato l'intera faccenda. Ma più ne parlava, più Luke si arrabbiava, dicendole: «Non c'è niente che tu possa fare. Sono morti e andare in quella casa non cambierà le cose. Credimi, non vuoi vederla. Lascia perdere!»

Aveva lasciato perdere, tranne quando lui sembrava più distante e chiuso; anche in quel caso si era limitata a suggerirgli – a volte in modo piuttosto deciso – di rivolgersi a un terapeuta, dato che evidentemente stava affrontando dei problemi irrisolti riguardo all'accaduto. Ora i casi di sparizione erano tre e tutto sembrava ricondurre a Brady Conway.

«C'è un collegamento, anzi più di uno, con Brady Conway» spiegò a Noah. «Brady aveva avuto una relazione con Misty; è nella lista dei potenziali padri. Luke si era incontrato con Misty settimane prima dell'omicidio-suicidio a casa Conway. Kim era la sorellastra minore di Brady e, secondo il racconto della nonna, questi era l'unico della famiglia a parlare ancora con Kim.»

«Capisco.» disse Noah.

Josie si chiedeva se Brady avesse chiesto a Luke di occuparsi della sorella minore per qualche motivo. Era per questo che Kim era a casa di Luke? Forse, ma questo non spiegava perché avesse dormito nel suo letto o indossato i suoi vestiti. Probabilmente era rimasta da Luke perché lui era stato amico di Brady, ma questo non spiegava l'intimità tra i due. E di certo non spiegava perché Luke non l'avesse confidato a lei.

«Penso che forse Luke stesse nascondendo Kim da Eric Dunn. È l'unico scenario che mi sembra sensato. Da quello che ha detto Trinity, Dunn è spietato come pochi. Ovviamente non ha alcun riguardo per la legge se è disposto a mandare Denny Twitch a fingersi uno U.S. Marshal per recuperare Kim. So che non abbiamo la conferma che Twitch lavorasse per Dunn, ma credo che questo sia ciò che scopriremo.»

Noah si accigliò. «Anche se Luke sapeva che Kim era in pericolo e voleva aiutare la sorella del suo amico nascondendola, perché non ha detto a te o a chiunque altro cosa stava succedendo?»

Perché Mickey Kavolis è stato sepolto nel suo cortile. Questo non lo disse a Noah; nella sua mente cominciava a delinearsi uno scenario, ma non voleva esporlo a Noah finché non ne fosse stata assolutamente certa. Sicuramente la visita a casa Conway avrebbe confermato la sua teoria, anche se non avrebbe comunque spiegato perché le impronte di Kim fossero state trovate a casa di Misty. Oltre a Brady Conway, Josie non vedeva alcun collegamento tra Kim e Misty. Ma doveva iniziare da qualche parte.

Così, Josie disse: «Ho un'idea, ma prima vorrei vedere la casa.»

Noah non discusse. «Chiamerò Bowersville e parlerò con i colleghi per entrare in casa, ma domattina, okay?»

Josie pensò a Carrieann sola a casa sua. Sola con la sua ansia. La stessa ansia che lei era riuscita a tenere ai margini della sua coscienza rimanendo in un perenne movimento. Luke le aveva mentito su molte cose e forse l'aveva anche tradita. Ma Carrieann era sempre stata buona con lei. Si era esposta molto per lei quando più contava. Meritava di più che camminare da sola in una casa estranea preoccupandosi per suo fratello. Noah aveva ragione. Qualche ora di riposo e un po' di cibo non avrebbero ostacolato l'indagine. Ora era il capo e doveva imparare a delegare.

«Va bene» concesse. «Ma solo per qualche ora.»

Josie si svegliò con l'odore del bacon in cottura. La luce del sole filtrava dalle finestre della sua camera da letto e capì subito di aver dormito più delle tre ore che aveva previsto. Molto di più. Un'occhiata alla sveglia digitale le strappò un lungo gemito. Erano quasi le 8. Aveva dormito ben sei ore. Rimase sdraiata per un momento, ascoltando i rumori che provenivano dalla cucina. Il tintinnio di piatti e delle posate, il rumore dei cassetti che venivano aperti e chiusi. Il gorgoglio della caffettiera. Per uno o due secondi, nella nebbia del sonno, pensò che fosse Luke. Era tornato e, come faceva sempre ogni volta che avevano un giorno libero, si era alzato prima di lei per preparare la colazione. Era un cuoco di talento, attento e creativo. Non seguiva mai una ricetta, ma tutto ciò che preparava era delizioso. Josie era tutt'altro che una dotata casalinga e lui per lo più non si dedicava quasi mai alla cucina, ma in qualche modo riusciva sempre a preparare dei capolavori.

Le mancava.

Aprì gli occhi di scatto e si scrollò di dosso la stanchezza. Quando la nebbia nella sua testa si diradò, si rese conto che poteva esserci solo una persona in cucina in quel momento:

Carrieann. Luke era scomparso, ricordò a se stessa. Erano passati solo un paio di giorni, ma sembravano mesi. In realtà le mancava da mesi…

Si era persino chiesta se avrebbe dovuto rompere con lui, vedendolo sempre più lontano da lei, ormai una presenza fredda e distante che sostituiva l'uomo caldo e affettuoso che aveva conosciuto. Ora avrebbe preferito riaverlo, anche con quella freddezza, piuttosto che non riaverlo. Con un sospiro, si alzò dal letto. C'era del lavoro da fare.

Carrieann era in cucina, accanto ai fornelli, con una spatola sbatteva le uova strapazzate in una padella. Accanto, la pancetta sfrigolava in una padella più grande. Sembrava che non avesse dormito affatto: i capelli biondi le scendevano lungo la schiena, sciolti e oleosi, e le occhiaie le oscuravano la pelle sotto gli occhi. Erano rimaste sveglie fino a tardi a parlare delle piste del caso, bevendo insieme una bottiglia di vino mentre Carrieann faceva le sue ricerche online su Eric Dunn.

Josie non si accorse di Noah seduto al tavolo finché non si trovò a metà strada per raggiungere la caffettiera. Si premette una mano sul cuore. «Gesù» disse. «Mi hai spaventata.»

Lui sorrise e alzò una tazza di caffè fumante in segno di saluto. «Abbiamo pensato di lasciarti dormire ancora un po'.»

Josie si passò le mani tra i capelli spettinati, cercando di domarli. Abbassando la mano, strinse l'orlo della camicia da notte sulle cosce scoperte, desiderando di aver pensato di mettersi i pantaloni della tuta. «Vorrei che non l'aveste fatto.» mormorò.

Si versò una tazza di caffè e raggiunse Noah al tavolo. «Ci sono novità?»

«Gretchen ha fatto esaminare il telefono di Twitch. Pensano di poterlo rimettere in funzione. I cani dello sceriffo sono stati fuori tutta la notte. Hanno rintracciato Kim Conway in una casetta su un albero nel giardino di una donna. C'era del sangue secco, quindi sicuramente si è nascosta lì a un certo punto. La proprietaria sostiene di non aver visto nulla. Abbiamo fatto perquisire la casa dagli agenti. Non hanno trovato nulla.»

Josie gemette. «Una casa sull'albero. Era vicina. Proprio sotto il nostro naso.»

«Beh, non ci è rimasta. Hanno seguito il suo odore per circa due miglia da quella casa e poi è scomparsa.»

«Il che significa che è salita su un'auto?»

«È la spiegazione più probabile.»

«Se qualcuno è andato a prenderla, a quest'ora potrebbe essere ovunque.» disse Josie. Si era alzata solo da una decina di minuti e già non c'era abbastanza caffè per rendere la giornata sopportabile.

Noah aggiunse: «Ho chiamato la polizia di Bowersville ieri. Hanno mandato una macchina a casa Conway ieri sera e di nuovo stamattina. Non c'è traccia di lei.»

Josie bevve una lunga sorsata di caffè, con una smorfia per il bruciore che le scese dal palato al fondo della gola. Carrieann posò davanti a ciascuno un piatto pieno per fare colazione. Josie fissò il proprio piatto, ma non si mosse per mangiare. Solo Noah si mise a mangiare, ringraziandola tra un boccone e l'altro.

«Voglio entrare in quella casa.» disse Josie, masticando distrattamente un pezzo di pancetta, sorpresa di scoprire che il suo corpo aveva una fame allarmante. Con la forchetta raccolse le uova strapazzate e le inghiottì come meglio poteva. Carrieann osservò i due, a sua volta lasciando la colazione intatta davanti a sé.

«Possiamo andarci, ma dobbiamo chiedere il permesso alla famiglia per entrare.»

Josie finì il resto del suo caffè. La testa cominciava a schiarirsi. «A volte è meglio chiedere perdono che permesso.» disse.

TRENTADUE

Presero strade secondarie, guidando in silenzio oltre la cima di una montagna e scendendo nella piccola valle dove si trovava la città: solo una manciata di case, chiese e un solitario centro commerciale. Per Josie era incredibile che la città fosse ancora viva e che ci vivessero abbastanza persone da riempire le quattro chiese che erano sopravvissute a tutti i disastri naturali e finanziari che avevano minacciato di distruggerla. Bowersville era così sonnolenta che, prima che Brady Conway uccidesse la moglie per poi suicidarsi, non c'era stato un omicidio in oltre mezzo secolo.

Josie entrò nel vialetto di casa Conway. Alberi e sterpaglie la separavano dai vicini su entrambi i lati.

La loro visita sarebbe potuta passare inosservata, soprattutto in pieno giorno, ma Josie era certa che le voci fossero già in fermento dopo che la polizia di Bowersville era andata due volte a controllare la casa.

Percorsero lentamente il perimetro. Erano passati mesi dal fatto, ma ai pali del portico erano ancora attaccati dei pezzi di nastro della polizia che svolazzavano nel vento. Noah provò ad aprire la porta d'ingresso, ma era chiusa a chiave.

«Proviamo dal retro.» disse Josie.

Fecero il giro verso la parte posteriore della casa, supponendo che quella porta non fosse chiusa a chiave. Infatti e Josie non ne fu sorpresa: la gente di Bowersville di solito non chiudeva le porte a chiave, non ne aveva bisogno. La casa odorava di muffa, con un leggero sentore di sangue e di candeggina. La porta sul retro si apriva sulla cucina, dove gli armadietti erano stati aperti e svuotati. Scatole di cartone con l'etichetta "CUCINA" erano impilate sopra il tavolo e il bancone.

«Sono passati mesi» disse Noah. «Chiunque altro l'avrebbe già ripulita e venduta a quest'ora.»

«Luke ha detto che le famiglie erano in disaccordo: la madre di Brady aveva assunto un servizio di pulizia e imballaggio, mentre la famiglia di Eva doveva venire a prendere quello che voleva; poi hanno avuto una sorta di diverbio e tutto si è fermato fino a quando non sono riusciti a sistemare le cose.»

Noah diede un colpetto a una delle scatole. «Però sembra che non sia stato sistemato nulla.»

«A quanto pare, la famiglia di Eva pensava di avere diritto sia al contenuto della casa sia a qualsiasi profitto derivante dalla sua vendita e si aspettava che la madre di Brady pagasse le spese di pulizia e di imballaggio, invece la madre di Brady voleva dividere tutto a metà.»

«Immagino che litigheranno per un po' di tempo per questo.» disse Noah.

Josie si spostò in salotto e Noah la seguì. Riuscì a vedere i punti in cui qualcuno aveva cercato, senza successo, di pulire le macchie di sangue. Un divano e due poltrone reclinabili erano stati spinti contro una parete, il tavolino da caffè con il ripiano in vetro era stato ribaltato sopra il divano. Il televisore era appoggiato sul pavimento tra le poltrone, e il mobile multimediale era stato spostato in quel lato della stanza con gli armadietti pieni di scatole sulle cui etichette c'era scritto "SOGGIORNO".

«Chiunque abbia pulito di sicuro non sapeva come togliere le macchie di sangue dal parquet o dalle pareti.» osservò Noah.

Josie annuì, fissando due macchie a forma di pozzanghera che saltavano all'occhio al centro del pavimento, a pochi metri una dall'altra, dove Brady ed Eva dovevano essere caduti dopo gli spari. A circa un metro di distanza dalla pozzanghera più vicina alla cucina c'erano una serie di tenui striature bruno-rossastre. «Guarda qui.» disse. Noah si avvicinò e si mise accanto a lei, fissando le macchie.

«Cristo santo.» esclamò.

Josie si inginocchiò e passò la mano su due spesse linee affiancate di sangue sbiadito. «Ti sembrano segni di trascinamento?»

Noah guardò il punto indicato da Josie. «Non lo so» rispose. «Potrebbero esserlo. O potrebbero essere solo strisce di quando il servizio di pulizia ha cercato di eliminarle...»

Josie si alzò e si mise al centro della stanza, studiando di nuovo le chiazze. Si spostò al centro di quella più vicina a lei, immaginando che fosse il punto in cui Brady si era piantato, puntando una pistola al volto della moglie. «Da questa parte» disse. «Mettiti nell'altro punto.» Noah si avvicinò e si mise in piedi nella seconda pozzanghera. «Sono Brady o Eva?»

«Non lo so» disse Josie. «Diciamo che sei Eva. Io sparo da qui.» Allungò una mano, con l'indice puntato dritto come la canna di una pistola. I suoi occhi cercarono le macchie di sangue sbiadito sulle pareti e sul soffitto.

«Io non ho visto la scena» disse. «Ma Luke ha detto che Eva era stata colpita in faccia e che mancava una parte della nuca di Brady.»

«Quindi ha sparato alla moglie e poi si è infilato la pistola in bocca.» disse Noah. Si sporse un po' alla sua sinistra per guardare il muro dietro Josie.

Poi si girò e guardò la parete alle sue spalle. «Stai pensando quello che penso io?»

Josie abbassò il braccio. «Se Brady avesse sparato a Eva in faccia a distanza ravvicinata, gli schizzi sarebbero andati in avanti, verso di lui, non all'indietro verso il muro alle spalle di Eva. Il colpo di pistola che Brady si è sparato avrebbe dovuto essere l'unico a causare schizzi all'indietro.»

«Allora perché di schizzi sui muri ce ne sono due?»

«Bella domanda.»

«È per questo che volevi vedere la casa» disse Noah, e non era una domanda. «Sapevi che qualcosa non quadrava.»

Josie non rispose; invece, si voltò a studiare di nuovo le striature sul pavimento. Ricordava quanto fosse intriso di sangue Luke quando lo aveva visto in ospedale. Aveva detto di aver cercato di rianimare il suo amico. Ma questo non spiegava i segni di trascinamento. Di nuovo, la sua rabbia nei confronti del Dipartimento di Polizia di Bowersville salì come un reflusso acido.

Se la scena fosse stata esaminata e analizzata correttamente, avrebbero capito che qualcosa non quadrava. Diamine, anche solo un'occhiata superficiale e un paio di neuroni avrebbero dovuto suggerire che qualcosa non tornava. Ma l'intervento della Scientifica costava. C'erano i costi di laboratorio, le spese per il materiale e le forniture da richiedere, per non parlare degli straordinari necessari alla procedura.

Josie lo sapeva bene perché adesso che era diventata capo trascorreva più tempo a preoccuparsi del budget che dei casi. Bowersville non aveva tutti quei soldi. Per quanto tragico fosse, era più veloce, più facile e più economico definire l'accaduto come un omicidio-suicidio, archiviarlo come un caso di violenza domestica e chiuderlo rapidamente.

«Cosa pensi sia successo?» chiese Noah.

Josie non aveva bisogno di vedere altro in salotto. Aveva un'idea abbastanza precisa di quello che era accaduto e del motivo per cui Luke le aveva mentito. Sentì come una pugnalata alla gabbia toracica. Così disse: «Non sono sicura, ma credo che sia Kavolis che Kim Conway fossero qui quella sera.»

«Pensi che uno di quegli schizzi appartenga a Kavolis?» chiese Noah.

Josie gli fece cenno di seguirla nel resto della casa. «Beh, se ho ragione e Kavolis era qui, allora sì, il sangue dovrebbe essere suo.»

«Chi gli ha sparato?»

Salì le scale fino al secondo piano, con Noah che la seguiva. «Non lo so.» rispose. Era possibile che Luke avesse sparato e ucciso un uomo e se ne fosse fatto una ragione per tutti quei mesi? C'era solo un motivo per cui Kavolis avrebbe dovuto essere lì quella sera: prendere Kim e riportarla da Eric Dunn.

«Che tipo di pistola ha usato Brady?» chiese Noah.

L'aria era ancora più pesante nel corridoio del piano di sopra. Josie sentì il sudore imperlare il labbro superiore. «La sua arma d'ordinanza» rispose. «Così hanno detto i notiziari.»

«Allora è stata usata un'altra pistola per sparare a Mickey Kavolis» ragionò Noah. «Kavolis è stato colpito con una calibro .45, ma Luke non possiede una calibro .45, giusto?»

«Giusto. Forse Brady sì, ma se c'erano armi in questa casa sono sicuro che la polizia di Bowersville le ha portate via.»

Noah si schernì. «Sì, perché sono chiaramente dei professionisti nella raccolta delle prove. Credo che sia stato Kavolis a portare con sé la .45 e che qualcuno gli abbia sparato con la sua stessa pistola. Pensi che sia arrivato dopo l'omicidio-suicidio, come ha fatto Luke?»

A Josie sorse un pensiero agghiacciante. «O forse non è stato affatto un omicidio-suicidio. Se ho ragione, solo due persone conoscono la verità e sono entrambe scomparse.»

Passarono davanti al bagno e alla camera da letto principale, dove tutto quanto era stato impacchettato in modo simile al piano inferiore. C'erano altre due camere da letto che non erano state sistemate. Una era uno studio con un tapis roulant e l'altra aveva un letto a due piazze rifatto in modo ordinato con una coperta grigia. Sul comodino c'era una pila di libri.

Noah cercò nell'armadio mentre Josie prendeva uno dei libri. *What to Expect When You're Expecting*. Prese il secondo della pila, *The Girlfriends' Guide to Pregnancy*. Anche gli altri tre libri erano legati alla gravidanza.

«Qui dentro ci sono solo scarpe da donna.» disse Noah, riemergendo dall'armadio.

Josie passò a Noah il primo libro della pila. «Bene» disse lui. «Questo è interessante.»

«Tempo fa Luke mi disse che Brady ed Eva avevano deciso di non avere figli, perché volevano viaggiare per il mondo.»

Noah fissò il libro, poi il suo sguardo si spostò sugli altri libri della pila. «Forse hanno cambiato idea. Forse ci stavano provando.»

«Ma questi libri sono nella camera degli ospiti, non in quella padronale.»

«Quindi, forse li hanno spostati quelli del trasloco e dell'imballaggio.»

«O forse erano di Kim.» suggerì Josie.

«Pensi che Kim sia incinta?» chiese Noah.

«Penso che fosse incinta. All'ospedale hanno fatto un test di gravidanza durante l'esame completo. Sono sicura che sarebbe emerso se fosse stato positivo.»

Noah si accigliò. «Ma se era incinta quando è stata qui quattro mesi fa, che è successo al bambino?»

Josie stava per rispondere quando il suo telefono squillò. Guardò lo schermo. «È Gretchen.»

Rispose: «Hai qualcosa?»

«Ci stiamo avvicinando a Dunn.»

«Avete trovato un collegamento tra lui e Twitch?»

«Denny Twitch faceva parte della sua scorta. Circa tre mesi fa è stato licenziato.»

«Licenziato?» disse Josie. «Molto interessante.»

«Lo so. Ma ancora più interessante è che una delle impronte non identificate che abbiamo trovato a casa di Misty Derossi appartiene a Denny Twitch.»

Le dita di Josie si strinsero intorno al telefono mentre scendeva le scale. Noah la seguì, allungando il collo per cercare di ascoltare quello che Gretchen stava dicendo a Josie.

«Cosa?» chiese lei. «Come avete fatto a rilevare le impronte di Twitch così velocemente?»

«Esattamente come ha fatto Noah. Ho portato il campione alla Polizia di Stato. L'hanno fatto passare avanti perché era collegato al caso di Luke. Non c'è stato un riscontro prima perché Twitch non ha precedenti.»

«A che punto siamo con il telefono di Twitch?»

«Dovrei avere presto qualcosa, almeno una lista di numeri.»

«Beh, anche senza il telefono, credo che ora abbiamo abbastanza per fare una visita a Eric Dunn. È possibile trovare qualche collegamento tra Misty e Dunn? C'è la possibilità che sia il padre del suo bambino?» chiese Josie.

«Non ne sono così sicura.» disse Gretchen con esitazione.

Josie e Noah uscirono dalla casa dei Conway passando dal retro.

L'aria fresca portò sollievo dall'odore stantio e ammuffito della casa chiusa.

«Perché dici così?»

«Ho appena incontrato il fabbro a casa di Misty. È riuscito ad aprire la scrivania. C'è qualcosa che credo tu debba vedere.»

TRENTATRÉ

Josie e Noah incontrarono Gretchen a casa di Misty. Il cassetto superiore della scrivania era aperto e Gretchen aveva sparso diversi fogli sul piano. Spostava il peso da un piede all'altro mentre Josie li esaminava. «Misty si era rivolta a una clinica per la fertilità?» chiese Josie. Prese un riassunto del referto della clinica di Forest Hills, a Philadelphia. Era datato dicembre dell'anno precedente.

Da sopra le spalle di Josie, Noah emise un basso fischio e disse: «Non me l'aspettavo.»

«Nemmeno io» mormorò Josie. I suoi occhi scorsero la pagina. «Fecondazione in vitro. Perché avrebbe dovuto tenerlo segreto?»

«Forse si sentiva a disagio all'idea di essersi rivolta a un donatore di sperma?» suggerì Noah.

Gretchen picchiettò le dita contro la coscia. «No» disse Gretchen. «Non si tratta di questo.»

Sia Josie che Noah la guardarono. Con una smorfia, prese un fascio di pagine e le porse a Josie. «Si tratta dell'identità del donatore.»

«Pensavo che fossero anonimi.» disse Noah.

«In genere è così, ma molte banche del seme richiedono foto dei donatori di quando erano giovani. Non ne rilasciano i nomi, gli indirizzi o altro, ma le foto aiutano le future madri a scegliere. A quanto pare, molte preferiscono che il donatore assomigli a loro.»

Josie alzò lo sguardo dai fogli che Gretchen le aveva passato e che, a una prima occhiata, sembravano il profilo di un uomo biondo, caucasico, sui vent'anni. Donatore numero G8492. «Come fai a sapere tutto questo?» le chiese.

«Ho chiamato la banca del seme mentre stavi arrivando. Non mi hanno detto molto senza un mandato, ma hanno potuto darmi informazioni "generali" e con questo intendo dire che tutto questo si trova sul loro sito web, che ho visitato subito dopo aver riattaccato.»

Josie lesse il profilo. Gruppo sanguigno: B positivo. Numero di scarpe: 43. Destrorso. Atletico. Studente universitario con interessi per la giustizia penale. «Cosa c'è di così speciale nel donatore G8492?» chiese.

«Gira la pagina.» disse Gretchen.

Al centro della pagina successiva c'era la foto del donatore. Josie la fissò per un lungo momento, mentre le pareti intorno a lei si chiudevano. Le sembrava di cadere e forse era sul punto di farlo davvero, perché un attimo dopo la mano di Noah la sorresse all'altezza dei reni. «Boss? Stai bene?»

Lei fissò la foto. Non riusciva a distogliere lo sguardo. «Non capisco.» mormorò.

Ma in realtà capiva. Josie non voleva avere figli sapendo di aver ereditato i geni di sua madre e di avere quindi il potenziale per trasmettere la stessa malvagità a qualsiasi figlio che lei e Ray avrebbero potuto avere. E se Josie stessa avesse portato dentro di sé lo stesso male che aveva avuto sua madre? Diventare madre lo avrebbe fatto emergere? Josie non poteva rischiare. Ray aveva sempre sostenuto la prevalenza dell'educazione sulla natura, ma Josie non era mai stata disposta a correre questo rischio. Ray era d'accordo, ma scherzava sul fatto che, quando sarebbero stati vecchi, avrebbero potuto incontrare un figlio che non avevano mai dovuto crescere; era stato allora che, nervosamente, le aveva confessato di aver donato lo sperma ai tempi dell'università. Lo aveva fatto per racimolare qualche dollaro in più. Lo aveva fatto per capriccio. Lo aveva fatto perché aveva sempre avuto un senso esagerato della propria importanza. Ora una foto di quando il suo defunto marito aveva dieci anni la fissava dalla cartella del donatore. Era il suo sorriso nervoso. Quello in cui gli angoli della bocca non si alzavano del tutto e si formava un leggero solco nella piega sopra il naso. Josie lo conosceva bene. Era lo stesso sorriso che le aveva fatto poco prima di chiederle di sposarlo e lo stesso che aveva usato quando aveva prenotato un costosissimo viaggio a Disney World per il loro primo anniversario di matrimonio senza dirglielo prima. Era lo sguardo che assumeva ogni volta che non era del tutto sicuro che quello che stava facendo fosse giusto, ma lo faceva comunque.

«Oh, Ray.» mormorò.

Erano stati così stupidi. Avrebbe potuto chiedergli di contattare la banca del seme per far distruggere i suoi campioni, ma gli aveva creduto solo a metà quando glielo aveva detto. Invece lui non aveva mentito, non si era inventato tutto per farla arrabbiare; l'aveva fatto davvero. Aveva donato lo sperma e in qualche modo Misty lo aveva rintracciato. Il piccolo Victor Raymond Derossi era il figlio di Ray.

«Porca puttana» disse Noah. Anche i suoi occhi erano incollati alla fotografia di Ray. «È proprio lui?»

Josie distolse lo sguardo dalla foto e fissò Noah. Il suo viso aveva assunto un'allarmante tonalità di grigio. Poi guardò Gretchen. «Come facevi a sapere che era mio marito?»

«Non lo sapevo. Ma l'ho immaginato. Aveva un aspetto così familiare. Poi ho capito che era il sergente morto durante il caso delle ragazze svanite. La sua faccia era apparsa spesso al notiziario. C'è una foto di lui e di altri agenti nella sala relax in centrale. Inoltre, ho visto la foto di voi due da bambini nel tuo ufficio. Lui era il sergente Quinn, come tu sei il capo Quinn. Non era difficile da capire. Lui lo sapeva, vero? Sapeva cosa stava succedendo in questa città e non ha detto nulla. Questo è ciò che è stato riferito. Quindi, ho pensato che al posto di Misty, non avrei voluto che la gente sapesse che quel poliziotto era il padre di mio figlio, neanche se fossimo stati fidanzati e innamorati. Non credi che avrebbe subito delle ripercussioni in una città così piccola? Con tutte quelle vittime?»

D'istinto, Josie aprì la bocca per difendere Ray, ma la richiuse. Non c'era modo di difendere quello che aveva fatto. O non fatto. Gretchen aveva ragione. Per quanto Josie avesse cercato di tenerlo lontano dalla stampa, di evitare che il nome del suo defunto marito venisse trascinato nel fango, la gente sapeva. La gente sapeva e parlava. Le vittime erano quasi un centinaio. Un centinaio di famiglie in cerca di giustizia e di un luogo dove indirizzare la propria rabbia. «Molte persone conoscevano Ray» concordò Noah. «La gente ricorda. Capisco che Misty abbia desiderato tenere la cosa nascosta.»

«Questo non spiega perché Kim Conway e Denny Twitch fossero qui» affermò Josie. «E allora? Ha fatto ricorso a un donatore di sperma.» *Non importa che fosse il mio defunto marito.* «Questo non ci aiuta a trovare il suo bambino. Cosa avranno voluto Kim Conway e Twitch da lei?»

«Forse Kim Conway si nascondeva qui e Twitch è venuto a prenderla.» suggerì Noah.

«Perché Misty avrebbe dovuto nascondere Kim Conway?» chiese Josie. «Non si conoscevano.»

«Beh, sappiamo che Misty aveva una relazione con Brady, il fratello maggiore di Kim» disse Noah. «Inoltre, entrambi conoscevano Luke.»

«Come sarebbe?» chiese Gretchen.

Noah le raccontò quello che avevano trovato a casa Conway e la loro teoria secondo cui sia Kim che Kavolis erano stati lì la notte dell'omicidio-suicidio; che Kavolis era stato ucciso lì ma trasferito nella proprietà di Luke per essere sepolto; e anche che Kim Conway poteva essere incinta.

Gretchen sollevò un sopracciglio. «È interessante, ma hai ragione, niente di tutto questo ci aiuta a trovare il bambino o Luke. C'è Dunn dietro a tutto questo.»

«Ma qual è il legame tra Dunn e Misty?» chiese Josie.

La foto di Ray continuava a farle battere il cuore. Fece per sfogliare la pagina, ma dietro ne era rimasta impigliata un'altra, trattenuta da una graffetta. Josie liberò il foglio, strappandone un angolo. L'intestazione era della Atlantic East Cryobank la cui sede era in una città a circa un'ora a est di Denton, in direzione di Philadelphia.

Era datata sei settimane prima.

Gentile Miss Derossi, si leggeva. *Siamo spiacenti di informarla che siamo venuti a conoscenza del fatto che il campione inviato alla Clinica della Fertilità di Forest Hills nel dicembre dello scorso anno per la sua procedura in vitro potrebbe non essere il campione da lei originariamente scelto. Purtroppo, a causa di un errore di trascrizione, il campione non corretto potrebbe essere stato inviato alla clinica a suo nome. Come sa, lei aveva scelto il donatore G8492. Riteniamo che, a causa di una serie di problemi informatici e amministrativi nel nostro centro di archiviazione, le siano stati consegnati i campioni del donatore G8491. Su richiesta, possiamo fornire una copia del profilo del donatore G8491. Il campione del donatore G8491 era considerevolmente più datato rispetto a quello da lei scelto. Era stato destinato alla distruzione. A causa dell'età del campione, esiste la possibilità che un bambino nato dall'uso di questo campione possa avere problemi di salute o difetti alla nascita. In considerazione di questo rischio, è stato deciso di sottoporre immediatamente alla sua attenzione questo potenziale errore. Alleghiamo anche un assegno per il rimborso completo della nostra parcella. La informiamo che abbiamo avviato un'indagine interna sulla questione. Una volta conclusa, la contatteremo immediatamente per comunicarle le nostre conclusioni. Ci scusiamo profondamente per gli eventuali disagi che ciò può causare.*

«Ci scusiamo per il disagio?» esclamò Josie incredula, passando la lettera a Noah. Gretchen si avvicinò a lui in modo da poterla leggere.

«Non l'avevo nemmeno vista» disse Gretchen, con un'espressione corrucciata. «Ho guardato dappertutto.»

«Era attaccata al profilo» disse Josie. «Ho fatto fatica a separarlo.»

«Gesù» disse Noah. Fece un cenno verso la scrivania. «C'è qualcos'altro dalla banca del seme? Hanno capito quale campione ha ricevuto Misty?»

Josie sfogliò i fogli rimasti sulla scrivania. Tirò fuori i cassetti uno per uno e sfogliò tutto ciò che contenevano. «Non trovo niente.» disse.

«Li chiamo io.» disse Gretchen.

«Dobbiamo scoprire chi è il donatore G8491» disse Josie. «È difficile che diano ulteriori informazioni senza un mandato. Tenetemi informata. Devo ancora fare visita a Eric Dunn. Tutto questo è molto illuminante, ma ci sono ancora tre persone scomparse e tutto riconduce a Dunn.»

TRENTAQUATTRO

L'Eudora Hotel era vecchio come la stessa Denton. Era uno degli edifici più grandi e decorati della città, contava dodici piani e occupava mezzo isolato. Entrando nella hall, con Noah al fianco, Josie sentì i piedi affondare nella moquette verde smeraldo. L'uomo dietro al bancone della reception aveva soffici capelli biondi e stampato sul viso un sorriso a trentadue denti che sembrava non vacillare mai. Quando chiese «Come posso aiutarvi?» la sua voce aveva un suono quasi musicale.

Josie e Noah mostrarono i distintivi e dissero che volevano parlare con Eric Dunn.

«Solo un momento» disse il concierge con tono piatto. Alzò un telefono, premette alcuni tasti e parlò in un tono così sommesso che Josie riuscì a distinguere solo alcune parole. Quando riattaccò disse: «Mr. Dunn non accetta visite.»

«Non ci interessa cosa accetta o non accetta. Siamo qui per un'indagine in corso e dobbiamo parlare con lui.» disse Josie.

Il sorriso dell'uomo rimase immutato. Di nuovo, prese il telefono, compose il numero e parlò. Questa volta coprì il ricevitore con una mano e disse a Josie: «Mr. Dunn vuole sapere se avete un mandato.»

«Non abbiamo bisogno di un mandato per parlare con lui» disse Noah. «A meno che non abbia fatto qualcosa di male.»

Il concierge continuò a esibire il suo sorriso a trentadue denti. «Lo prendo come un no.» disse e parlò di nuovo nel ricevitore. Riattaccò e disse: «Mr. Dunn ha detto che potete chiamare la sua segretaria e fissare un appuntamento.»

«E qual è il suo numero?» chiese Josie.

«Mi dispiace, sono informazioni private. Non posso darglielo.»

«Siamo qui per notificare un decesso» disse Josie. «Ma se Mr. Dunn preferisce ricevere questa informazione guardando il notiziario della sera come tutti gli altri, per noi va bene.»

Per la prima volta, il sorriso del concierge si allentò leggermente. «Una notifica di morte? Posso chiedere chi è morto?»

Josie addolcì il tono, facendogli il verso. «Mi dispiace, sono informazioni private. Non posso divulgarle.»

Josi non credeva che fosse possibile fulminare con lo sguardo pur sfoggiando un sorriso stampato, ma in qualche modo lui ci riuscì, mentre tornava al telefono. Dieci minuti dopo, Josie e Noah furono accompagnati nella suite panoramica di Eric Dunn. La stanza principale era rivestita con pannelli di legno scuro e modanature a corona ornate, la moquette era di colore bordeaux, morbida come il pavimento dell'atrio. Due divani bordeaux abbinati fiancheggiavano una grande scrivania in ciliegio con ripiano in vetro che dominava la stanza. Dunn era seduto dietro quella scrivania, con una vista panoramica della città di Denton alle spalle. Josie contò quattro guardie del corpo, uomini imponenti e massicci in pantaloni cargo neri e polo nere aderenti, che stavano in piedi come sentinelle ingombranti lungo il perimetro della stanza. Josie non poté fare a meno di chiedersi se fossero stati a casa di Luke la notte in cui era scomparso.

Una delle guardie del corpo indicò i divani. «Potete sedervi.» disse burbero.

Il cellulare di Josie squillò mentre si sedeva. Lo tirò fuori e guardò velocemente il messaggio di Gretchen. *"Abbiamo attivato il telefono di Twitch. 5 chiamate all'Eudora nell'ultima settimana."* Ovviamente. Chiamate all'hotel, ma non specificamente a Dunn. Avrebbe potuto chiamare chiunque all'Eudora, come avrebbe detto Dunn. Josie rimise il telefono in tasca e guardò Dunn. Indossava una cravatta su una camicia di seta grigia abbottonata fino al colletto. Le maniche erano arrotolate e rivelavano avambracci sottili e pelosi. I capelli castani erano pettinati all'indietro. Di persona era ancora meno attraente che in foto. Le sue guance erano segnate da cicatrici da acne. Gli occhi erano ravvicinati su un naso lungo e dritto che, in qualche modo, sembrava storto sul suo viso. Aveva un aspetto incompleto, come se avesse bisogno solo di un leggero ritocco genetico per diventare un bell'uomo. I suoi occhi erano scuri e granitici. Senza perdere tempo con le presentazioni, disse: «Avete dieci minuti.»

Josie stava pensando a come sarebbe stato bello mettere le manette su quei polsi piccoli e magri.

Noah si fece avanti: «Mr. Dunn, ieri uno dei suoi dipendenti è rimasto ucciso in un incidente stradale.»

Dunn guardò ciascuna delle sue guardie del corpo. «È curioso» disse. «Dato che tutti i miei dipendenti sono reperibili.»

«Denny Twitch.» disse Josie.

Dunn le rivolse uno sguardo penetrante. «Denny non lavora più per me.»

«Per quello che vale» disse Josie «l'ha chiamata a questo hotel cinque volte nell'ultima settimana.»

«Ha chiamato me? Non ho ricevuto nessuna chiamata da lui qui in hotel. Deve aver chiamato un altro ospite.»

Josie sollevò un sopracciglio. «Secondo lei quanti degli altri ospiti che hanno soggiornato in questo hotel nell'ultima settimana conoscevano Mr. Twitch?»

«E come faccio a saperlo? Non ho idea di quali affari si stesse occupando. Come ho detto, non lavora più per me.»

«Quando ha smesso?» chiese Noah.

Dunn si appoggiò alla sedia e intrecciò le mani. «Non lo so. È passato un po' di tempo. Qualche mese, forse. Posso chiedere alle Risorse Umane di fornire queste informazioni.»

«E Mickey Kavolis?» chiese Josie. «È stato trovato morto per un colpo di pistola in faccia.»

Dunn guardò l'uomo alla destra di Josie. «Kavolis?» chiese, come se non riconoscesse quel nome. Con la coda dell'occhio, Josie vide l'uomo annuire.

Dunn sospirò. «Evidentemente anche lui ha fatto parte dello staff a suo tempo. Ma nemmeno lui lavora più per me. Se avete finito con le notifiche di morte di persone che non lavorano più per me, ho delle riunioni a cui partecipare.»

«Quando è stata l'ultima volta che ha visto Twitch?» chiese Josie.

«Non lo so. Non me lo ricordo bene. Come ho già detto, posso chiedere alle Risorse Umane di recuperare il suo fascicolo.»

«E Kavolis?»

«Non ne ho idea. Anche in questo caso, posso chiedere...»

Josie lo interruppe. «Alle Risorse Umane di recuperare il suo fascicolo, sì, abbiamo capito. Mr. Dunn, può spiegarmi perché stiamo ritrovando i suoi ex dipendenti assassinati nella mia città?»

Per la sorpresa, la sua maschera annoiata si incrinò per una frazione di secondo, poi sparì. «Scusate» disse. «Assassinati?»

Josie si rese conto che voleva sapere di Twitch. Doveva aver capito da mesi, quando Kavolis era scomparso, che era stato assassinato, ma per quanto riguardava Twitch, Dunn non aveva idea che gli avessero sparato. Gli avevano detto solo che era morto in un incidente stradale. Josie e Noah non parlarono, lasciando che Dunn riempisse il silenzio. «Pensavo aveste detto che c'era stato un incidente d'auto.»

«Ho detto che è rimasto ucciso in un incidente stradale» disse Noah. «Non ho detto come o cosa è successo prima dell'incidente. Credo che il mio capo le abbia fatto una domanda.»

Dunn esitò per un secondo. Poi disse: «Capisco.» Si lisciò la cravatta. «Io non so spiegare perché nella sua città vengono assassinate delle persone.»

«Non persone qualsiasi» lo corresse Josie. «I suoi ex dipendenti.»

«Non sono al corrente di cosa facciano questi uomini quando li congedo. Non mi riguarda.»

«Perché li ha lasciati andare?» Josie chiese, pur sapendo cosa stava per dire.

«Non posso dirvelo così su due piedi. Sono sicuro che lo troverete nei file delle Risorse Umane.»

Josie non si aspettava di ottenere qualcosa da Dunn, quindi le sue smentite e le coperture dietro il dipartimento delle Risorse Umane non furono una sorpresa.

«Quando è stata l'ultima volta che ha parlato con Kim?» chiese Josie.

Dunn fece un sorriso tirato. «Kim chi?»

«La sua ragazza, Kim Conway» disse Noah.

«Oh, quella Kim» disse lui. «Non mi ricordo. Ci siamo lasciati mesi fa.»

«Da quanti mesi?» chiese Josie.

Dunn guardò il pesante orologio d'oro che portava al polso sinistro. «Il vostro tempo è quasi scaduto.» disse.

«Quando è arrivato qui a Denton?» chiese Josie, cambiando tattica.

Dunn alzò le spalle. «Qualche giorno fa. Tara, il sindaco, mi ha invitato a partecipare a una serata di beneficenza.»

Josie alzò il cellulare con la foto che aveva scattato a Kim Conway. «Il volto di Kim è apparso su tutti i notiziari locali negli ultimi due giorni. Abbiamo chiesto aiuto per identificarla. Non ha pensato che sarebbe stato utile chiamarci per farci sapere che la ragazza che volevamo identificare era la sua ex fidanzata?»

«Non ho tempo di guardare il notiziario locale, Miss...»

«Quinn» rispose Josie.

«Capo Quinn» aggiunse Noah.

Dunn spostò lo sguardo da Noah a Josie e viceversa. «Capo, eh? Ovvero, il capo della polizia?»

Josie annuì. Il sorriso che Dunn le rivolse allora le fece accapponare la pelle. Era come se una maschera fosse scivolata via dal suo viso e sotto di essa ci fosse qualcosa di orrendo e inquietante, come una massa di insetti che si sparpagliano per rivelare una carcassa decomposta. «A Denton piace mettere le donne al potere, non è vero?» disse.

«Quando è stata l'ultima volta che ha parlato con Kim Conway?» Josie ripeté.

Ignorandola, guardò Noah. «Lei è il suo segretario?»

Noah si stizzì. «Tenente Fraley.»

«Kim era incinta?» chiese Josie.

Qualcosa negli occhi scuri di Dunn si accese, ma lo trattenne, mantenendo lo sguardo su Noah. «Tenente Fraley, mi dica. Le piace lavorare alle dipendenze di questa donna?»

«Il capo Quinn le ha fatto una domanda.» rispose Noah.

«Mi piacciono le donne di potere» proseguì Dunn. «Soprattutto quando sono in ginocchio.»

«Qual è il suo rapporto con Misty Derossi?» chiese Josie.

Dunn le lanciò un'occhiata. «Mai sentita nominare. Che posizione ricopre? Vicecapo? Assistente del sindaco?»

«Sta lottando per la vita al Denton Memorial Hospital» rispose Noah. «È stata aggredita mentre cercava di difendere il suo bambino appena nato, che è scomparso. Lei non ne sa niente, vero?»

«Non ho mai sentito parlare di lei, quindi no, non ne so niente.»

«Abbiamo ragione di credere che Denny Twitch fosse coinvolto.» disse Noah.

«Quello che Denny ha fatto dopo aver lasciato la mia azienda non mi riguarda.» dichiarò Dunn.

«È mai stato al Foxy Tails?» gli chiese Josie. «Lo strip club qui a Denton?»

Dunn rise. «Pensa che io abbia bisogno di frequentare gli strip club?»

Josie si girò sul divano e fece una lenta panoramica della stanza. Poi incrociò di nuovo il suo sguardo. «Sì, vedo che è sommerso da donne che le si buttano addosso.»

Senza perdere tempo, Dunn disse: «Beh, lei è qui, no?»

Allora Josie gli chiese: «Si è mai rivolto a una banca del seme?»

Di nuovo, Dunn rise. «Tesoro, non ho bisogno di donare il mio sperma. Ci sono un sacco di donne disposte ad accettarlo. Chieda al suo sindaco.»

Josie dubitava fortemente che Tara Charleston avrebbe permesso a quel verme di toccarla con un dito, ma non disse nulla. Dunn stava giocando e Josie non aveva intenzione di abboccare all'amo. «Ha detto che Kavolis non lavora più per lei, ma la sua azienda ha pagato le spese per la sua auto a noleggio dopo la rimozione.»

Dunn sventolò una mano. «E allora? Dispongo di personale che si occupa di risolvere questioni del genere.»

«Davvero? Che tipo di personale?» si informò Josie.

Dunn guardò di nuovo l'orologio. «Credo che il tempo sia scaduto.»

«Perché lei e Kim Conway vi siete lasciati?» domandò Josie.

«Perché non lo chiedete a lei?» rispose Dunn. «Non è sotto la vostra custodia?»

Josie non rispose. Si alzò e Noah fece altrettanto.

Si diressero verso la porta, che una delle guardie del corpo teneva aperta. Prima di andarsene, Josie si voltò e disse: «Da quando è arrivato, abbiamo avuto due omicidi e un paio di sparizioni, e tutti questi casi riguardano persone della sua organizzazione. Se fossi in lei, non farei arrabbiare i vertici della città in cui sta cercando di costruire un casinò.»

Gli occhi di Dunn si accesero di nuovo. «Le do un consiglio, Capo. Non è mai saggio far arrabbiare le persone che hanno ciò che più si desidera. Le pare?»

TRENTACINQUE

Mentre Josie e Noah tornavano verso la Escape, Noah stringeva e allargava le mani a pugno e il suo viso era rosso di rabbia. «Quel tipo avrebbe bisogno di una bella strigliata.» brontolò mentre salivano in macchina. Continuò a parlare di Dunn, di tutte le cose che avrebbe voluto fargli mentre Josie cercava di infilare le chiavi nel quadro. Le tremavano le mani. «Ha preso Luke.» mormorò.

«So che non si può estirpare la misoginia da qualcuno» proseguì Noah. «Ma sono sicuro che mi piacerebbe provarci.»

«Ha preso Luke.» ripeté lei.

Le caddero le chiavi. Goffamente, si appoggiò al volante, allungando il braccio per cercare di raggiungerle.

«Che cosa hai detto?» chiese Noah.

Le sue dita rovistarono sul tessuto ruvido del tappetino. «Ha preso Luke» disse per la terza volta. «Non l'hai sentito? Ha detto che non è saggio far arrabbiare le persone che hanno ciò che più desideri.»

Allora Noah ribatté: «Ma non sapeva nemmeno chi sei. Credi che sappia che tu e Luke stavate insieme?»

La mano di Josie si chiuse intorno alle chiavi. Finalmente la inserì nel quadro e accese il motore. «Stiamo insieme.» lo corresse. Forse la loro relazione non sarebbe sopravvissuta a tutto questo, soprattutto se lui era andato a letto con Kim Conway negli ultimi mesi, ma se ne sarebbe occupata quando lo avrebbe trovato. Vivo. Sperava.

«Mi dispiace, Boss.» disse Noah.

«Sa molte cose» aggiunse Josie. «Ma è troppo furbo per farcelo capire. Anche se avessimo delle riprese in cui lo si vede commettere qualche reato, lui negherebbe. Se venisse accusato di qualcosa, per lui sarebbe più facile negare, negare, negare e poi chiamare una squadra di avvocati. Eric Dunn non è il tipo d'uomo che è mai stato chiamato a rispondere delle proprie azioni.»

«Che cosa facciamo?» chiese Noah.

«Dobbiamo mettergli qualcuno alle costole» disse Josie. «Che lo segua ovunque vada. Possiamo mettergli dietro un paio di agenti di pattuglia, in attesa di rinforzi. Magari Gretchen. Posso darle il cambio tra qualche ora.»

«Boss, non credo che sia una buona idea...»

«Lui ha preso Luke e noi non abbiamo niente. Se lo seguiamo, troviamo Luke.»

«Pensi davvero che ci condurrà da lui? Così, semplicemente? Starà molto attento a non farlo. Ordinerà ad altri di fare il lavoro sporco così poi potrà affermare che non lavorano più per lui.»

«Allora seguiamo anche i suoi uomini.» disse Josie.

«Non abbiamo abbastanza agenti» le fece notare Noah. «C'è ancora un bambino rapito, una vittima di incidente scomparsa e tutte le altre cose che succedono in questa città.»

«Allora chiederemo aiuto alla Polizia di Stato. Sai che ce lo daranno. Chiamali, vedi cosa possono fare. Dobbiamo trovare Luke. Dunn lo ucciderà.»

«Non sappiamo nemmeno quante persone lavorano per lui.» sottolineò Noah.

«Gretchen potrebbe saperlo. Ha interrogato il personale dell'Eudora mentre faceva ricerche su Kavolis. Sta già arrivando.»

Rimasero in silenzio per qualche istante. Poi Noah chiese: «Pensi che abbia preso anche il bambino di Misty?»

Josie chiuse gli occhi per un momento. Il pensiero di un neonato in balia di qualcuno come Dunn era sufficiente a farle rizzare i peli sulle braccia. La sua mente continuava a tornare alla foto di Ray sul registro dei donatori della banca del seme. Riaprì gli occhi e guardò Noah. «Non lo so. Non so perché avrebbe dovuto rapire il figlio di Misty. Non c'è alcun legame tra Misty e Dunn.»

«Tranne Conway e Twitch.»

Erano questi i pezzi che non combaciavano. Josie ipotizzava che Dunn avesse mandato Kavolis a prendere Kim a casa del fratello e che le cose fossero finite molto male. Luke era rimasto coinvolto. Ma niente di tutto ciò spiegava perché a casa di Misty fossero state rinvenute le impronte di Kim o di Twitch o perché chiunque di loro – Kim, Twitch o Dunn – avesse preso il bambino di Misty.

«Dobbiamo scoprire chi era l'altro donatore» disse Josie. «Quello che è stato scambiato con Ray. Quando Gretchen arriva, vedremo se è riuscita a ottenere qualcosa dalla banca del seme.»

TRENTASEI

Gretchen arrivò dieci minuti dopo, scivolando sul sedile posteriore della Escape insieme a una ventata di aria fresca. Noah la ragguagliò sull'incontro con Eric Dunn e lei fece una smorfia, commentando: «Affascinante.»

«Hai ottenuto qualcos'altro dal telefono?» chiese Josie.

«Non molto. È un telefono usa e getta. Come ti ho detto, ha chiamato l'hotel cinque volte nell'ultima settimana. La cronologia delle chiamate risale solo a una settimana fa. Gli unici altri numeri che ha chiamato erano di altri telefoni usa e getta. Posso rintracciare gli operatori, ma non ci sono nomi o altre informazioni identificative sui proprietari.»

Noah si girò verso Gretchen. «Se troviamo gli operatori, possiamo chiedere alle compagnie telefoniche di tracciare e ottenere la posizione dei telefoni nel raggio di pochi metri.»

«Solo se il GPS è acceso» disse Josie. «Altrimenti bisogna ricorrere alla triangolazione. Se questi tizi sono intelligenti, non avranno attivato il GPS.»

«La triangolazione ci darebbe comunque la loro posizione entro un paio di chilometri.» precisò Noah.

«Quindi troveremo altri uomini di Dunn.» disse Gretchen.

«Come facciamo a sapere che non stava chiamando i gorilla nell'attico con Dunn?»

«Perché come ha voluto sottolineare Dunn, Twitch non lavorava più per lui.» spiegò Josie.

«Che è una balla.» disse Noah.

«Twitch era in un'altra squadra. La squadra che ha rapito il bambino e ha aggredito Luke. Pensateci: se qualcosa fosse andato storto, Dunn avrebbe sempre potuto affermare di non esserne a conoscenza, che quello che fanno questi uomini dopo aver lasciato la sua compagnia "non lo riguarda".»

«Qualcosa dev'essere andato storto» disse Gretchen. «Altrimenti Twitch non avrebbe avuto bisogno di chiamare l'hotel, giusto?»

Lo stomaco di Josie si contrasse. «Forse no. Forse è così che si è registrato in albergo. Dunn probabilmente paga il concierge per mentire se gli viene chiesto a quale stanza sono state indirizzate le chiamate. Anche se riuscissimo a dimostrare che le chiamate erano dirette alla suite, Dunn potrebbe inventarsi qualcosa, ad esempio che Twitch implorava di riavere il suo lavoro, o qualcosa del genere. E anche se possiamo dimostrare che hanno avuto luogo, non possiamo provare il contenuto di quelle conversazioni. Penso che valga la pena di provare a localizzare gli altri telefoni.»

«Mandami i numeri di telefono» disse Noah a Gretchen. «Chiamerò la centrale e glieli farò traccciare. Se non funziona, preparerò i mandati per far eseguire la triangolazione dagli operatori.»

Gretchen abbassò la testa sul suo telefono e iniziò a digitare, mentre quello di Noah squillò tre volte di seguito.

«Quante persone lavorano per Dunn?» chiese Josie.

«Una squadra di quattro persone» rispose Gretchen. «È quanto ha visto il personale dell'hotel. Se c'è un'altra squadra, è fuori sede, come hai detto tu.»

«E che mi dici della banca del seme?» chiese Josie. «Sei riuscita a ottenere qualcosa?»

Gretchen mise in tasca il telefono e tirò fuori dalla tasca della giacca il suo taccuino. Sfogliò alcune pagine. «No.» disse.

Noah rise e fece cenno al blocco. «Avevi bisogno degli appunti per ricordartelo? Cos'altro c'è scritto lì?»

Gretchen sorrise bonariamente. «C'è scritto che ho parlato con una donna di nome Diana Sweeney, un'addetta alla all'accoglienza, che mi ha detto che non poteva darmi alcuna informazione, né riguardo agli accertamenti sullo scambio dei campioni né riguardo all'altro donatore. Le ho detto che avrei fatto preparare dei mandati e lei mi ha risposto che il loro ufficio legale ci avrebbe messo da sette a dieci giorni lavorativi per elaborarli.»

«Aspetta un attimo» disse Josie. «Come hai detto che si chiama?»

«Diana Sweeney.» ripeté Gretchen.

Noah disse: «La conosci?»

«Penso di sì» rispose Josie. «Noah, torna alla centrale. Occupati dei telefoni. Poi vai a controllare Misty, per vedere se è pronta a parlare con noi. E verifica se ci sono stati progressi nella ricerca di Kim Conway; se non riusciamo a trovare nulla con i telefoni, manda qualcuno a mostrare la foto di Twitch negli hotel e nei motel per scoprire se ha soggiornato da qualche parte mentre era in città. Gretchen, voglio che tu tenga d'occhio Dunn fino al mio ritorno.»

Gretchen infilò di nuovo il taccuino in tasca e fece per scendere dal veicolo. «Ricevuto, Boss.»

Noah guardò Josie. «Dove stai andando?»

«A parlare con Diana Sweeney.»

TRENTASETTE

Josie arrivò alla Atlantic East Cryobank poco dopo l'ora di pranzo. Occupava il secondo piano di un edificio quadrato di sei piani in vetro e mattoni. La porta era solida e poco accogliente. Josie si chiese per un attimo se fosse chiusa a chiave, ma quando la spinse si aprì rivelando una piccola area di accoglienza con sedie in vinile nero allineate alle pareti e tavolini disposti tutt'intorno con sopra pile di riviste accatastate tra cui *Field and Stream*, *Sports Illustrated* e *Motorcycle Racing*. Era una sala d'attesa fatta su misura per gli uomini. Josie immaginò che conservassero anche riviste porno per i clienti che fornivano i campioni.

In una delle pareti era stata ricavata una finestra. Josie si avvicinò e sbirciò all'interno. L'area retrostante era occupata da una serie di cabine. Batté le nocche contro il vetro e un attimo dopo apparve una donna che aprì la finestra. «Posso aiutarla?»

Josie mostrò il distintivo. «Sono qui per vedere Diana Sweeney.»

La donna si accigliò. Sembrava che volesse fare delle domande, ma poi decise di non farle, e prima di chiudere la finestra disse a Josie di sedersi. Josie non si era ancora seduta che dalla porta accanto alla finestra uscì un'altra donna. Era sulla quarantina, tarchiata, con i capelli castani legati all'indietro in uno chignon, con ciocche grigie che cominciavano a comparire sulle tempie. Portava un paio di occhiali sul naso e guardò Josie, sorridendo. «Josie Quinn?»

Josie si alzò e allungò una mano, ma la donna la cinse a sé, stringendola in un abbraccio. «Miss Sweeney.» disse Josie quando la lasciò.

Diana Sweeney le sorrise. «È un piacere conoscerla finalmente. Venga.» Josie la seguì oltre la porta e superò un labirinto di cabine fino ad arrivare a una minuscola postazione di lavoro, dove c'era spazio solo per la scrivania e una sedia per gli ospiti. Diana tolse la borsa e la cartella dalla sedia e la offrì a Josie. Intorno a loro si levava il mormorio sommesso di voci femminili e un costante ticchettio di dita che battevano sulle tastiere. Le pareti interne del cubicolo erano piene di foto di Diana e di varie persone che Josie supponeva fossero parenti e amici. Josie riconobbe la foto di Diana e di sua sorella; era la stessa che le aveva inviato sei mesi prima.

Diana si accorse che stava fissando la foto e passò un dito sul viso della sorella. «Era scomparsa da tredici anni prima che lei la ritrovasse.»

Josie lo sapeva dalla lettera che Diana aveva inviato insieme alla foto. «In realtà non l'ho trovata io» disse Josie. «È stata una squadra dell'FBI.»

Diana si voltò verso Josie, con un sorriso beatifico sul volto. Nei suoi occhi brillavano le lacrime. «Solo perché lei li ha informati su dove cercare. Grazie a lei, tutte quelle famiglie hanno finalmente ottenuto delle risposte, proprio come noi. Possono finalmente lasciar riposare i loro cari.»

Era un argomento familiare, eppure Josie si sentiva ancora a disagio per la stima che le era derivata dall'aver scoperto non uno, ma due serial killer che avevano operato a Denton per decenni. Era felice di aver dato una risposta a tante famiglie, ma era difficile sentirsi un eroe visto che erano state perse così tante vite.

«Grazie per la lettera» disse Josie. «Ha significato molto. Ho questa stessa foto attaccata nel mio ufficio.»

Una lacrima scivolò lungo la guancia di Diana, che la asciugò. Si prese un momento per ricomporsi, inspirando profondamente ed espirando lentamente. «Cosa posso fare per lei?» le chiese poi.

«La mia collega l'ha chiamata oggi» disse Josie. «La detective Gretchen Palmer. Riguardo a uno scambio di donatori.»

Diana annuì. «Mi ricordo. Voleva sapere i risultati dell'indagine interna e maggiori informazioni sull'altro donatore.»

«Sì. Misty Derossi, la donna che aveva ricevuto la, ehm, donazione, è stata aggredita in casa sua, e il suo bambino appena nato è stato rapito.»

Diana cercò un opuscolo dietro una pila di documenti sulla scrivania. «Che cosa terribile» disse. «Sa che sono solidale, soprattutto riguardo ai rapimenti, ma crede davvero che questo abbia qualcosa a che fare con la situazione dei donatori di Miss Derossi?»

«Non lo sappiamo» rispose Josie. «Ma dobbiamo esplorare ogni strada. C'è la vita di un bambino in gioco.»

Diana staccò un post-it dal blocco sulla scrivania e lo inserì nelle pieghe dell'opuscolo. Prese una penna. «Beh, capo Quinn... per quanto mi piacerebbe aiutarla – e lo farei, mi creda, lo farei – non posso violare la riservatezza. Potrei perdere il posto.» Scarabocchiò qualcosa sul post-it, piegò l'opuscolo e lo porse a Josie. «Ma tutto ciò che deve sapere sulle nostre politiche e procedure è contenuto in questo opuscolo. Come ho suggerito alla detective Palmer, se sottopone alcuni mandati al nostro ufficio legale, sono sicura che le forniranno tutte le informazioni di cui ha bisogno.»

«Potrebbero volerci giorni.» disse Josie.

Diana si avvicinò e picchiettò l'opuscolo con un dito. Sorrise a Josie in modo cospiratorio. La sua voce era comprensiva ma ferma. «Mi dispiace molto, capo Quinn. Questo è il meglio che posso fare.»

Josie salutò Diana e se ne andò. Una volta in macchina, aprì l'opuscolo e lesse il biglietto scarabocchiato. "*Mi dia un giorno o due. I file che sta cercando sono protetti da password e al di sopra delle mie competenze. Dovrò trovare una buona scusa per accedervi. Ma farò quello che posso*". Sotto Diana aveva scritto il suo numero di cellulare.

Josie digitò il numero sul telefono e inviò un messaggio. "*L'opuscolo è stato molto utile. Grazie*".

La risposta fu quasi istantanea. "*È stato un piacere. Ci sentiamo presto*".

TRENTOTTO

WBAL-TV 11 – Baltimora, Maryland
13 giugno 2017

Adolescente uccisa in un incidente in barca

Lunedì sera una diciottenne è stata trovata morta dopo che la sua barca da pesca si è rovesciata nelle acque agitate del fiume Potomac. Le autorità hanno identificato la ragazza come Erin Appleby, residente nel quartiere Guilford di Baltimora. Un portavoce della Tutela delle Risorse Naturali del Maryland ha dichiarato che quel giorno i venti avevano raggiunto le quaranta miglia orarie. "Crediamo che Miss Appleby stesse tornando al molo" ha detto il portavoce. "Ma ovviamente non ci è mai arrivata". Il corpo della ragazza è stato recuperato dal fiume dopo che il proprietario di una barca a motore che passava nelle vicinanze ha notato la sua imbarcazione rovesciata.

*Secondo le autorità, si tratta dell'ottava vittima di inci-
dente nautico quest'anno. Non sono stati resi noti ulteriori dettagli sull'incidente.*

TRENTANOVE

Mentre Josie tornava alla centrale, le parole di Dunn si ripetevano nella sua testa. *Non è mai saggio far arrabbiare le persone che hanno ciò che più si desidera, vero?* Non poté fare a meno di sperare che l'avesse detto perché Luke era ancora vivo. Si chiese cosa volessero da lui. Si era basata sull'ipotesi che gli uomini di Dunn fossero andati a casa di Luke per cercare Kim. Ma allora perché avevano preso Luke e che vantaggio avevano a tenerlo in vita? Oppure Dunn lo aveva già ucciso e aveva scaricato il suo corpo in un posto dove non sarebbe mai stato ritrovato? Stava solo giocando con lei?

I suoi pensieri turbinavano ancora mentre si dirigeva verso il secondo piano della stazione di Polizia, dove si trovava il suo ufficio. Prima ancora di girare l'angolo della stanza principale, sentì la voce di Trinity Payne dal televisore appeso al muro. «Domani verranno presentate ai giurati le armi che la polizia ritiene che Aaron King abbia usato per commettere i suoi crimini, compreso il machete con cui ha aggredito un agente della Polizia di Stato la notte del suo arresto.» Anche Noah era seduto sul bordo della scrivania e fissava intensamente lo schermo. Josie si schiarì la gola e tutti i presenti si rimisero in moto, cercando improvvisamente di sembrare occupati. Noah prese il telecomando dalla scrivania e spense rapidamente il televisore.

«Scusa, Boss.» borbottò.

Lei indicò il suo ufficio e lui la seguì all'interno. «Misty era sveglia poco fa, ma molto disorientata» le disse. «Sono andato a trovarla. I medici dicono che non è ancora in grado di rispondere a nessuna domanda, e in effetti è così. È stata in grado di dire il suo nome, ma non ha risposto a nessuna domanda. Il chirurgo ha detto che in caso di trauma cranico non è insolito che il paziente ricordi poco all'inizio. Possiamo tornare domani e riprovare. Non ci sono nuove piste sul bambino o sulla Conway. Nessuno del personale dell'Eudora ricorda di aver visto Denny Twitch insieme a Dunn quest'anno.»

Josie si sedette sulla sedia. «E Gretchen?»

«Niente. Dunn è andato a un paio di riunioni. I suoi quattro gorilla lo seguono ovunque. Non lo lasciano mai.»

«E il tracciamento dei telefoni?»

«Fatto, ma non abbiamo ottenuto nulla. Sto aspettando i risultati della triangolazione. Appena arrivano, ti faccio sapere.»

«Intendo procedere non appena avremo le coordinate. Luke potrebbe essere ancora vivo.»

Noah fece per parlare ma esitò. Lei sapeva cosa stava per dire: che doveva prepararsi alla possibilità che non lo fosse. Perché mai Dunn avrebbe dovuto tenerlo in vita? Probabilmente Noah stava pensando al modo più delicato per dirglielo. Il telefono sulla scrivania squillò e lei lo prese al volo. «Quinn.» sbraitò.

Era il sergente Lamay. «Ho qui il sindaco. Ha con sé alcuni... amici. Dice che vuole solo parlare.»

«Amici?» chiese Josie.

«Sì, dei signori. Sono in tre. Devo farli salire?»

«No» disse Josie. «Falli accomodare nella sala conferenze al piano di sotto. Io scendo subito.»

«Cosa vorranno?» si chiese Noah mentre scendevano al primo piano.

«Non ne ho idea.» rispose Josie.

Tara aspettava fuori dalla sala conferenze, vestita come ci si aspetterebbe da un sindaco, con un tailleur nero elegante, scarpe con tacchi abbinate e il trucco perfetto. I capelli le arrivavano alle spalle, lisci e lucenti. A giudicare dall'espressione acigliata sul suo volto, Josie poteva solo immaginare che avesse riunito alcuni membri del consiglio comunale per chiedere le sue dimissioni.

«Che diavolo succede?» chiese Noah da un lato della bocca, in modo che solo Josie lo sentisse. Lei non lo guardò.

«Sindaco Charleston.» disse Josie rigidamente, con una sensazione di sprofondamento nello stomaco.

«Capo Quinn.» rispose Tara freddamente.

Josie andò subito al sodo. «Di che cosa si tratta?»

Tara lanciò a Noah uno sguardo indagatore. Poi sorrise con decisione. «Lei sa che mio marito... è preoccupato per il bambino di Miss Derossi.»

Bel modo di porla, pensò Josie. «Sì, ne sono consapevole.»

«Beh, ha suggerito di offrire una ricompensa per il suo ritorno sano e salvo.»

«È un'ottima idea» disse Josie. «Ma, come sicuramente saprà, non ce ne occupiamo noi del dipartimento di polizia. Forse potrebbe organizzare la raccolta uno dei gruppi di sorveglianza della città.»

«Mi rendo conto che non siete voi a occuparvene» disse Tara, con aria irritata. «Non le sto chiedendo di raccogliere o conservare i soldi della ricompensa. Come cortesia nei suoi confronti, volevo farle sapere cosa intendiamo fare. La speranza è che una ricompensa generi molte soffiate. Di questo sarebbe opportuno che se ne occupasse il suo dipartimento.»

«Spero che lei abbia ragione» disse Josie. «Saremo pronti a

gestire qualsiasi segnalazione ci pervenga. Apprezzo che mi abbiate fatto questa cortesia.»

«Non sarebbe un conflitto di interessi?» intervenne Noah. Ignorò l'occhiataccia di Tara e aggiunse: «Voglio dire, lei è il sindaco. Quindi sarebbe tenuta a offrire una ricompensa per ogni persona che scompare in città?»

La gelida espressione di Tara si riscaldò leggermente. Incrociò le braccia e disse: «Beh, sì, è esattamente quello che ho detto. Mio marito, però, ha suggerito di chiedere aiuto alla comunità, alle persone che avrebbero interesse ad aiutare Misty o che fanno molta beneficenza.»

Josie si trattenne dal roteare gli occhi. Per Tara ogni occasione era buona per trasformarla in un incontro e in un convegno. Avrebbe potuto fare tutto questo dietro le quinte, al telefono o via e-mail, ma non avrebbe ottenuto abbastanza attenzione, né il merito di aver risolto la situazione, se la ricompensa fosse stata fruttuosa. Anche se era stata un'idea del marito perché aveva avuto una relazione con Misty, se il bambino fosse stato riconsegnato sano e salvo grazie a una soffiata frutto di una grossa ricompensa, Tara ne avrebbe guadagnato. Josie riusciva già a immaginarsela in conferenza stampa che consegnava un assegno gigante a un eroico informatore soddisfatto, mentre in secondo piano Misty cullava il suo bambino sulle ginocchia. Quale migliore pubblicità per la candidatura di Tara alla rielezione? Maledetti politici. «Chi l'ha convinta a offrire una ricompensa in denaro?» le chiese allora.

Come se fosse la conduttrice di un gioco a premi, Tara indicò la porta della sala conferenze con un cenno del capo. Noah le superò entrambe e aprì la porta.

Josie riconobbe subito il capo di Misty, Butch. Accanto a lui c'era un uomo sulla cinquantina con i capelli grigi, che indossava un abito senza cravatta. Josie lo riconobbe come Jack Coleman, il padre di Isabelle Coleman, l'adolescente che era scomparsa quasi due anni prima, scatenando un'indagine che alla fine aveva sconvolto la città e provocato l'uccisione del marito di Josie, Ray. Era stata Misty a trovare Isabelle e Josie ricordava quanto i Coleman le fossero stati grati per aver salvato la loro figlia. Tara presentò il terzo uomo come Peter Rowland, che si alzò e strinse la mano a entrambi. Per essere una leggenda della città, Josie si aspettava una persona più anziana, ma Rowland sembrava avere solo una quarantina d'anni, a dir tanto. Aveva folti capelli castani, pettinati all'indietro in modo ordinato, un naso lungo e dritto che si arricciava all'estremità e occhi nocciola molto ravvicinati. Si sarebbe anche aspettata che indossasse un completo, invece era vestito in modo informale con un paio di jeans e una camicia con colletto. Josie e Noah presero posto al tavolo, mentre Tara rimase in piedi, come se stesse per fare una presentazione. «Grazie a tutti di essere qui» esordì il sindaco. «Credo che con i presenti in questa stanza abbiamo raccolto abbastanza denaro per dare a questa indagine la scossa necessaria.» Si rivolse a Butch. «Mr. McConnell, ha detto che può offrire 5.000 dollari, giusto?»

Le guance da bassotto di Butch si scossero. «Sì, è così.» borbottò.

Josie sollevò un sopracciglio. «È molto generoso da parte sua Butch, destinare una tale somma a una ex dipendente. Non mi ero resa conto che ci tenesse così tanto.»

«Sì, beh, le mie ragazze hanno detto che è la cosa giusta da fare.»

Tara indicò Jack Coleman. «I Coleman hanno gentilmente acconsentito a donare 10.000 dollari.»

Coleman annuì.

Poi parlò Rowland: «E io ne metterò altrettanti.» Si girò verso Josie e Noah e sorrise. «Quindi avete 30.000 dollari da offrire come ricompensa per il ritorno del piccolo Derossi.»

Josie li guardò a uno a uno. «È un'offerta davvero generosa e sono certa che Miss Derossi la apprezzerà molto. Accetteremo qualsiasi aiuto possibile.»

Parlarono ancora per qualche minuto, concordando il linguaggio specifico da usare in tutti i comunicati stampa, prima che Tara accompagnasse i tre uomini fuori dalla stanza, dicendo di aspettarla nell'atrio e suggerendo di pranzare con un membro dell'associazione civica che avrebbe ritirato la loro parte di donazione. Josie cercò di non ridere all'espressione di orrore che attraversò il volto di Butch: l'associazione civica non era mai stata amica dello strip club locale. Difficile immaginare un incontro più imbarazzante.

Una volta che si furono allontanati, Tara si rivolse a Josie. «Capo Quinn, mi aspetto che la somma della ricompensa porti molte segnalazioni. Non vorrei che la generosità di questi bravi cittadini andasse sprecata.»

Al fianco di Josie, Noah disse: «Non possiamo controllare le segnalazioni in arrivo.» «Noah.» lo ammonì Josie, ma Tara non lo guardò nemmeno. Il suo sguardo rimase fisso su Josie e proseguì: «Non c'è bisogno che vi ricordi cosa c'è in gioco.»

C'erano in gioco delle vite, ma Josie sapeva che non era di questo che Tara stava parlando: parlava della sua carica e di come il suo operato si riflettesse sulla sua stessa reputazione. «Come ha fatto a convincere Rowland a contribuire?» le chiese.

Tara si raddrizzò e incrociò le braccia, con un'aria sulla difensiva e compiaciuta allo stesso tempo. «Gli ho detto che potremmo chiamare il centro Polly Rowland Center for Women. Sa, in onore della sua figlia defunta.»

Josie e Noah annuirono all'unisono, conoscevano la storia: un anno prima la moglie e la figlia dodicenne di Rowland erano morte a New York per colpa di un autista ubriaco; così Rowland aveva lasciato la città e dopo aveva trascorso mesi nella sua casa appartata a Denton.

«Quindi ha ottenuto i fondi per il Centro per le Donne» disse Josie. «E i soldi della ricompensa?»

«Mr. Rowland era entusiasta all'idea di aprire il centro in nome di Polly. Tanto che, quando gli ho proposto di contribuire alla ricompensa per il piccolo Derossi, ha prontamente accettato. Come ho detto, non vorrei che una tale generosità andasse sprecata, soprattutto quando stiamo cercando di compiere buone azioni per questa città.»

Josie sentì che Noah stava di nuovo per protestare e gli diede una gomitata. Discutere con Tara l'avrebbe solo incattivita. Josie si sentiva in colpa per il fatto che queste persone ben intenzionate stessero dando i loro soldi per soffiate che non sarebbero mai arrivate, ma non era una conversazione che voleva sostenere con il sindaco in quel momento. Supponendo che fosse stato Eric Dunn a rapire il bambino di Misty, non lo avrebbe mai riconsegnato, ed era improbabile che qualcuno della sua organizzazione avrebbe fatto la spia e rischiato di incorrere nella sua ira per soli 30.000 dollari. Ma non spettava a Josie dire alle persone cosa fare con i loro soldi. Le ricompense spesso generavano soffiate fondamentali, non poteva negarlo. Se c'era anche una minima possibilità che qualcuno dell'organizzazione di Dunn si facesse avanti per la ricompensa, allora valeva la pena offrirla. Pregava solo che il bambino fosse ancora vivo.

Forzando un sorriso per compiacere Tara, Josie disse: «Faremo del nostro meglio.»

Tenendo in equilibrio un sottile portabicchieri con due caffè fumanti, Josie camminò velocemente nel parcheggio dell'Eudora, cercando tra le file di auto in sosta l'auto di Gretchen, la Chevrolet Cruze fornita dal dipartimento.

Erano da poco passate le sei del mattino e il sole non era ancora sorto. Individuò l'auto e salutò con la mano. Sentì lo scatto delle portiere che si sbloccavano mentre raggiungeva il lato del passeggero. Una volta salita, porse a Gretchen un caffè, prese l'altro e gettò il contenitore sul sedile posteriore.

«Grazie.» disse Gretchen.

Josie sorseggiò il suo caffè. «Non c'è di che. Quando sei arrivata?»

«Circa un'ora fa. Noah è andato a casa per farsi qualche ora di sonno.»

«Hai dormito?» chiese Josie.

«Qualche ora. Tu?»

«Non molto.» confessò Josie. Era andata a casa solo perché sapeva che Carrieann era lì da sola. Avevano parlato ancora un po' di Eric Dunn. Carrieann aveva trascorso gran parte della giornata su Internet, leggendo tutto ciò che era stato scritto sul giovane magnate dei casinò. Quando Josie era arrivata, l'aveva trovata che camminava in cucina come un metronomo. Nessuna delle due era riuscita a dormire, anche se ci avevano provato.

«Hai sentito la centrale?» chiese Gretchen. «Le compagnie telefoniche hanno richiamato per la triangolazione?»

«No. C'è Lamay. Mi chiamerà non appena arriveranno i risultati.»

«Qualche soffiata dopo che la stampa ha divulgato la notizia della ricompensa?»

Josie sospirò. «No, e non credo che ce ne saranno.»

Non disse quello che pensava veramente, cioè che Dunn poteva aver già ucciso il bambino di Misty Derossi; il pensiero le provocò un profondo dolore allo stomaco, come se il caffè appena ingerito le ribollisse nella pancia. Appoggiò il bicchiere sul cruscotto. Rimasero in silenzio a guardare l'ingresso principale dell'Eudora per qualche minuto. Poi Gretchen disse: «Noah mi ha detto che il sindaco sta facendo molta pressione.»

Josie rise. «Puoi dirlo forte. Ma non cambierà nulla. Faremo il nostro lavoro allo stesso modo, con o senza la sua pressione. O senza i soldi della ricompensa. Continuo a pensare che la nostra migliore possibilità di trovare il bambino e Luke siano i numeri di telefono di Twitch o continuare a seguire Eric Dunn.»

Gretchen posò il caffè nel portabicchieri e continuò a fissare l'ingresso dell'Eudora. «Sono d'accordo. Ti farò sapere se si muove.»

«Grazie. Vado all'ospedale per vedere se Misty è pronta a rispondere alle domande.»

QUARANTUNO

Josie arrivò al Denton Memorial ben prima dell'orario di visita. Noah le aveva detto il numero della stanza al quarto piano, dove Josie mostrò il distintivo alla postazione delle infermiere che la condussero prontamente a vedere Misty. La trovò a letto, con un braccio ingessato, la testa fasciata da una garza bianca, il volto gravemente contuso e un lato della bocca che le pendeva leggermente.

«Non stia troppo a lungo» sussurrò l'infermiera. «Ha subìto un grave trauma cranico e un intervento chirurgico molto invasivo. È sotto morfina. Ha bisogno di riposo per guarire.»

Accanto al letto di Misty era stata accostata una sedia per gli ospiti, con una sottile coperta bianca da ospedale arrotolata sulla seduta. Era della sua amica Brittney, che aveva vegliato al capezzale di Misty e che doveva essere andata a casa a riposare. Josie scostò la coperta e si sedette sul bordo della sedia. Per qualche istante osservò il respiro regolare di Misty. Poi studiò il monitor sopra il letto che teneva traccia della frequenza cardiaca, della pressione sanguigna, della respirazione e della saturazione di ossigeno. Toccandole la mano, Josie la chiamò alcune volte finché Misty non aprì gli occhi. Erano come piccole fessure sul suo viso gonfio e violaceo e fissavano Josie con aria assente. Aprì la bocca per rispondere, ma ne uscì solo un suono graffiante.

Josie si alzò per avvicinarsi. «Sono Josie Quinn.»

«Jo...» la voce di Misty si affievolì. Una sottile linea di bava le usciva dal lato della bocca. Josie riuscì a vedere la fessura sulla gengiva superiore, dove mancava il dente caduto.

«Misty» ripeté. «Devo sapere cosa ti è successo. Cosa è successo a casa tua? Puoi dirmelo? Riesci a ricordare?»

I suoi occhi si allontanarono dal viso di Josie e vagarono per la stanza, per poi fissarsi sulla sua pancia. La mano buona vi premeva contro. Josie vide il terrore oscurarle il viso. «Il mio bambino» disse. «Do... dov'è?»

Josie le strinse la mano, desiderando avere notizie migliori da dare a quella povera donna maltrattata. «Lo stiamo cercando. Sto facendo tutto il possibile per trovarlo, ma ho bisogno del tuo aiuto. Ho bisogno di sapere cosa è successo dopo la nascita di Victor. Chi c'era con te?»

Lo sguardo di Misty incrociò di nuovo il suo e una lacrima le scivolò via. «Un uomo lo ha preso. Ho cercato di... ho cercato di fermarlo. Ho cercato... Il mio bambino sta bene? Dov'è?»

Josie si sentiva lo stomaco in fiamme. «Lo stiamo cercando.» ripeté. Tirò fuori il telefono e cercò una foto della patente di Denny Twitch. La avvicinò al viso di Misty. «È questo l'uomo?» Misty annuì lentamente. Altra bava le colò sul mento. Josie cercò una scatola di fazzoletti e ne usò uno per asciugarle delicatamente il viso. «Lo conosci?» chiese poi.

«No» rispose Misty. «È entrato dal... dal retro.»

«Non c'erano segni di effrazione alla porta di servizio. Era aperta?»

Un altro lento cenno di assenso. Altre lacrime. «Il mio bambino. Dov'è il mio bambino?»

Josie non rispose. Invece tirò fuori una foto di Kim Conway e la mostrò a Misty. «E lei? La conosci? Era lì?»

Le palpebre di Misty sbattevano e Josie sapeva che non sarebbe riuscita a rimanere sveglia ancora a lungo. «Kim» disse Misty. «La sorella di Brady. L'amica di Luke.»

Josie si sentì attraversare da una scossa come di corrente elettrica. «Conosceva Luke? Come faceva a conoscere Luke?»

«Era lì.»

«Dove? A casa tua?»

Misty fece un cenno di conferma con la testa. «Il bambino stava arrivando. Mi ha aiutato lei...»

«È venuta a casa tua, ha detto di essere un'amica di Luke e...»

«Aveva bisogno di restare.»

«Aveva bisogno di un posto dove fermarsi?»

«Sì.»

«Poi è arrivato il bambino. Perché non sei andata in ospedale?»

Le palpebre di Misty cominciarono ad abbassarsi.

«Misty» disse Josie. «Resta con me. Eri con Kim a casa tua quando sei entrata in travaglio. Perché non ti ha portata in ospedale? Perché non ha chiamato il 911? Dov'era Kim quando quell'uomo ha preso il tuo bambino? Misty!»

Ma il suo respiro cominciò a regolarizzarsi e Josie capì che era ricaduta in un sonno indotto dalla morfina. Rimase a guardarla ancora per un po', asciugando di tanto in tanto la saliva che le fuoriusciva dalle labbra. Quando l'infermiera entrò per controllare la flebo, Josie se ne andò. Poteva sempre mandare Noah più tardi o tornare di persona, ma dubitava che Misty potesse dire qualcosa di utile che non avessero già messo insieme. Tranne forse il motivo per cui aveva partorito a casa con l'aiuto di Kim e dove fosse Kim quando Denny Twitch si era intrufolato in casa sua e aveva preso il suo bambino. Mille altre domande le passarono per la testa. Perché Kim era andata a casa di Misty? L'aveva mandata Luke? Cosa cercava Kim? Era lì quando Twitch aveva attaccato Misty e, se era così, aveva cercato di fermarlo? O era scappata perché sapeva di cosa era capace?

Tornata alla centrale, passò la mattinata cercando di mettersi in pari con la montagna di scartoffie che doveva sbrigare. Ma non servì a distrarla da tutte le domande che le giravano per la testa. Non servì nemmeno a placare il forte dolore al petto che, ne era certa, era un singhiozzo che aspettava solo l'occasione per erompere dal suo corpo. Ogni secondo portava nuove immagini di ciò che Dunn avrebbe potuto fare a Luke. Poteva vedere il suo corpo senza vita in così tanti scenari diversi che cominciava a sentirsi male. Mise da parte i documenti e chiamò di nuovo i gestori telefonici, cercando di far pressione sul fatto che erano in gioco delle vite. Venti minuti dopo, stava alla sua scrivania spalla a spalla con Noah a guardare delle mappe sul suo portatile.

Noah indicò lo schermo, tracciando il triangolo formato dalle tre torri di telefonia mobile che, secondo le compagnie telefoniche, avevano ricevuto una potenza di segnale ottimale da due dei telefoni che Denny Twitch aveva chiamato. «Qui. Questa è la nostra zona.»

Si trattava di una striscia di terra a sud di Denton, fuori dalla Contea di Alcott. Se volevano fare qualsiasi tipo di ricerca, avrebbero dovuto mettersi in contatto con la polizia locale. «Di che area stiamo parlando?» chiese Josie.

«Sono circa dodici miglia.»

Josie si sentì sprofondare. «Dodici miglia? Credevo che potessero localizzarlo nel raggio di un miglio o due.»

«È una zona rurale. Le torri non sono così vicine. Ma il fatto che la maggior parte di questa zona sia terreno agricolo o selvatico potrebbe aiutarci.»

«Come fai a dirlo?»

Facendo scivolare agilmente le dita sul riquadro del mouse, scorse e cliccò finché non visualizzò una mappa di Google che mostrava le immagini satellitari dell'area. Una metà appariva come una serie di quadrati verdi e marroni di forma irregolare, attraversati da sottili linee di strade. L'altra metà era densamente boscosa e contrassegnata sullo schermo come riserva di caccia statale. Ingrandendo l'immagine, Josie si accorse che Noah aveva ragione: la maggior parte dei quadrati verdi oltre la riserva di caccia erano campi di mais e altre coltivazioni. Le strutture artificiali erano poche e si stagliavano bianche o grigie in netto contrasto con le tonalità brune del terreno disabitato. Verso il margine più basso dell'area si trovava la parte più settentrionale di una città chiamata Fairfield, di cui si potevano vedere i tetti di vari edifici accostati l'uno all'altro. «Non credo che tratterrebbero qualcuno in una zona popolata» osservò Josie. «Stiamo cercando un posto fuori mano, dove la gente non faccia domande e Fairfield non è una città molto grande perciò, se criminali come Twitch entrassero o uscissero dalla città attirerebbero l'attenzione.»

«Non pensi che entrando e uscendo da un luogo remoto attirerebbero ancora di più l'attenzione?» chiese Noah.

«Se è abbastanza remoto, non ci sarebbe nessuno in giro a vederli entrare e uscire, quindi no, non credo che attirerebbero più attenzione di quanto farebbero se fossero in città.»

Fissarono lo schermo. Josie si allungò in avanti e col mouse fece scivolare la piccola freccia del cursore su due edifici che si ergevano solitari in mezzo a diversi campi. Uno era piuttosto grande e a forma di L con il tetto a spiovente. «Sembra una specie di fattoria» disse. «C'è la casa e poi, qui dietro, un grande fienile.»

«Quelli sembrano macchinari agricoli» disse Noah. «È un luogo remoto, ma se la fattoria è ancora operativa, dubito che gli uomini di Dunn si siano installati lì.»

«Dobbiamo chiamare lo sceriffo della contea» disse Josie. «E coordinarci con loro in ogni caso. Forse possono dirci se la fattoria è ancora in attività.»

Noah segnò i nomi delle strade rurali più vicine alla fattoria. «Okay, continuiamo a cercare. Ingrandisci.»

Josie fece clic sullo zoom e la schermata passò a una visione più ampia dell'area. Identificarono altre due strutture che sembravano trovarsi a chilometri di distanza da altri edifici o aree popolate. Una di queste si trovava nel punto più occidentale dell'area che stavano esaminando e sembrava una fabbrica di qualche tipo. Dato lo stato di buona manutenzione della strada che vi conduceva e dei veicoli parcheggiati nei pressi, immaginarono che fosse ancora in uso. Tuttavia, la inserirono nella lista dei controlli da effettuare con le forze dell'ordine locali. La seconda struttura si trovava a nord, più vicina a Denton, e si presentava come una chiesa. Le immagini satellitari non mostravano alcun veicolo nelle vicinanze e il terreno immediatamente circostante era ricoperto di erbacce e vegetazione ed inoltre era delimitata da alberi su tre lati.

«Credo che sia questa» disse Noah. «Una chiesa?»

«Sembra abbandonata. Andiamo a vedere.» concluse Josie.

QUARANTADUE

Mentre la Contea di Alcott aveva una grande città e un numero sufficiente di centri di media grandezza per tenere occupate le forze dell'ordine tutto l'anno, la Contea di Lenore era per lo più rurale. Quando Josie chiamò l'ufficio dello sceriffo per chiedere assistenza, colsero al volo l'occasione e gliela offrirono. Bastarono pochi minuti per scoprire che la fattoria e la fabbrica che Josie e Noah avevano individuato sulla mappa satellitare erano effettivamente in attività. L'ufficio dello sceriffo promise anche di inviare degli agenti in ciascun sito per dare un'occhiata in giro, ma Josie riteneva che non avrebbero trovato nulla.

La chiesa, invece, era stata abbandonata da quasi un decennio. Era una chiesa cattolica e il terreno era ancora di proprietà dell'arcidiocesi, che lo aveva lasciato incustodito per diversi anni. L'area era così remota, spiegò il vicesceriffo Phillips, che non c'era da preoccuparsi dei senzatetto o dei drogati che avessero preso dimora nella vecchia struttura. «È più probabile trovarci un orso o un cervo che delle persone.» spiegò.

Era il posto perfetto per tenere qualcuno in ostaggio, pensò Josie. Sentiva la pelle formicolare per la speranza che Luke potesse essere ancora vivo.

Un'ora dopo, una squadra composta da agenti di Denton e da agenti dello sceriffo di Lenore si era radunata sul ciglio di una strada a due corsie che distava circa un miglio dalla vecchia chiesa. Josie avvertì una scarica di adrenalina perché era passato parecchio tempo dall'ultima volta che aveva indossato un giubbotto antiproiettile. Le mancava tutto questo. Era il lavoro di polizia per cui aveva vissuto da quando aveva prestato giuramento. Controllò la sua arma, cercando di concentrarsi sui preparativi per l'irruzione nella chiesa, in modo da non pensare a ciò che avrebbero potuto trovare. O non trovare. Il suo cuore si fermò e poi si rimise in moto, con battiti improvvisamente troppo rapidi. Impose al suo corpo di calmarsi.

«Ho degli uomini sugli alberi da tutti e tre i lati.» disse il vicesceriffo Phillips. Aveva una cinquantina d'anni, capelli corti e brizzolati, una bella pancia e occhi castani e seri. Aveva sposato la causa di Josie con entusiasmo, mettendo insieme una squadra competente e zelante in meno di un'ora. Secondo Josie doveva essere un ex-militare.

«Ha visto qualche movimento?» gli chiese.

«Niente. È tutto tranquillo. C'è un veicolo parcheggiato sul retro della chiesa.»

«Quanti ingressi ci sono?» chiese Noah.

«Ci sono tre porte sul davanti e una sul retro.» Phillips tirò fuori un foglio di carta dove aveva disegnato uno schema approssimativo. Indicò la disposizione rettangolare sulla pagina. «Le tre porte sul davanti immettono in un vestibolo. Pensiamo che ci sia un ripostiglio per la manutenzione da un lato e un bagno dall'altro. Per accedere all'interno, dove si tenevano le funzioni, ci sono altre porte e pensiamo che ci siano ancora le panche e tutto il resto.» Aveva tracciato due serie di linee per rappresentare i banchi e le navate intermedie. Davanti a queste aveva disegnato un quadrato. «Questo è l'altare» disse. «Davanti c'è un grande spazio aperto: il transetto. Ai lati ci sono due porte che conducono alla sacrestia. La porta posteriore si trova sul lato est della sacrestia. A metà strada tra il vestibolo e il transetto ci sono dei confessionali.»

«Entriamo in silenzio» disse Josie. «Liberate prima la parte anteriore. Piazzate le squadre qui e qui» disse indicando la parte posteriore della chiesa. «Che rimarranno in attesa.»

Phillips annuì. «Fateli uscire.»

Formarono squadre di tre persone per ogni ingresso. Poiché erano fuori dalla loro giurisdizione, gli agenti di Denton componevano solo una delle squadre, quella che doveva imboccare la porta centrale della facciata della chiesa: Josie davanti, Noah subito dopo di lei e uno dei loro agenti di pattuglia più esperti in coda. Comunicando con i segnali manuali, si diressero silenziosamente verso la facciata e salirono i gradini. Con una mano Josie tenne la pistola, puntandola verso il basso, e con l'altra spinse il portone scricchiolante dell'entrata.

Verificarono che l'anti-ingresso della chiesa fosse libero. Mentre attraversavano la seconda serie di porte per entrare nella navata centrale, le altre squadre si mossero più rapidamente lungo le navate laterali, controllando i confessionali, mentre Josie, Noah e l'altro agente tenevano d'occhio l'altare e l'ingresso della sacrestia. Spostandosi lungo la navata centrale, Josie intravide vicino all'altare un paio di gambe con indosso dei jeans riverse sul pavimento. A giudicare dalla taglia e dallo stile delle scarpe da ginnastica, le gambe appartenevano a un uomo. Il cuore le saltò in gola con rapidi battiti. Noah le gridò qualcosa, ma lei stava già correndo lungo la navata verso le gambe stese. *Non Luke*, disse una voce nella testa. *Ti prego, fa' che non sia Luke.*

Quando girò intorno alle panche vide che c'erano due figure raggomitolate. L'adrenalina le scorreva così forte nelle vene che all'inizio il suo cervello non riuscì a dare un senso a ciò che stava vedendo. Quando le sue mani toccarono il primo corpo, fu riportata alla fredda grotta in cima alla montagna dove Ray era morto.

«No, no, no» Era la sua voce, stavolta, lo stava dicendo. «Non di nuovo.»

Alle sue spalle si udirono delle grida mentre gli altri la raggiunsero, ma lei non riusciva a sentire quello che dicevano. Non riusciva a sentire nulla al di là del sangue che le scorreva nelle orecchie e della sua stessa voce che mormorava. «No, no, no.»

Fece rotolare l'uomo sulla schiena. Non era Luke. Josie ansimò e trattenne il respiro. Aveva paura di guardare il secondo corpo, ma sapeva di doverlo fare.

Non era Luke.

Lasciò andare il respiro. Alle sue spalle, una mano le passò sotto il braccio destro e la tirò delicatamente in piedi. «Boss.» disse Noah. Era consapevole dello scalpiccio intorno a loro, degli ordini e del segnale "Via libera" ogni volta che una stanza risultava vuota e sicura. Noah la guidò verso una panca vicina e la fece sedere. «Boss.» disse ancora.

Lo sguardo di Josie tornò sugli uomini morti. Entrambi indossavano jeans e semplici magliette nere, stivali e fondine a tracolla. Uno di loro aveva ancora la pistola al suo posto, mentre quella dell'altro era a qualche metro di distanza. Come se qualcuno l'avesse calciata via dopo avergli sparato.

«Non è qui» disse Josie. «Siamo arrivati troppo tardi.»

Noah si accigliò. Abbassò lo sguardo su di lei, con un'espressione piena di compassione. «Mi dispiace, Boss.»

Uno dei vicesceriffi uscì da una delle stanze accanto all'altare. «Capo» gridò. «Non c'è nessun altro qui, ma abbiamo trovato qualcosa in sacrestia che dovrebbe vedere.»

Josie si mosse con le gambe intorpidite e Noah la seguì. Il vicesceriffo li guidò nella piccola stanza dove di solito il prete si preparava per la messa. Non c'erano paramenti rimasti dai tempi in cui la chiesa era attiva. Solo una vecchia sedia di plastica e un paio di panche di legno allineate a una parete. E una culla di legno, bianca, con gli animali dello zoo che danzavano sui paracolpi. Josie si avvicinò, provando un terrore così forte che pensò di poter soffocare. Ma la culla era vuota, a parte una coperta gialla inutilizzata e sigillata nella sua confezione in un angolo. Perlustrò di nuovo tutta la stanza.

«Non c'è nient'altro.» disse.

Noah e il vicesceriffo la fissarono. Lei guardò ancora una volta la culla. «Non sembra nemmeno che sia stata usata.»

Noah disse: «Devono averli spostati. Luke e il bambino.»

«Ma perché gli uomini di Dunn sono morti?»

«Forse Dunn non pensava che stessero facendo un buon lavoro.» suggerì Noah.

Josie scosse la testa e tornò all'altare. Niente aveva senso. Perché quegli uomini erano morti? Chi li aveva uccisi? Dov'era Luke? Era mai stato lì? Scorse il transetto, notando per la prima volta una sedia pieghevole in un angolo, una sedia in vinile girata su un lato, bottiglie d'acqua sparse in giro, di cui la maggior parte vuote e una ancora piena, un hamburger sul pavimento e un martello. Sotto la prima fila di panche c'erano diversi involucri di fast food, bicchierini di caffè e mozziconi di sigaretta.

Phillips percorse lentamente il perimetro del transetto, con lo sguardo rivolto al pavimento e indicando, disse: «Avevano legato qualcuno qui.» Josie si avvicinò e notò le fascette tagliate sul pavimento, alcune incrostate di sangue.

Si voltò verso il martello, reprimendo un brivido. Non voleva pensare a cosa ne avessero fatto. Spingendo con il piede un cartone vuoto di patatine fritte di McDonald's, Josie disse: «Sembra che siano stati qui qualche giorno.»

«Guardate qua.» disse Phillips, indicando il pavimento dietro la sedia rovesciata.

Una scarpa da ginnastica bianca con uno stemma Nike blu scuro era abbandonata sul pavimento. La parte superiore era cosparsa di macchie rosso-marroni che Josie riconobbe come sangue. Inspirò e si voltò per non far vedere a Phillips le lacrime che le uscivano dagli occhi. Asciugandole, disse: «È sua. È una scarpa di Luke.»

«Come lo sa?» chiese Phillips.

«È una 44 vero?»

Lo sentì gemere mentre si metteva a quattro zampe per guardare meglio. Non toccò la scarpa: la scena doveva ancora essere analizzata e si dovevano fare delle foto prima di spostare qualcosa.

«Sì, 44.» confermò Phillips, rimettendosi in piedi.

«È sua.» sussurrò Josie.

«Sono sicuro che possiamo ricavarne il DNA» disse Phillips. «Per conferma. Potrebbe volerci un po' per avere i risultati.»

Josie si massaggiò le tempie, sentendo un nuovo mal di testa. «Lo so. I laboratori si muovono lentamente. La Polizia di Stato potrebbe accelerare i tempi, visto che si tratta di uno dei loro. Nel frattempo, dobbiamo identificare questi uomini. Immagino che siano di Atlantic City o dintorni.»

Phillips annuì. «Abbiamo una squadra della Scientifica. Mi metto all'opera. Le farò sapere cosa troviamo.»

QUARANTATRÉ

Rimasero sul posto per qualche ora, osservando la squadra della Scientifica di Lenore all'opera con un entusiasmo che Josie di solito vedeva solo nei novellini; li osservava da vicino, classificando mentalmente i loro movimenti per allontanare i pensieri dalla scarpa insanguinata di Luke, dalle fascette e dal martello. La domanda *"è ancora vivo?"* le rimbombava senza sosta in fondo al cervello. La paura continuava a salire dal profondo come un panno pesante che cercava di soffocarla, trascinandola giù e rendendo difficile respirare. Doveva rimanere forte, concentrata.

Phillips riferì che il veicolo dietro la chiesa era intestato a un uomo del New Jersey di nome Buck Romeo; avevano trovato il suo corpo nel bagagliaio, con due ferite da taglio al petto. Josie si chiese se fosse l'uomo che Luke aveva accoltellato quando erano andati a prenderlo.

Quando tutti i corpi furono fotografati, esaminati dal medico legale e caricati sulle ambulanze, Josie, Noah e i loro colleghi ringraziarono gli uomini dello sceriffo e si congedarono. Noah e Josie salirono insieme su una Ford Edge fornita dal dipartimento. Lui rimaneva in silenzio. Lei sapeva che era arrabbiato, lo sentiva come un'ondata di calore, ma la sua mente era troppo ingombra ed esausta per fargli sputare il rospo. Non ce n'era bisogno: dopo circa venti minuti, parlò senza essere sollecitato.

«Hai infranto il protocollo» disse. «Hai rotto la formazione e sei corsa in avanti. Potevi rimanere uccisa.»

Lei stava per ribadire: *E chi se ne frega?*; era talmente disperata.... Poi lui disse: «Avresti potuto far uccidere qualcun altro.»

Fissò fuori dal finestrino, osservando le strade rurali che si trasformavano in aree più popolate man mano che si avvicinavano a Denton. «Mi dispiace.» disse.

«Sei troppo coinvolta» aggiunse Noah. «A nessuno giova quando perdi la testa. Qualcuno deve dirtelo.»

«Che cosa hai intenzione di fare?» chiese.

Lui emise un verso di gola per la frustrazione. «La domanda è: cosa farai *tu*?»

Non l'avrebbe mai scavalcata. Noah non l'avrebbe mai abbandonata, dando così al sindaco quello che voleva. Era un uomo leale, ne avevano passate troppe insieme. Ma Josie sapeva che aveva ragione, era troppo coinvolta e i suoi legami con entrambi i casi la rendevano un peso. Aveva mantenuto il controllo delle sue emozioni fino a quando la vista di quelle gambe all'ingresso della chiesa non l'aveva sconvolta. Scosse la testa, cercando di liberarsi del ricordo e di mantenere la calma. «Riporterò a casa il bambino di Misty e Luke.» disse a bassa voce.

«Boss...»

«Lo so, lo so. A ogni ora che passa si riducono le possibilità che li ritroviamo ancora vivi. Questo non ho il potere di cambiarlo, ma non posso nemmeno smettere di cercare. Lo sai bene.»

«Io so che devi fare un passo indietro.»

Josie lo fissò. Lui guidava con una mano sul volante mentre l'altra batteva un ritmo costante sulla coscia. «E cosa dovrei fare?» gli chiese. «Stare a casa a torturarmi e aspettare? Non posso. Non posso, fisicamente.»

«Lo so che non puoi» rispose Noah. «Non è questo che sto suggerendo. Dico solo che forse la prossima volta non sarai tu la prima a varcare una porta.»

Josie non rispose. Il suo telefono trillò, come a comando, e lei visualizzò una serie di messaggi del vicesceriffo Phillips. *"Ho trovato i documenti di quegli uomini"*. Seguirono le foto di due patenti di guida del New Jersey: uno proveniva da Atlantic City e l'altro da Absecon, che Josie sapeva trovarsi vicino ad Atlantic City avendo studiato la cartina geografica dopo il ritrovamento di Kavolis nel cortile di Luke. Seguì un'altra foto, questa volta di una scatola di fiammiferi con la scritta Oasis Grande Casino Resort. *"Immagino che questi ragazzi lavorassero per Dunn, come lei pensava"*.

Josie rispose *"Bene. Confermeremo. Grazie per l'aiuto"*.

Mandò un messaggio a Gretchen chiedendole dove fossero Dunn e la sua scorta.

«Che succede?» chiese Noah.

«Andiamo a trovare Eric Dunn.»

«Boss, non penso che sia...»

La risposta di Gretchen arrivò in pochi secondi. «Non ti ho chiesto cosa pensi» disse Josie. «È ai Dunn's Flats. Andiamo.»

QUARANTAQUATTRO

I Dunn's Flats si trovavano in un'area della parte più meridionale di Denton, in un tratto di terra sterile tra l'Interstatale e il vicino ramo del fiume Susquehanna, con un'unica strada di accesso che si allagava più volte all'anno. Gli imprenditori avevano tentato per decenni di edificare in quell'area, ma i loro progetti venivano quasi sempre abbandonati dopo il terzo o quarto allagamento. Per qualche mese c'era stato un locale notturno; in seguito, qualche anno dopo, era stato convertito in cinema, ed era durato un po' di più. Infine, qualcuno aveva avuto la grande idea di costruirci appartamenti di lusso. L'edificio di sei piani, costruito a metà, si ergeva come un comò senza cassetti di fronte al vecchio cinema.

Sebbene il casinò non fosse un affare concluso, Eric Dunn aveva già ricevuto i permessi per iniziare a costruire un hotel in quella zona, e le attrezzature e le forniture edili erano state depositate accanto al complesso di appartamenti. Josie vide una terna e un escavatore, oltre a un grande autocarro con un sollevatore telescopico sul pianale per spostare gli operai e le attrezzature ai piani intermedi dell'edificio. Alcune forniture erano state sollevate con una gru nei piani superiori aperti dell'edificio. Da terra si poteva vedere che anche diversi pallet di legname, travi d'acciaio, tubature metalliche dell'impianto di condizionamento dell'aria e un paio di unità di condizionamento erano stati spostati all'ultimo piano. Tuttavia, non si vedeva nessun operaio e Josie si chiese se Dunn avesse dei problemi a trovare appaltatori dopo il disastro dell'edificio crollato a Philadelphia. O forse i suoi precedenti in fatto di cantieri non sicuri e di mancata retribuzione degli operai lo stavano finalmente frenando.

Dunn e i suoi quattro uomini si trovavano all'esterno di una Yukon nera parcheggiata accanto all'edificio. Dunn guardò in alto, poi indicò diversi macchinari, parlando animatamente ma fuori dalla portata di Josie e Noah che parcheggiarono a diversi metri di distanza dalla Yukon e scesero. Mentre si dirigevano verso di loro, Josie sentì i peli sulla nuca rizzarsi. Per un attimo si chiese se qualcuno, se non tutti, avrebbe estratto le armi. C'era qualcosa di illecito in quel luogo incompiuto e Dunn era una mina vagante. Per sicurezza, Josie aveva chiamato due pattuglie, insieme a Gretchen, che dovevano piazzarsi all'imbocco della strada di accesso, nel caso avessero avuto bisogno di rinforzi.

Quando li vide avvicinarsi, Dunn smise di parlare e le sorrise, lo sguardo che esplorava il suo corpo, palpeggiandola con gli occhi, e disse: «Cosa ci fa qui? Questa è una proprietà privata.»

Josie mostrò il suo distintivo. «Sono il capo della polizia. Siete nella mia giurisdizione e dobbiamo parlare.»

Dunn incrociò le braccia e puntò il mento in direzione di Noah. «Facciamo così, dirò alla mia segretaria di chiamare la sua segretaria, che ne dice?»

«Attento.» disse Noah.

Dunn rise. «Che ne dite se sto attento mentre vi girate, tornate in macchina e ve ne andate? Se avete qualcosa da discutere con me, potete chiamare i miei avvocati.»

«Oppure può piantarla di dire stronzate e di nascondersi dietro i suoi avvocati e dirci dove sono il bambino di Misty Derossi e Luke Creighton.» scattò Josie.

Dunn la guardò con occhi stretti e la valutò per qualche secondo prima di dire: «Sei una ragazzina coraggiosa, vero?» Poi si rivolse a Noah. «Scommetto che a letto è uno spasso, eh?»

Con la coda dell'occhio, Josie poté vedere il volto di Noah diventare rosso fuoco. Allora scosse la testa, per impedirgli di ribattere, e si rivolse a Dunn. «La smetta di farmi perdere tempo. Vuole stare qui tutto il giorno a pensare come proporci il suo repertorio di idiozie o vuole passare ai fatti?»

Le parve di sentire uno degli uomini di Dunn che iniziava a ridere sommessamente, ma smise subito. Josie lo fissò. «Cosa vuoi?» le chiese Dunn.

«Sa benissimo cosa voglio. Ci sono due persone di alto profilo in questa città al momento scomparse, un bambino e un agente di Stato, e tutte le prove portano a lei. Quindi eccomi qui. Ora, come vogliamo gestire la situazione?»

«Tutte le prove, eh? Che prove sono? Un paio di miei ex dipendenti che vengono trovati morti nella sua città?»

«Più di un paio.»

Josie tirò fuori il cellulare e sfogliò le foto delle patenti degli uomini trovati nella chiesa che il vicesceriffo Phillips le aveva inviato «Anche questi uomini sono morti. Ferite d'arma da fuoco. Li abbiamo trovati rintanati in una chiesa abbandonata fuori Fairfield. Immagino che non conosca nemmeno loro.»

Qualcosa nei suoi occhi cambiò. Josie giurò di aver visto un guizzo di sorpresa, o di panico, o di entrambi forse. Dunn si riscosse rapidamente, deglutì e alzò lo sguardo dal cellulare per sostenere il suo sguardo. «Non li conosco. Non so perché vi siate fissati con me, ma non ho nulla a che fare con queste sparizioni. Sto cercando di costruire un casinò. Tutto qui. Forse dovrei fare due chiacchiere con Tara sul tuo conto.»

Josie ignorò la minaccia. «Che cosa è andato storto?»

Lui sorrise per coprire l'espressione di perplessità che gli si affacciò sul viso. «Sono gli amministratori comunali, alcuni di loro non pensano che sia una buona idea costruire un casinò...»

«Non parlo del casinò. Cosa è andato storto con il bambino? La culla non è stata usata» disse Josie. «I suoi tre scagnozzi non sono riusciti a tenere in vita un neonato per più di qualche ora?»

«Non so...»

«E Luke? I suoi uomini sono morti e lui è sparito. Quindi o lo ha fatto uccidere oppure qualcun altro ha ucciso i suoi uomini e poi lo ha preso. Quale delle due? Chi potrebbe volere ciò che è suo?»

Dunn chiuse la bocca, un muscolo della guancia si contrasse. Josie proseguì. «Forse è uno dei suoi ex dipendenti. Ultimamente ce ne sono parecchi in giro in questa zona. Può darsi che lei abbia fatto perdere la pazienza a uno di troppo, il quale ora è deciso a mandare all'aria i suoi piani, qualsiasi fossero. O stiamo parlando di qualcos'altro? Magari si tratta di qualcuno che ha perso una persona cara nel crollo di Philadelphia? Quello in cui sono morte tutte quelle persone...»

Lui alzò un dito contro di lei. «Non sai di cosa stai parlando.»

«Ah no?» incalzò Josie. «Far sparire le persone non è la sua specialità? Sta assaggiando la sua stessa medicina? O c'è qualcosa che vorrebbe dirmi? Ad esempio, dove posso trovare le persone scomparse.»

Le puntò il dito contro. «Ora ascoltami, puttana...»

Le sue parole furono inghiottite da un forte boato proveniente dall'alto, seguito da rumori di cui Josie non riuscì a comprendere l'origine: sembrava un rimbombo seguito da uno stridio. Noah si lanciò su di lei, facendola cadere a terra. La sua spalla sinistra batté con forza e un grido involontario le uscì dalla gola. Da terra, vide una serie di tubi cadere dall'ultimo piano dell'edificio, come cannucce giganti, che si dispersero a casaccio. Uno colpì il tettuccio della Yukon con un gran fragore, sfondandolo e dividendolo quasi in due. Uno dopo l'altro, gli uomini di Dunn finirono schiacciati o trafitti dai tubi che cadevano. Sembrava che non finissero più. Dunn stesso rimase congelato sul posto, a bocca spalancata, fissando i tubi che continuavano a cadere dall'ultimo piano dell'edificio. Josie spinse via Noah e si rimise in piedi, ma Noah la afferrò per una caviglia, proprio mentre lei stava per correre verso Dunn, facendola cadere di nuovo. Atterrò sopra Noah e rotolarono lontano dai tubi che cadevano. Ci fu un altro boato e il pavimento del sesto piano, dove prima si trovavano le tubature, si piegò e uno dei condizionatori d'aria cadde giù.

«No!» urlò Josie.

Allontanò Noah e iniziò a strisciare verso Dunn, ma era troppo tardi. Il condizionatore d'aria cadde più velocemente dei tubi, senza però produrre quasi alcun rumore, se non lo scricchiolio delle ossa di Dunn quando gli atterrò addosso, sbattendolo a terra e schiacciandogli la parte inferiore del corpo.

«No!» urlò di nuovo Josie. Rimettendosi in piedi, si precipitò verso di lui, e gli si inginocchiò accanto. Lui la fissò, con gli occhi spalancati dallo shock. Il gigantesco condizionatore lo aveva bloccato dal bacino in giù. Non l'aveva solo immobilizzato, si rese conto Josie guardando meglio, ma gli aveva conficcato la parte inferiore del corpo nel terreno. Respinse il vomito che le saliva in gola e toccando la spalla di Dunn, si avvicinò al suo viso.

«Dove sono?» sbraitò Josie.

Lo shock negli occhi dell'uomo lasciò il posto alla paura e alla supplica. Sbatté le palpebre e aprì la bocca come per parlare, ma non ne uscì nulla.

Josie sentì le sirene e si accorse vagamente dei lampeggianti della polizia che si avvicinavano.

Noah era alle sue spalle. «Boss!»

«Dove sono?» Josie gli chiede urlando. «Maledizione. Che

ne hai fatto di loro? Victor Derossi e Luke Creighton. Dove li *tieni?*»

La mano di Noah le afferrò la spalla. «Boss, allontanati da lì.»

Lei si allungò in avanti per spingere via il condizionatore, ma era come cercare di spostare un continente a mani nude. «Aiutami» disse al di sopra della spalla. «Aiutami!» Poi si rivolse a Dunn: «Dove sono Luke e il bambino?»

«Boss» disse Noah. «Non puoi aiutarlo. Andiamocene. Non sappiamo cos'altro ci sia lassù. Potrebbe crollare l'intero piano.»

«Dove sono Luke e il bambino?» gridò Josie, chinandosi di nuovo sul viso di Dunn.

Lo vide spegnersi, come il filamento di una lampadina che si affievolisce; il guizzo di vita nei suoi occhi si offuscò finché non rimasero che sfere di vetro vuote. «No!» strillò ancora. «Dove sono?»

Noah la afferrò sotto le braccia e la trascinò via. Lei si dimenò scalciando.

All'ultimo piano dell'edificio, nel punto in cui il pavimento si era flesso formando una V, un pallet di legname scivolò in avanti. Cadde giù frantumandosi a mezz'aria. Tavole di legno volarono dappertutto. Josie smise di lottare. Noah fece un ultimo balzo, lanciandosi dietro la loro auto. Sentirono diversi colpi, mentre le tavole rimbalzavano al suolo in ogni direzione, atterrando anche sul cofano dell'auto dietro cui avevano trovato riparo.

Alle loro spalle, si fermarono le due auto di pattuglia e Gretchen a bordo della sua Chevy Cruze. Scesero di corsa, posizionandosi dietro le portiere aperte con le armi spianate, come in posizione di assedio.

Noah si alzò e fece un cenno verso di loro. «Abbassate le armi» disse. «Non c'è più nessuno.»

Josie si lasciò aiutare ad alzarsi. Guardò la devastazione da dietro la macchina, incredula. Gli altri agenti misero le armi nella fondina e si avvicinarono.

«Ma che cavolo è successo?» chiese Gretchen.

«Sono morti» disse Josie con voce soffocata. «Sono morti tutti.»

QUARANTACINQUE

CBS 3 – Philadelphia
Contea di Bucks
23 luglio 2017

Adolescente muore in uno strano incidente in campeggio

Le autorità riferiscono che ieri sera un grosso ramo è caduto su una tenda, uccidendo la quindicenne che vi dormiva. Jessie Kanagie di Philadelphia era in campeggio con la famiglia per il fine settimana. Le squadre di emergenza sono state chiamate al Cherrydale Campground intorno alle 7:30 di domenica. Una volta sul posto hanno tagliato il ramo e lo hanno rimosso, ma hanno trovato la ragazza all'interno della tenda già deceduta.

«È stato un incidente assurdo» ha detto il capo dei vigili del fuoco. «È una tragedia.»

Non ci sono state tempeste nella zona di recente, ma le autorità ritengono che una combinazione di fenomeni erosivi e vento possa aver causato la rottura del ramo e la caduta sulla tenda. Il fratello e il padre della ragazza stavano dormendo nelle tende vicine, ma affermano di non aver sentito nulla e di non aver capito che c'era stato un incidente finché non si sono svegliati e hanno trovato la tenda di Kanagie schiacciata dal ramo dell'albero. «Siamo sconvolti» ha detto il padre. «Eravamo qui in gita. Doveva essere una bella esperienza.» L'adolescente era stata accusata di incendio doloso presso il tribunale dei minori ed era fuori su cauzione.

QUARANTASEI

La dottoressa Anya Feist scuoteva la testa mentre esaminava la scena. L'area in cui giacevano i corpi era stata isolata. Dopo essersi ricomposta, Josie era entrata in azione. Non voleva che i suoi agenti la vedessero perdere l'autocontrollo, anche se era esattamente quello che aveva voglia di fare. Non poteva concedersi questo lusso. Aveva contattato un paio di ingegneri e imprese edili locali perché venissero a valutare la scena prima che i suoi uomini intervenissero per analizzare la situazione e spostare i corpi. C'era voluta circa un'ora per stabilire che non c'era più un pericolo imminente, ma sarebbe occorso più tempo per capire cos'era accaduto.

Una volta che la polizia di Denton aveva ricevuto l'autorizzazione a procedere, Josie aveva fatto chiamare la squadra della Scientifica e il medico legale. Adesso la dottoressa Feist si trovava al suo fianco, con un'aria perplessa quasi quanto la sua. «L'ho stregata con la mia bellezza, o cosa?» disse la dottoressa Feist.

«No» disse Josie senza peli sulla lingua. «Per niente.»

La dottoressa sollevò un sopracciglio. «Non sono poi tanto male.»

Josie sapeva che avrebbe dovuto sorridere o fare qualche battuta, ma non ci riusciva. Aveva inserito il pilota automatico: faceva telefonate e impartiva ordini, ma nel frattempo continuava a rivivere la carneficina. La sua ultima pista per arrivare al bambino di Misty e a Luke era andata perduta. Sentì le dita calde della dottoressa Feist sull'avambraccio. «Ehi, Capo» la chiamò. «Tutto bene?»

Josie distolse lo sguardo dalla scena, dove alcuni operai avevano iniziato a manovrare la gru per spostare le tubature e l'unità di condizionamento dai corpi. Il volto della dottoressa Feist era preoccupato. «Sto bene.» borbottò Josie.

«Ha battuto la testa?» le chiese.

«No, sto bene.»

La dottoressa accostò le dita alla parte interna del polso di Josie. «Il battito è accelerato.» notò. Quando le premette il dorso della mano sulla fronte, Josie si allontanò da lei. «Dottoressa, davvero, sto bene.»

La dottoressa Feist le rivolse un debole sorriso. «Fisicamente, intende.»

«Devo fare una telefonata.» disse Josie bruscamente. Si allontanò, facendosi strada tra le auto e gli agenti, finché non trovò Noah che stava esaminando uno schema approssimativo che uno degli ingegneri aveva fatto dell'ultimo piano dell'edificio. «Prendo la macchina di Gretchen» gli disse. «Tu rimani qui sulla scena finché non è tutto pronto, okay?»

E si allontanò prima che lui potesse farle delle domande. Le chiavi erano nel quadro. Fece retromarcia, girò l'auto e partì. Il tragitto verso il cimitero dove era sepolto Ray era breve. Era un piccolo cimitero, uno dei più recenti di Denton. A Josie piaceva perché era ben tenuto, ma questo non aveva impedito alla gente di vandalizzare la lapide di Ray.

Avvicinandosi alla tomba, nella penombra, poté vedere dei graffiti indecifrabili sul suo nome, ma almeno questa volta non sentì l'odore di urina. Non poteva biasimare i vandali: anche lei era ancora tormentata dal tradimento di Ray; ma non era andata al cimitero per l'uomo che non aveva fatto nulla mentre delle ragazze innocenti venivano violentate e uccise. Era andata a trovare il suo amico d'infanzia, il suo fidanzato del liceo, l'uomo che un tempo aveva amato e sposato. Un uomo che aveva creduto gentile e rispettabile. Desiderò che fosse vivo. Come avrebbe reagito? Cosa avrebbe detto se avesse saputo che il bambino che stavano cercando poteva essere suo figlio?

Aveva mai desiderato davvero dei figli? L'argomento doveva essere emerso tra lui e Misty proprio come con Josie, altrimenti Misty non avrebbe saputo come cercare il suo donatore di sperma. Josie non aveva avuto molto tempo per pensare a cosa significasse per Misty mettere al mondo un bambino il cui padre era già morto, per non dire un paria nella sua stessa città.

«Mi dispiace, Ray.» sussurrò Josie inginocchiandosi nell'erba davanti alla sua lapide. Fissò il suo nome, odiandolo per la millesima volta per quello che aveva fatto e per averla lasciata sola ad affrontarlo.

La notte scese intorno a lei e l'aria si fece fredda. Josie rimase seduta finché non si sentì intorpidita, mentre gli eventi degli ultimi giorni si ripetevano nella sua mente. Cercò di trovare il momento in cui tutto era andato irrimediabilmente storto, cercò di capire cosa avrebbe potuto fare di diverso. Avrebbe dovuto adottare un approccio più diretto con Dunn? Avrebbe dovuto sbatterlo in prigione e lasciare che i suoi avvocati lo tirassero fuori in un giorno solo per mettergli un po' di paura? Anche se lo pensava, si rese conto che non sarebbe servito a nulla. Dunn non aveva paura di nessuno. Forse era stata questa la sua rovina.

Il fascio di luce di una torcia elettrica oscillò in lontananza oltre la tomba di Ray. Josie estrasse silenziosamente la pistola dalla fondina e la tenne in grembo. Rimase perfettamente immobile, in attesa. All'inizio non sembrava che si stesse dirigendo verso di lei, poi la luce scattò verso l'alto e Josie sentì qualcuno borbottare «Merda». Era una di donna e le era familiare.

«Boss?»

Josie lasciò andare un respiro che non si era resa conto di aver trattenuto. Ripose la pistola e disse: «Da questa parte, Gretchen.»

Il fascio di luce si girò nella direzione di Josie. Lei alzò una mano mentre le attraversava la visuale. Gretchen puntò la torcia dritta in aria, illuminando il proprio volto. «Scusami.» disse. Una bottiglia apparve davanti agli occhi di Josie. «Noah ha detto che ti piace questa roba.»

Era Wild Turkey. Josie la prese e Gretchen si accovacciò, sistemando la torcia tra loro nell'erba, puntata verso l'alto in modo che potessero vedersi. «Come sapevi che ero qui?» chiese Josie.

«Noah ha detto che ogni tanto ci vieni.»

«Davvero?» chiese sorpresa; non era una cosa di cui parlava agli altri. Neanche Luke sapeva che ci andava e nemmeno quanto spesso.

Come se le leggesse nel pensiero, Gretchen disse: «È solo preoccupato per te. Come molti dei tuoi agenti, del resto.»

«Cosa vuoi dire?»

Gretchen alzò le spalle. «Non intendo dire che pensano che tu non sia all'altezza, ma che vogliono che non ti accada nulla. Hanno già perso un capo. Non vogliono perderne un altro. Ti rispettano. Sei una specie di eroina da queste parti dopo quello che hai fatto su quella montagna.»

Josie girando l'indice intorno al tappo del Wild Turkey sospirò. «Non mi sento un'eroina» disse. «Non mi ci sentivo allora e non mi ci sento nemmeno oggi.»

Passò un momento di silenzio tra loro. Poi Josie chiese: «Perché sei qui?»

«Ho pensato che volessi sapere che la valutazione preliminare degli ingegneri sul cantiere di Dunn è che non si è trattato di un incidente.»

La gola di Josie si strinse. «Vuoi dire che c'era qualcun altro?»

Gretchen annuì. «Sembra che qualcuno abbia praticato delle incisioni nelle strutture per compromettere l'integrità del pavimento e poi abbia usato un piccolo muletto per spingere tutta quella roba nel punto più debole...»

«C'era un muletto lassù?» chiese Josie.

«Sì, e anche le cinghie che tenevano insieme le tubature erano state tagliate. Con una piccola spinta e tagliando le cinghie, non ci sarebbe voluto molto per far cadere i tubi. Poi, una volta che il pavimento ha iniziato a piegarsi... beh, il resto lo sai.»

Josie stappò il Wild Turkey e lo annusò, ma ancora non lo sorseggiò. «Quindi pensano che qualcuno fosse lassù mentre eravamo lì?»

«Esatto.»

Josie provò a immaginarselo: tecnicamente, qualcuno poteva arrivarci a piedi e, se avesse attraversato l'Interstatale e fosse sceso giù per la collina, dietro gli edifici, avrebbe potuto passare senza essere visto. Poi avrebbe potuto facilmente sgattaiolare via durante il trambusto che aveva provocato, senza che nessuno se ne accorgesse. Non c'erano telecamere in quella zona. Era il posto perfetto per inscenare un incidente. Significava anche che qualcun altro, oltre agli uomini di Josie, stava seguendo Dunn.

«Hai seguito Dunn per due giorni» disse Josie. «Hai notato qualcun altro che lo teneva d'occhio?»

«No, perché non stavo cercando nessun altro.»

Josie era ben consapevole di quante persone potessero avere le loro ragioni per volere Dunn morto. Ma perché in quel momento? E perché lì?

«Non ha aiutato nemmeno il fatto che Dunn stesse già

risparmiando dovunque potesse in quel cantiere» aggiunse Gretchen. «Gli ingegneri dovranno lavorarci per un po'. Prepareranno un rapporto completo, ma questo è il risultato finale.»

«Il che non significa assolutamente niente per me» disse Josie in modo categorico. «Perché non mi aiuta a trovare Luke o il bambino di Misty.» Bevve un lungo sorso di Wild Turkey e poi tappò la bottiglia. Le bruciò la gola e le riscaldò lo stomaco. Tese la bottiglia a Gretchen, ma lei rifiutò.

«Mi dispiace, Boss.» disse.

Josie annuì e guardò altrove. «Detective Palmer» disse. «Vorrei restare sola adesso.»

Gretchen aspettò un attimo, ma quando Josie non disse altro, si alzò in piedi, scuotendo le gambe irrigidite. «Vuoi che ti lasci la torcia?» chiese.

«No» rispose Josie. «Grazie.»

Gretchen raccolse la torcia. «Sai dove trovarmi.» disse prima di andarsene.

Josie la ascoltò mentre si faceva strada tra le lapidi finché non rimase solo il silenzio della notte. Bevve un altro sorso di Wild Turkey prima di raggomitolarsi su un fianco. Chiuse gli occhi, cercando di impedire alla sua immaginazione di scatenarsi con le immagini del corpo senza vita di Luke, chiedendosi cosa avessero fatto a lui e al bambino di Misty gli scagnozzi di Dunn. Non funzionò. Stava per scolarsi metà della bottiglia quando il telefono squillò più volte. Tirandolo fuori dalla tasca, strizzò gli occhi mentre la luce intensa dello schermo inondava il suo campo visivo. Era Carrieann. Probabilmente aveva visto il notiziario sulla prematura scomparsa di Dunn. Con un pesante sospiro, Josie rispose. Non sentì altro che fruscii. «Carrieann.» chiamò un paio di volte, ma non ottenne risposta.

Stava cominciando a pensare che Carrieann l'avesse chiamata per sbaglio, quando finalmente le giunse la sua voce sommessa. «Josie. C'è qualcuno.» bisbigliò.

La spina dorsale di Josie formicolò. «A casa mia?»

«No, a casa di Luke. Sono venuta a sistemare un po' le cose e credo che ci sia qualcuno qui. Ci sono luci accese a entrambi i piani.»

«Dove ti trovi in questo momento?»

«Sono appena tornata sulla strada. Sono sul bordo del vialetto con il mio furgone.»

Josie stava già correndo verso il suo veicolo. «Sali sul furgone e vattene. Io sto arrivando. Chiamo i rinforzi.»

QUARANTASETTE

Carrieann aveva ragione. Meno di mezz'ora dopo, Josie e Noah si trovavano tra gli alberi accanto al vialetto di Luke e studiavano la casa. Le finestre del soggiorno erano illuminate e, a giudicare dalla luce che baluginava lungo la striscia di parete che si riusciva a vedere, anche il televisore era acceso. E al piano superiore traspariva la luce dalle finestre della camera da letto principale e del bagno.

«Non ci sono macchine nel vialetto» disse Noah. «A parte il furgone di Luke, che è sempre stato qui.»

«Infatti» disse Josie. «Ma sicuramente c'è qualcuno.»

«Chi sarà?»

«Non lo so» mormorò lei. «Ma lo scopriremo.»

Dietro di loro, altri tre agenti aspettavano nell'oscurità, indossando i giubbotti antiproiettile e controllando le armi. Non potevano azzardare a raggiungere la casa in auto a causa della ghiaia del vialetto, correndo così il pericolo di mettere in allarme chiunque si trovasse là dentro e rischiare di farlo scappare dalla porta sul retro o, peggio, di spingerlo a contrattaccare.

Un quarto agente li raggiunse dal lato della proprietà. «Ho

guardato sul retro» riferì. «Non c'è nessuno. O comunque non riesco a vederlo. Anche il fienile è vuoto.»

«Ottimo» disse Josie. «Mettetevi il giubbotto. Procederemo in tre squadre di due. Voi vi occuperete del piano di sotto, io e il tenente Fraley del piano di sopra.»

Accovacciandosi, si diressero in coppia verso la casa, camminando silenziosamente sull'erba. Quando raggiunsero la veranda, Josie sentì il sudore inumidirle i palmi delle mani mentre impugnava la pistola. Presero posizione accanto alla soglia. Quando Josie diede il segnale, la prima squadra fece irruzione dalla porta d'ingresso, che era aperta, seguita dalla seconda, e da lei e Noah in coda.

Gli agenti si mossero rapidamente e silenziosamente e non trovarono nessuno al piano terra. Ma evidentemente c'era qualcuno in casa, o c'era stato da poco: il televisore in salotto trasmetteva il notiziario locale; in cucina, sul tavolo di fronte alle macchie di sangue, c'era un piatto con sopra un panino mezzo mangiato e un coltello da burro ricoperto di crema di formaggio giaceva nel lavello.

Nel silenzio, Josie sentì il rumore dell'acqua che scorreva dal piano di sopra. Fece cenno alla Squadra Uno di prendere posizione davanti alla porta d'ingresso e alla Squadra Due di seguire lei e Noah mentre salivano le scale. Indicò il corridoio e i quattro si mossero insieme, controllando ogni stanza man mano che procedevano. Erano tutte al buio e vuote. Anche la camera da letto principale, nonostante la luce fosse accesa, era sgombra. Invece, la porta del bagno era leggermente aperta, e lasciava uscire del vapore.

Josie si voltò un attimo e incrociò lo sguardo di Noah. Lui le fece segno con la mano di procedere. Un ruggito le esplose nelle orecchie e pur cercando di fermarlo, una speranza si accese dentro di lei. Era Luke? Era scappato? Era tornato a casa per darsi una ripulita? Era assurdo, ma la parte di lei che desiderava disperatamente un lieto fine non poteva fare a meno di desiderare di trovarlo dall'altra parte della porta. Chi altri poteva essere?

Sentì la mano di Noah sulla spalla e capì che il tempo delle esitazioni era finito. Meglio cogliere di sorpresa chiunque fosse fintantoché fosse rimasto sotto la doccia. Spinse la porta ed entrò. Sentì Noah alle sue spalle e il cuore che batteva rallentò un po'.

Il vapore fluttuava e vorticava intorno a loro. Si sentiva solo lo scroscio dell'acqua che scorreva. Per una frazione di secondo, Josie si chiese se ci fosse davvero qualcuno lì dentro. Era una specie di trappola? E chi l'avrebbe tesa? Dunn era morto. A meno che non avesse messo in atto qualcosa prima di morire. Ma perché organizzare una trappola a casa di Luke? E per chi? Per Josie? Per la polizia? Per vendicare l'uomo che probabilmente Luke aveva ucciso il giorno in cui gli scagnozzi di Dunn lo avevano preso? No, pensò. Non poteva essere una trappola. Avevano controllato ogni centimetro della casa: gli unici presenti erano i suoi uomini e la persona dietro la tenda della doccia.

Allungò la mano, tirò indietro la tenda e urlò: «Polizia!»

Con uno strillo, Kim Conway afferrò la tenda della doccia, strappandola completamente dall'asta e avvolgendola sul suo corpo nudo e insaponato, portandosi una mano al petto. «Oh, mio Dio. Mi ha spaventato. Ma che cavolo fate?»

La tensione scorse via dal corpo di Josie. Era consapevole di provare un po' di delusione perché non si trattava di Luke. Sollevando un sopracciglio, disse: «La domanda migliore è: che diavolo stai facendo tu? Kim Conway, sei in arresto per l'omicidio di Denny Twitch.»

QUARANTOTTO

Josie fece in modo che un agente donna rimanesse con Kim finché non si fosse asciugata, vestita e fosse stata pronta per essere condotta alla stazione di polizia. Vederla così a suo agio in casa di Luke lambiva il limite di quanto potesse sopportare. Una parte di lei continuava a cercare di concedere a Luke il beneficio del dubbio: stava proteggendo la sorellina del suo migliore amico da un mostro. Solo di questo doveva convincersi.

La pattuglia riportò Kim alla centrale e la schedò. Josie dubitava che l'accusa per l'omicidio di Denny Twitch sarebbe rimasta in piedi; Kim avrebbe potuto facilmente cavarsela con la legittima difesa, date le circostanze, e conoscendo il procuratore distrettuale, non avrebbe voluto far perdere tempo o risorse preziose alla contea per processare una donna che sarebbe stata comunque assolta. Ma Josie aveva bisogno di un motivo per tenere Kim in custodia finché non avesse scoperto quello che sapeva.

Ancora una volta, Josie si trovò nella stanza degli interrogatori alle prese con Kim, che portava un altro paio di pantaloni della tuta di Luke e una maglietta fantasia che Josie gli aveva regalato per Natale. Ricordava il modo in cui lei e Luke ci avevano riso sopra la mattina di Natale. Sopra la sagoma di una grande trota a bocca aperta, c'era la scritta *Men have feelings too... I mostly feel like fishing*. Era perfetta per lui. In un certo senso, vederla addosso a Kim sembrava un tradimento più grande di quanto non fosse scoprire che aveva dormito nel suo letto.

Josie sobbalzò quando Noah le toccò la spalla. «Vuoi che ci parli io?»

Lei riuscì a sorridere. «No. Lo faccio io.»

Mentre apriva la porta della stanza degli interrogatori, si rese conto con una fitta improvvisa che non voleva che Noah si avvicinasse a Kim Conway. Kim lanciò a Josie uno sguardo imbronciato e incrociò le braccia. Josie notò che i suoi capelli erano ancora umidi; l'odore del sapone Irish Spring riempiva l'aria. Il sapone di Luke. Per un attimo Josie pensò di chiedere a Gretchen di interrogarla. Ma così avrebbe solo contribuito a dare ragione a Noah che la cosa era diventata troppo personale, che era troppo coinvolta.

Kim disse: «Se è qui per interrogarmi su Denny Twitch, voglio un avvocato.»

Josie sospirò e si avvicinò al tavolo, prendendo posto di fronte a Kim. «Ho già chiamato per l'avvocato d'ufficio. Ma non sono qui per parlare di Twitch. Non è lui che mi interessa.»

A questo punto, lo sguardo di Kim si spostò sul viso di Josie. «Allora perché è qui?»

«Voglio parlare di Luke.»

La postura di Kim si ammorbidì. «Mi dispiace per quello che gli è successo.» mormorò.

«E che *cosa* gli è successo?»

Kim distolse lo sguardo, facendo scorrere gli occhi su e giù per le pareti dietro Josie. Probabilmente stava cercando di capire che cosa avrebbe potuto dirle senza rischiare di essere coinvolta in altri crimini.

Josie batté le dita sul piano del tavolo, attirando l'attenzione di Kim. «Ecco quello che so già. Avevi una relazione con Eric Dunn. Lui ha abusato di te. Forse solo una o due volte, forse molte. Sicuramente ti ha procurato delle bruciature sulla schiena e ti ha dato un pugno in faccia abbastanza forte da fratturare le orbite.»

Kim spalancò gli occhi.

Josie proseguì. «So che a un certo punto lo hai lasciato. Sei venuta a Denton e sei rimasta con tuo fratello Brady. Eri incinta. La notte della sparatoria, Eric mandò Mickey Kavolis a casa di Brady per prenderti. Kavolis ha sparato a Brady e a Eva, e tu o Luke avete sparato a Kavolis per legittima difesa.»

Le rivolse uno sguardo significativo mentre pronunciava le parole "legittima difesa" affinché capisse che non aveva alcun interesse a rivangare vecchi casi, tanto più che non erano avvenuti nella sua giurisdizione; voleva solo scoprire cosa sapeva.

Così continuò: «Tu e Luke avete preso il corpo di Kavolis e lo avete seppellito dietro il suo fienile.»

Kim emise un piccolo gemito.

«E non ho finito» disse Josie. «Luke ti ha nascosta a casa sua per qualche mese. Poi sei andata a casa di Misty Derossi, la quale dice che per qualche motivo l'hai aiutata a far nascere il suo bambino. Per quanto ne so, non sei né un'ostetrica né un medico, e Misty aveva intenzione di partorire in ospedale; quindi, faccio fatica a capire perché l'hai fatto o perché ti trovavi lì.»

Kim non diede spiegazioni, così Josie continuò: «A un certo punto, Denny Twitch è arrivato lì. Ha picchiato Misty, che aveva appena partorito, fino a ridurla in fin di vita e le ha portato via il bambino. So anche che dopo il rapimento del bambino sei tornata a casa di Luke ed eri lì quando Dunn ha mandato altri scagnozzi a prenderti. Quando sono arrivati c'era anche Luke, o forse lo stavano aspettando quando è tornato a casa. C'è stata una lotta e Luke ha ferito uno di loro. Poi lo hanno preso.»

Kim non disse nulla, ma si mordicchiò il labbro inferiore e si strinse in un abbraccio.

«Ecco cosa *non* so» disse Josie. «*Non* so cosa sia successo al *tuo* bambino, se mai sei stata incinta, tanto per cominciare. Non so perché tu fossi a casa di Misty Derossi o cosa potessi volere da lei o dal suo bambino. Non so perché Dunn abbia mandato lì Twitch: per prendere te o il bambino di Misty, o per entrambe le cose? Non so perché Dunn abbia preso il suo bambino o perché gli uomini di Dunn abbiano preso Luke e lasciato te quando sono arrivati a casa sua, a meno che tu non ti stessi nascondendo e, soprattutto, *non* so ancora dove sia Luke.»

Kim si sistemò una ciocca di capelli dietro l'orecchio. «Come ha fatto a...?»

«È il mio lavoro scoprire le cose.»

«Eric è... è morto davvero? L'ho visto al notiziario stamattina, ma... è così difficile da credere.»

«Sì» rispose Josie. «L'ho visto morire. Se n'è andato davvero.»

Kim sembrò rimanere senza aria e il suo corpo si accasciò sulla sedia. Chiuse gli occhi e sussurrò alcune parole che Josie non riuscì a capire. Una preghiera? Parole di gratitudine? Poi riaprì gli occhi e disse: «C'è un magazzino ad Atlantic City. Non ci sono mai stata, ma ho sentito gli uomini parlarne. Portano lì le persone. Persone di cui non si hanno più notizie. Non so dove si trovi esattamente, ma forse qualcuno dei suoi collaboratori potrebbe dirvelo ora che è morto. Dovreste chiamare la polizia di Atlantic City. Forse è lì che hanno portato Luke.»

Josie scosse la testa. «Non è là che lo hanno portato.»

«Ma come fa a saperlo?»

«Lo trattenevano da qualche parte nelle vicinanze. Quando siamo arrivati, Luke era già sparito e gli uomini di Dunn erano morti.»

«Quindi non è... non è...»

«Non sappiamo dove sia» disse Josie. «O se è ancora vivo. Tu hai avuto una relazione con Eric Dunn per qualche tempo. Ho bisogno di sapere se sai chi poteva avercela con lui. Chi potrebbe aver saputo dove teneva Luke. Chi potrebbe essere stato abbastanza infuriato da uccidere i suoi scagnozzi ed eventualmente portare via Luke.»

Kim rabbrividì. «Oh cavolo. Non lo so. Eric si era fatto molti nemici. Non ha idea di com'era.»

«Io credo di averne un'idea abbastanza precisa.»

Il volto di Kim si contorse per un'ondata di emozioni che la investì fino a farla piangere. «No» disse. «Non ne ha idea. Eric aveva mandato Mickey a casa di Brady per darmi una lezione, non solo per riavermi. Ero al piano di sopra quando ha sparato a Brady ed Eva. Era venuto per farlo sembrare un omicidio-suicidio e poi prendere me. Eric voleva che fossero uccisi in modo che non avessi più nessuno da cui scappare, o in modo che non scappassi da mia madre, perché avrebbe ucciso anche lei. Luke è arrivato proprio mentre stava succedendo. Sono scesa al piano di sotto e mi sono messa a urlare. Brady ed Eva erano morti. Poi Luke ha strappato la pistola a Mickey e...»

«Quindi è stato Luke a uccidere Kavolis.» concluse Josie. Non riusciva a immaginare come lui potesse sentirsi a portare avanti quella storia da solo, soprattutto dopo averla insabbiata, rendendosi così un criminale.

Kim annuì. «È successo tutto molto in fretta. Eric non era tenuto a far uccidere mio fratello, ma l'ha fatto lo stesso. Non capisce? È malvagio. Il male puro.»

«Era il male. Ora non c'è più. Perché stavi con lui, tanto per cominciare?»

«Volevo andarmene dal momento in cui ho iniziato a frequentarlo, ma nessuno si allontana da Eric Dunn. Le bruciature sulla schiena me le ha procurate con un arricciacapelli la sera di un'inaugurazione a cui dovevamo andare, perché, secondo lui, ci stavo mettendo troppo a prepararmi. Mi ha bruciata e poi mi ha fatto indossare il vestito e i tacchi e mi ha fatto sorridere per tutto il tempo. Pensavo che sarei morta per il dolore. Quella è stata la prima volta che lo ha usato. E l'orbita fratturata... è solo la punta dell'iceberg.»

«Mi dispiace.» disse Josie.

«Ho mentito sulla gravidanza» sbottò Kim. «Lui mi avrebbe ammazzata. Sto cercando di farle capire.»

«Ti ascolto.»

QUARANTANOVE

Kim osservò tutta la stanza finché lo sguardo non le cadde sulla telecamera sopra la porta. Si appoggiò al tavolo e abbassò la voce. «Un anno fa si è verificato il crollo di un edificio a Philadelphia.»

«Lo so.» disse Josie e ripeté quello che le aveva detto Trinity.

«Santo cielo» disse Kim. «È scrupolosa.»

Josie non rispose. «Cosa c'entra il crollo dell'edificio con la finta gravidanza?»

«Avevo un video in cui Eric corrompeva uno degli addetti comunali e un video in cui uno dei suoi capisquadra gli diceva che uno dei ragazzi assunti per la demolizione era drogato ed Eric diceva che non gli importava, che andava bene comunque. Volevo usarli, portarli alla polizia e vedere se potevano mettermi nel programma di protezione testimoni o qualsiasi altra cosa pur di allontanarmi da lui. Voglio dire, se fosse finito in prigione, non avrebbe potuto farmi del male, giusto?»

«Che fine hanno fatto quei video?»

«Eric li ha trovati sul mio telefono e li ha cancellati. Voleva uccidermi. Torturarmi e poi uccidermi. Così gli ho detto che ero incinta. Non mi è venuto in mente altro per guadagnare un po' di tempo. Per farlo smettere. Sapevo quanto fosse ossessionato dall'idea di avere un figlio suo, un giorno. Un figlio vero, di sangue. Sapeva che è figlio di un donatore?»

«I suoi genitori avevano cercato una madre surrogata» disse Josie. «È un dato pubblico.»

Kim scosse la testa. «Non solo una madre surrogata. Un donatore di sperma. Suo padre non poteva avere figli. La madre di Eric voleva essere sicura che non avrebbe divorziato da lei come aveva fatto con tutte le altre mogli. Il modo migliore per farlo sarebbe stato avere un figlio da lui. Lo convinse che aveva bisogno di un erede.»

«Come fai a saperlo?» chiese Josie.

«È stato Eric a dirmelo. Lo ha scoperto al liceo e ne è rimasto sconvolto, e da allora non l'ha mai superato. Sua madre non gli ha mai voluto dire chi fossero i suoi genitori biologici, e questo lo ha sempre tormentato. Così, quando ha minacciato di ammazzarmi, e sapevo che stavolta lo avrebbe fatto davvero perché lo avevo tradito, gli ho detto che ero incinta.»

«Voleva il bambino.»

Kim annuì. «Sì. Credo che probabilmente mi avrebbe fatto ammazzare lo stesso, ma il bambino, un bambino che fosse biologicamente suo, era importante per lui.»

Josie sollevò un sopracciglio. «Dunn non mi sembrava un tipo premuroso, né che avesse interesse a diventare genitore.»

«Oh, no infatti. Non sarebbe diventato un padre modello o chissà cosa. Per lui contava solo avere di più. Ha sempre ottenuto ciò che voleva, e voleva un bambino perché sarebbe stato suo, e non c'era modo che qualcun altro lo avesse.»

«Quindi ti sei andata a nascondere a casa di tuo fratello.»

Kim annuì. «Sì. A sua moglie non piacevo molto, così ho detto anche a loro, come a Eric, che ero incinta. Solo di un paio di mesi, così non avrei dovuto preoccuparmi che ancora non si vedesse.»

«Ma prima o poi l'avrebbero capito, quando avrebbero visto che non ti cresceva la pancia.» puntualizzò Josie.

Kim scrollò le spalle. «Beh, certo. Brady ed Eva l'avrebbero capito di sicuro. Credo che Eva avesse iniziato a capirlo, dato che ero stata lì per due mesi e non ero ingrossata. Avevo pensato di fingere un aborto spontaneo o qualcosa del genere. Non avevo le idee chiare. Volevo solo andarmene. Pensavo che avrei affrontato la questione della finta gravidanza più tardi. Poi è arrivato Kavolis e...» chiuse gli occhi e fu percorsa da un brivido. «Non avrei mai voluto che Brady ed Eva ci rimettessero. Il problema è che Eric non sapeva che stavo fingendo. Credeva che fossi di un paio di mesi, quando sono scappata da lui. Era marzo. Quando ha mandato Kavolis a prendermi, a maggio, avrei dovuto essere di quattro mesi. Ma Kavolis non mi ha riportata indietro.»

«Quindi, secondo Dunn, avresti dovuto partorire nel giro delle ultime due settimane.»

«Esatto.»

Josie si fermò a riflettere per un attimo. Si appoggiò alla sedia. «Dunn si aspettava di trovare un bambino. Quella volta ha mandato Twitch, che ti ha rintracciata a casa di Misty Derossi.»

«Denny stava cercando me e il bambino.»

«Ma non ha preso te. Ha preso il bambino di Misty. Sapeva che Victor Derossi non era il tuo bambino?»

Kim guardò da un'altra parte. «Credo di sì. Ho cercato di dirgli che non era mio, ma non mi ha creduta. Anche Misty ha cercato di dirglielo, ma lui l'ha picchiata. Lei ha lottato con tutte le sue forze, ma lui era più forte. Gli ho detto di prendere me e non il bambino, ma lui ha risposto che Eric lo avrebbe fatto fuori se non fosse tornato con un bambino. A Denny non importava di chi fosse il bambino, purché ne consegnasse uno a Eric. Disse che non avrebbe notato la differenza.»

«Ti ha lasciata lì.»

Kim abbassò lo sguardo sul suo grembo. «Io e Denny... avevamo una storia.»

«Che tipo di storia?»

Kim incontrò di nuovo gli occhi di Josie, inarcando un sopracciglio. «Andavamo a letto insieme, va bene? Alle spalle di Eric.»

«Eric l'ha mai scoperto?»

Kim fece una risata secca.

«Sta scherzando? Eric ci avrebbe fatto torturare e uccidere entrambi. No, Eric non l'ha mai scoperto e Denny era ancora fedele a Eric, ma ho usato la nostra vecchia relazione per convincerlo a lasciarmi andare. Allora Denny mi ha detto che avrebbe raccontato a Eric di non avermi trovata, ma ha anche aggiunto che poi avrebbe dovuto cercarmi di nuovo. Aveva paura di Eric quanto me. Mi ha dato un paio di giorni. Stavo ancora cercando di trovare una via d'uscita, di allontanarmi da Eric e riprendere il bambino di Misty. Per questo sono andata da Luke.»

«Perché eri lì? A casa di Misty?» chiese Josie.

Kim si sistemò i capelli dietro l'altro orecchio. «Posso avere qualcosa da bere?»

Josie fece un segnale con la mano verso la telecamera e un attimo dopo entrò Noah con una bottiglia d'acqua. Kim lo guardò mentre prendeva la bottiglia e ne prosciugava metà. Gli sorrise dolcemente e lo ringraziò. Josie le batté la mano sul tavolo perché si concentrasse di nuovo.

«Perché eri a casa di Misty Derossi?» riprovò. Kim bevve un altro sorso d'acqua. Josie capì che stava prendendo tempo. «Luke voleva che me ne andassi» disse infine. «Ha detto che era troppo stressante e che non poteva andare avanti per sempre. Dovevo trovare un modo per uscire da quella situazione. Un giorno Misty è andata a casa sua.»

«A casa sua?» chiese Josie, più forte di quanto volesse, ma Kim non sembrò accorgersene.

«Sì, cioè, l'ho vista dalla finestra del piano di sopra. Non so di cosa abbiano parlato, ma l'ho vista arrivare e poi andare via. Ed era incinta. Allora ho chiesto a Luke se andassero a letto insieme e se il bambino fosse suo. Lui ha riso e ha risposto di no; la conosceva appena.»

Sentirlo regalò a Josie un piccolo sollievo. «Ti disse perché era andata a trovarlo?»

«Misty voleva che Luke parlasse con la sua fidanzata riguardo a qualcosa, qualcosa che aveva a che fare con il bambino.»

Che il bambino era di Ray, pensò Josie.

Kim aggiunse: «Disse che per lei sarebbe stato più facile sentirlo dire da lui, qualunque cosa significasse.»

Josie strinse le labbra. Per qualche motivo, Misty aveva voluto che Josie sapesse che il bambino poteva essere di Ray. Luke doveva fare da intermediario. Si chiese se ci fosse dell'altro, ma presto Misty sarebbe stata abbastanza bene da spiegarglielo. «E poi? Hai pensato "Ehi, potrei andare a stare con la donna incinta!"»

«Sapevo che lui voleva che me ne andassi, e avevo avuto la sensazione che quella ragazza fosse sola. Voglio dire, sembrava piuttosto angosciata. Così gli dissi che ero un'ostetrica...»

«Hai mentito.» la interruppe Josie.

Kim abbassò lo sguardo. «Sì» ammise. «Ho mentito. Altrimenti non avrebbe mai accettato. Gli ho detto che forse poteva chiederle di farmi stare da lei per qualche giorno, finché non avessi trovato una soluzione.»

«E lui ha pensato che fosse una buona idea? Sapendo che gli uomini di Dunn stavano cercando di ucciderti, ha pensato che fosse giusto mandarti a casa di una donna sola che stava per partorire?»

«Beh, no, pensava che fosse un'idea tremenda» disse Kim. «Ma non c'era nessun collegamento tra me e Misty, quindi sembrava perfetto.»

«Solo che non lo era» disse Josie. «Perché Denny Twitch ti ha trovata.»

Qualcosa nella storia di Kim non quadrava. Luke non era il tipo di persona che avrebbe consapevolmente messo a rischio una donna incinta, o qualsiasi altra donna, persino Misty Derossi. E poi, pensò Josie, dando un'altra occhiata alla maglietta che avvolgeva il corpo minuto di Kim, conosceva davvero Luke?

«Esatto» disse Kim. «Non so come. Non lo so davvero. Subito dopo, il bambino non c'era più e Misty... beh, pensavo fosse morta.»

«Non hai neanche chiamato il 911.»

«Non potevo. Non volevo che Eric mi trovasse. Non può capire...»

«Capisco abbastanza.» disse Josie freddamente.

«No, non è vero.» replicò Kim con fermezza.

«Capisco che hai messo Misty in pericolo ripetutamente. Hai mentito sul fatto di essere un'ostetrica e l'hai messa nel mirino di Eric Dunn. Poi, quando Twitch l'ha pestata, l'hai lasciata lì a morire. Invece di seguire Twitch e impedirgli di prendere il bambino, gli hai permesso di rapire un neonato indifeso, pur di rimanere libera. Non sai niente di come si fa a far nascere un bambino, ma hai convinto Misty che potevi aiutarla a partorire a casa. Ti ha mai chiesto di andare in ospedale?»

Kim non rispose.

«L'ha fatto, vero?» la incalzò Josie.

Rispose con voce pacata. «Non potevo portarla in ospedale. Non potevo rischiare di essere trovata. Comunque, stava bene. Il bambino stava bene.»

Josie si sentì avvampare da una rabbia che le montava in tutto il corpo.

«Ma almeno sei in grado di dire la verità?»

Kim sgranò gli occhi esibendo uno sguardo infantile di finta innocenza.

Josie si alzò in piedi. «Risparmiatelo» scattò. «Con me non attacca. Hai manipolato tutti: tuo fratello, Luke, Misty. Hai mentito e hai raccontato un sacco di storie per ottenere quello che volevi.»

Lo sguardo innocente di Kim scivolò via e al suo posto subentrò un'espressione dura e gelida. «Non quello che volevo» ribatté lei. «Quello che mi serviva che facessero per aiutarmi a sopravvivere. La mia vita è stata in pericolo dal momento in cui Eric mi ha messo gli occhi addosso. Non vado fiera di ciò che ho fatto, però sono ancora viva.»

Josie la fulminò con lo sguardo. «Sei viva, ma forse hai sacrificato Luke e un bambino. Dimmi, era tua intenzione fin dall'inizio spacciare il bambino di Misty per tuo figlio?»

Kim rimase in silenzio, con le braccia conserte e gli occhi che vagavano tranne che su Josie. Dopo qualche istante, Josie le chiese: «Cosa è successo dopo che Twitch ha preso il bambino?»

«Sono tornata da Luke per chiedergli aiuto e stavamo valutando cosa fare quando sono arrivati gli uomini di Eric. Luke mi ha detto di nascondermi e io l'ho fatto. La cosa successiva che ricordo è di essermi ritrovata sulla veranda di casa sua senza ricordare chi fossi o come fossi arrivata lì.»

Josie rise. «Continui con la scusa dell'amnesia? È davvero così necessario?»

Kim si irritò. «Non è una scusa. Ero traumatizzata. I medici hanno detto che il trauma ha causato l'amnesia. Potevo morire due volte quel giorno, da Misty e poi da Luke. Denny è venuto qui, in questa centrale, e ha fatto credere ai suoi uomini di essere uno U.S. Marshal. Non capisce quanto Eric possa essere spietato?»

Josie si rese conto che ammettendo di aver finto l'amnesia, Kim si sarebbe esposta ad altre imputazioni penali: intralcio alla giustizia e intralcio a un'indagine di polizia, per citarne solo un paio. Come aveva ammesso apertamente, Kim aveva fatto di tutto per garantirsi la sopravvivenza.

Sostenere la storia dell'amnesia avrebbe garantito una certa protezione. Josie proseguì. «Ovviamente sapevi di essere nei guai quando hai visto Twitch nel nostro atrio. Perché sei andata con lui? Eri in una stazione di polizia. Perché non hai detto a qualcuno cosa stava succedendo?»

«Non volevo che qualcun altro si facesse male.» spiegò Kim.

«In una stazione di polizia? Questa è bella.» Josie si chiese se fosse sempre stata una bugiarda patologica o se davvero si fosse abituata a mentire per sopravvivere durante la sua relazione con Eric Dunn. «Dove sei andata dopo aver sparato ed essere fuggita dalla scena dell'incidente?»

«Credo di aver bisogno di quell'avvocato, adesso. Se vogliamo parlare dell'incidente.»

«Fammi riformulare. Dopo l'incidente, dove sei andata?»

Kim si prese un momento per rispondere, e ancora una volta Josie si chiese se stesse facendo due conti su quanto avrebbe potuto dire senza cacciarsi in guai ancora più grossi di quelli in cui già si trovava. Alla fine, rispose: «Ho corso finché non ho trovato un cortile. C'era una donna. Mi ha aiutata a darmi una pulita e mi ha dato qualcosa da mangiare e dei vestiti, poi mi ha detto che la polizia stava tornando e che dovevo andarmene.»

«La donna con la casa sull'albero in giardino?»

Kim alzò lo sguardo. «Sì, lei. Ma la prego, non la accusi di niente. Non sapeva...»

Josie alzò una mano. «Non mi interessa quella donna. Ti abbiamo trovato a casa di Luke solo oggi. Cos'altro hai fatto?»

Di nuovo, lo sguardo di Kim si spostò sul tavolo. Josie aveva la sensazione che stesse per svelare la verità, ma sembrava difficile per Kim farla emergere. «C'era un tizio. Pedinava Denny. All'inizio non lo sapevo. L'ho scoperto solo dopo. L'avevo già visto altre volte, in agguato, quando stavo da Luke. È per questo che me ne sono andata. Pensavo che mi avessero trovata.»

«Uno degli uomini di Eric?»

«Beh, lo pensavo all'inizio, ma lui non lavorava per Eric.

Comunque, era strano. Non era il tipo di persona che Eric assumeva di solito. Inoltre, era vecchio.»

«Quanto vecchio?»

Lei alzò le spalle. «Non so, forse cinquanta? Era magro, altezza media, silenzioso come pochi. Insomma, mi ha lasciato una strana sensazione. Non ho capito che stava seguendo Denny finché non ho lasciato la casa di quella signora. Avevo fatto pochi isolati quando mi ha raggiunta e mi ha portata via.»

«Che macchina guidava?»

«Non lo so. Era una specie di berlina o qualcosa del genere. Nera, quattro porte. Non mi intendo di auto. Sembrava una macchina nera come tutte le altre che si vedono in giro.»

Josie soppresse un verso di frustrazione. «Dove ti ha portata?»

«Dapprincipio da nessuna parte. Poi ho cercato di parlarci. Gli ho raccontato tutta la faccenda di Eric che voleva farmi ammazzare. Gli ho chiesto se Eric lo avesse mandato a uccidermi, ma lui ha detto di no. Ha detto che non lavorava per Eric e che doveva consegnarmi al suo capo, ma non ha voluto dirmi chi fosse.»

Quindi c'era un altro giocatore. Aveva senso alla luce della macabra morte di Dunn. «Cosa voleva da te?»

«Voleva sapere del crollo dell'edificio a Philadelphia. Ha detto che questa informazione era importante per il suo capo e che mi avrebbe protetta se avessi detto tutto quello che sapevo sull'accaduto. In ogni caso, gli ho risposto che non importava dove mi avrebbe portata, nessuno era al sicuro con Eric che mi cercava. Così abbiamo fatto un accordo. Lui ha detto che si "sarebbe occupato di Eric" e che io sarei andata dove voleva lui e gli avrei portato i video.»

«I video che Eric aveva distrutto?»

«Questo lui non lo sapeva.»

«Mi sembra giusto. Cosa intendi per "occuparsi" di lui?»

Kim scrollò le spalle. «Non lo so. Pensavo che intendesse, insomma, sbarazzarsi di lui.»

«Ucciderlo?»

«Non ha detto questo e nemmeno io. Per quanto ne so, con Eric voleva solo fare una chiacchierata. Per togliermelo di torno.»

Gli occhi di Josie si strinsero. «Capisco.»

«Senta, voleva la verità, le sto dicendo la verità.»

«Stavi per andare con quest'uomo, ma non avevi idea di chi fosse o per chi lavorasse? Non gli hai chiesto chi fosse il suo capo o come facesse a sapere dove cercarti?»

«Non ha voluto dirmelo. Ho pensato che fosse qualcuno rimasto fregato nel crollo dell'edificio. Comunque, non avevo alcuna intenzione di incontrarlo, stavo solo cercando di liberarmi di quel tizio in quel momento.»

Tutto ciò che Kim faceva era legato *al momento*. «E poi cos'è successo?»

«Leo mi ha accompagnata a casa di Luke, con l'intesa che l'avrei incontrato di nuovo oggi, al silo abbandonato a circa un miglio di distanza dalla sua fattoria. Ci sono andata a piedi, ma quando ho visto la macchina mi sono tirata indietro. Non potevo andare fino in fondo. Non mi sentivo al sicuro. Così sono tornata a casa di Luke.»

«Come si chiamava?»

«Mi ha detto di chiamarlo Leo. È tutto quello che so.»

«Dirò ai miei uomini di iniziare a cercarlo.» disse Josie. «Hai parlato con Denny quando ti ha rapita?»

«Non posso parlarne, non senza un avvocato.»

«Non ti sto chiedendo nulla di quello che è successo. Voglio solo sapere se l'argomento del bambino o di Luke è venuto fuori mentre eri con Denny Twitch.»

Kim staccò l'etichetta alla bottiglia dell'acqua. «Non ha voluto parlare di Luke. Ho chiesto di lui, ma Denny ha cambiato argomento. Gli importava solo del bambino. Pensava che l'avessi preso io, perché lui non lo aveva più.»

Un brivido di eccitazione salì lungo la schiena di Josie. «Pensava che gli avessi portato via il bambino? Quando? Come?»

«Sì, pensava che l'avessi seguito quando era uscito da casa di Misty con il bambino e che lo avessi preso dalla sua auto quando si era fermato a fare benzina.»

«È così?»

«No» disse Kim. «Come ho detto, sono andata a casa di Luke.»

«Come ci sei arrivata?»

Con aria un po' imbarazzata, Kim disse: «Con un taxi. Ho usato il telefono di Misty e poi l'ho buttato nel fiume. Ho fatto accostare a metà del ponte e l'ho buttato in acqua.»

Il che significava che stava coprendo le sue tracce non per evitare Eric Dunn, ma per evitare la polizia. Josie si chiese se stesse nascondendo qualcosa, ma al momento il suo unico obiettivo era trovare Luke e Victor Derossi, vivi o morti.

«Bene, quindi se né tu né Denny avete preso il bambino, chi ce l'ha?»

«Non ne ho idea.»

Per la prima volta quel pomeriggio, Josie sentì con assoluta certezza che stava dicendo la verità.

«Va bene, ma chi avrebbe cercato di prendere il bambino? Chi avrebbe sottratto Luke a Eric?»

Kim la guardò con tristezza. «Tutti quelli che ha fregato, cioè un sacco di gente. Ma nessuno di loro avrebbe avuto il fegato di farlo. Se i suoi uomini sono morti, è perché Eric ha ordinato di ucciderli. Eric aveva molti uomini sul suo libro paga e la loro unica lealtà era verso di lui. Andavano dove gli ordinava di andare e facevano quello che gli ordinava di fare. Se Luke e il bambino non erano lì, è perché Eric ha fatto uccidere anche loro.»

CINQUANTA

Josie chiuse la porta del suo ufficio e vi si appoggiò, facendo un lungo e profondo respiro. Doveva mantenere la calma. Si rifiutava di credere che Luke e il piccolo Victor Derossi fossero morti; non voleva, non poteva. Twitch aveva detto a Kim che non aveva lui il bambino, ma ce l'aveva *qualcun altro*. Josie non sapeva se fosse meglio o peggio. Almeno gli uomini di Dunn si erano premuniti di prendere una culla e una coperta. Sicuramente non sapevano nulla di come accudire un neonato, ma qualche sforzo lo avevano fatto, il che significava che Dunn non aveva avuto intenzione di uccidere il bambino. Ma nelle mani di qualcun altro? Sentì un brivido attraversarla. Se lo scrollò di dosso e andò a sedersi dietro la scrivania. Kim stava mentendo su molte cose, ma probabilmente non aveva informazioni utili per trovare Victor o Luke.

Bussarono dolcemente alla porta e Noah entrò. La guardò con quello sguardo per metà compassionevole e per metà dolente che le rivolgeva da quando tutto questo era iniziato. Come se la guardasse sottoporsi a un intervento dal dentista.

«Sto bene.» sbottò Josie.

Lui fece un passo avanti e posò un sacchetto del fast food al centro della scrivania. «Per ora tratteniamo Kim Conway. Passerà al centro di detenzione dopo che le sarà stato assegnato un avvocato d'ufficio.»

Josie annuì. Lo stomaco le si restrinse all'odore del cibo. Sbirciò dentro il sacchetto. Hamburger e patatine. Noah disse: «Sarai affamata. E anche se non lo sei, devi mangiare.»

Scartò l'hamburger e diede un morso. Scoprì che aveva fame; le ci vollero solo pochi secondi per divorarlo e sentendo un forte brontolio provenire dal suo stomaco, passò alle patatine. Noah si sedette di fronte a lei. «Pensi che sia vero?» chiese. «Che Dunn abbia fatto uccidere Luke e il bambino?»

Con la bocca piena di patatine, Josie rispose: «C'è qualcun altro. Deve essere così. Il capo di quel misterioso Leo nell'auto nera che ha sottratto il bambino a Twitch. Ha ucciso gli uomini nella chiesa dove tenevano Luke e poi ha fatto fuori Dunn e i suoi uomini. Deve esserci di mezzo qualcun altro.»

«Lo penso anch'io. Ma chi?»

«Qualcuno con abbastanza potere e denaro per distruggere Dunn. Qualcuno con le palle per farlo fuori.»

«Qualcuno incazzato per il crollo dell'edificio?»

«O qualcuno con l'intenzione di usare le prove che aveva Kim per eliminarlo. Metti delle unità alla ricerca di questo Leo. Iniziate a casa di Luke. Controllate il silo.»

«Agli ordini.»

Sazia, Josie si appoggiò alla sedia e chiuse gli occhi. Voleva solo stare seduta in silenzio per il tempo necessario a fermare i suoi pensieri, ma subito dopo Noah la scosse per svegliarla. «Boss disse. «Stai russando.»

Josie si alzò a sedere e si pulì una striscia di bava dall'angolo della bocca. «Per quanto tempo ho dormito?»

«Solo pochi minuti» disse Noah. «Perché non vai a casa? A riposare un po'? Mi assicurerò che tu riceva una telefonata in caso di sviluppi. È tutto il giorno che non ti dai pace.»

Ogni parte di lei voleva opporsi a quel suggerimento, ma le

sue membra erano stanche e appesantite. Erano le ventuno passate. Poteva andare a casa a riposare due o tre ore, pensò tra sé e sé, e poi tornare subito al lavoro. «Va bene» disse a Noah. «Solo per un po'.»

Josie attraversò a fatica le strade di Denton; desiderava disperatamente il suo letto ma anche di evitare di affrontare Carrieann. Era a pochi isolati da casa quando il telefono trillò. Accostò e lo prese: Diana Sweeney le aveva inviato una serie di messaggi e un PDF del profilo dell'altro donatore con una foto di quando era giovane. Josie ingrandì la foto. La nebbia di stanchezza che sentiva da quando aveva mangiato evaporò all'istante.

«Porca puttana.»

Senza pensarci, fece un'inversione a U e si ributtò in strada.

CINQUANTUNO

A sud-est di Denton, sul fiume Susquehanna si allungava un ponte che portava fuori città in direzione delle montagne. A circa tre quarti di miglio sulla collina, sull'altro lato del ponte, si trovava la casa di Peter Rowland. Tutti sapevano dove abitava Rowland, sia perché era una leggenda locale sia perché era l'unica persona in tutta la città ad avere un'elisuperficie nel giardino di casa. Josie superò per due volte il suo vialetto, volutamente non segnalato. Alla fine, al terzo passaggio, lo trovò. Il vialetto, asfaltato con un manto di un nero impeccabile, si snodava in mezzo a un fitto fogliame su entrambi i lati. A tratti, i fari di Josie illuminavano delle piazzole con una scultura al centro. Si sentiva come in *Alice nel paese delle meraviglie*. Sapeva che Rowland era ricco, ma non lo aveva considerato un eccentrico quando lo aveva incontrato qualche giorno prima.

Man mano che si avvicinava alla casa, vide che ai lati del vialetto spuntavano dal terreno delle lanterne a LED che illuminavano la strada. Infine, si aprì una grande breccia tra gli alberi: l'elisuperficie, con un piccolo elicottero al centro. Subito dietro, l'enorme casa di Rowland sembrava riversarsi dal cielo al suolo, con ciascun piano che sporgeva un po' di più rispetto all'altro. Le pareti del piano terra erano quasi interamente di vetro. Riuscì a vedere due delle stanze illuminate, una biblioteca e un soggiorno pieno di divani bianchi e una poltrona a sdraio bianca. Peter Rowland era seduto nell'angolo di uno dei divani, con le gambe accavallate, e leggeva un libro. Alzò lo sguardo quando i fari della Escape colpirono la facciata della casa.

Josie parcheggiò e Rowland la raggiunse sulla porta, rivolgendole un sorriso incerto. «Capo Quinn. È tutto a posto?»

Fu allora che Josie si rese conto di quanto fosse stato scioccamente impulsivo presentarsi a casa sua a quell'ora. Ma ormai era troppo tardi. «Oh sì» disse. «Avevo solo... bisogno di parlarle un attimo.»

Lui si scostò per permetterle di entrare. Salì una piccola scalinata esterna ed entrò nella stanza in cui lo aveva visto seduto. I pannelli di vetro a tutta parete erano neri come l'inchiostro, e le restituivano il suo riflesso spettrale. Rowland si avvicinò alle sue spalle e fece cenno alle finestre. «È splendido al mattino, quando si vedono gli alberi. C'è anche un piccolo giardino sulla sinistra.»

Dato che Josie non faceva commenti, aggiunse: «Posso offrirle qualcosa?»

Josie si girò e gli sorrise. «No, grazie.»

Rowland le indicò uno dei divani e Josie si accomodò. Lui si sedette sul bordo della poltrona di fronte a lei; Josie andò subito al dunque. «Quando Tara le ha telefonato per mettere insieme la ricompensa per il bambino di Misty Derossi, sapeva che lei avrebbe potuto esserne il padre?»

Il sorriso educato che Rowland aveva sfoggiato fin dal suo arrivo si congelò, quasi dolorosamente. «Come sarebbe?» chiese.

«Sapeva già di poter essere il padre di Victor Derossi quando ha versato la ricompensa per il suo ritorno? È per questo che si è offerto di aiutarci?»

Ora la sua espressione mutò in confusione. Appoggiò i gomiti sulle ginocchia e si chinò in avanti. «Mi dispiace. Credo che mi abbia confuso con qualcun altro. Non sono il padre di Victor Derossi.»

«Ma potrebbe esserlo. C'è il cinquanta per cento di possibilità che lo sia. Dovrebbe già saperlo.»

«Saperlo? Non ho mai incontrato Misty Derossi. Come potrei essere il padre di suo figlio?»

«So della donazione di sperma. Ho le prove.»

Rowland rimase a lungo in silenzio. Si appoggiò allo schienale, raddrizzando la schiena, e la scrutò, come se stesse prendendo una decisione. Infine, disse: «Quando ero molto giovane, ho preso una decisione sciocca. Molte, a dire il vero, perché ero povero e stavo cercando di entrare all'università. Per un periodo sono stato anche un senzatetto, lo sapeva?»

Lo sapeva, perché praticamente ogni aspetto del viaggio di Peter Rowland dalle condizioni di relativa povertà al grande successo faceva parte della tradizione cittadina di Denton. «Sì» rispose. «L'ho sentito dire.»

«Beh, c'è stato un periodo, quando avevo vent'anni, in cui cercavo qualsiasi modo per fare soldi facili. Quindi sì, ho donato lo sperma, perché ho trovato un posto che pagava le donazioni. Ma è stato molto tempo fa.»

«Il suo campione esiste ancora.» sottolineò Josie.

«Solo perché qualcuno alla banca del seme ha commesso un errore. Il mio campione doveva essere distrutto molti, molti anni fa. La banca del seme in questione di solito conserva i campioni da sette a dodici anni. Dodici è quasi inaudito.»

«Eppure, il suo campione è sopravvissuto ed è stato scambiato con il donatore scelto da Misty Derossi.»

«Sono consapevole che non è stato distrutto. La banca del seme mi ha inviato una lettera un paio di mesi fa per farmelo sapere. Il mio avvocato se ne sta occupando. Ma ci è stato assicurato che, data l'età del mio campione, non c'era alcuna possibilità che fosse utilizzabile.»

«Non è quello che hanno detto a Miss Derossi.»

«Mi dispiace molto sentirlo. Sono sicuro che la cosa l'ha turbata molto, ma le dico che Victor Derossi non è mio figlio.»

«E allora perché ha messo 15.000 dollari di ricompensa per la sua restituzione?» chiese Josie.

Lui fece un sorriso tirato. «Gliel'ho detto. Volevo fare qualcosa per questa comunità.»

«Sta finanziando quasi da solo il Centro per le Donne promosso dal sindaco.»

Rowland sospirò di nuovo. «Capo Quinn, lei ha figli?» Josie scosse la testa.

«Ho perso mia figlia Polly l'anno scorso.»

«Mi dispiace.» disse Josie.

«Grazie. Non può capire cosa si prova se non le è successo. Non lo augurerei a nessun altro genitore. Quando Tara mi ha detto della situazione di Miss Derossi, ho pensato che avrei dovuto dare una mano. Mi trovavo in città. Ho i fondi. È semplice.»

Josie non gli credette nemmeno per un secondo, ma vide che non avrebbe ottenuto nulla con quella strategia, così cambiò argomento. «Ha una casa bellissima.» disse.

Se rimase sorpreso da questa improvvisa virata, non lo diede a vedere. «Grazie.»

«Posso usare il bagno?»

«Certo» rispose lui. Le diede le indicazioni per un bagno al primo terra. Josie lo trovò, cercando di osservare il più possibile la casa mentre percorreva i corridoi. Ogni stanza era ben arredata, ma sembrava che non fossero state utilizzate da anni; sebbene la casa fosse pulita e arredata in modo sfarzoso, appariva comunque una caverna vuota. Josie aveva l'impressione che se avesse gridato, l'eco le sarebbe tornato indietro. Non vedeva alcun segno che indicasse che qualcun altro risiedeva o soggiornava lì. Pensò di salire di nascosto le scale e dare un'occhiata ai due piani superiori, ma decise di non farlo. Quando tornò in soggiorno, Rowland era in piedi ad aspettare. «È tutto, capo Quinn?»

«Sì. Mi dispiace di averla disturbata così tardi.» Poi fece un gesto indicando tutto intorno a loro. «Non ha una scorta?»

Lui rise. «No, dovrei?»

«Immagino di no. Vola con il suo elicottero?»

«No, per quello assumo un pilota.»

«Conosce un uomo di nome Leo?»

Fece un sospiro impaziente. «Conosco molti uomini, capo Quinn. Non mi viene in mente nessuno di nome Leo.»

Alle sue spalle, Josie sentì dei passi. Si girò per guardare nel corridoio, ma non c'era nessuno. «Ha degli animali?» chiese.

«No. Probabilmente è la mia governante, Marie.»

«Lavora fino a tardi, mi sembra.»

«Le chiedo di stare con me quando sono in città. So che non si direbbe, ma riesco a fare un bel po' di disordine.»

Si avvicinò a lei, per accompagnarla verso la porta d'ingresso.

«Ascolti» disse mentre lei usciva nella notte. «Le sarei grato se potesse tenere per sé le informazioni che ha scoperto. Victor Derossi è ancora scomparso, giusto?»

«Sì.» disse Josie.

«Non vorrei che la ricerca fosse... ostacolata in qualche modo. Se la stampa venisse a conoscenza di questa storia della donazione di sperma, la trasformerebbe in un circo a tre piste. Concentriamoci sulla ricerca del piccolo Victor, d'accordo?»

«Certo.» disse Josie.

Poi la porta le si chiuse in faccia.

CINQUANTADUE

Josie aveva perso tre chiamate di Carrieann e due messaggi in cui le chiedeva aggiornamenti. Josie rispose che avevano trovato Kim Conway a casa di Luke e l'avevano presa in custodia, ma che non aveva avuto alcuna informazione utile. Carrieann voleva sapere cosa sarebbe successo ora che Eric Dunn era morto e se sarebbero riusciti o meno a trovare Luke. Josie non aveva il coraggio di tornare a casa e affrontarla sapendo che l'unica cosa che aveva da offrire erano altre domande e nessuna risposta. Le confermò che stava ancora lavorando per trovare Luke, ma era una specie di bugia perché non sapeva da dove ripartire. Quello che sapeva era che Peter Rowland le aveva mentito. Era una coincidenza troppo assurda che fosse lui il donatore dello scambio e che per puro caso si trovasse in città e fosse disposto a offrire una ricompensa per la restituzione di Victor Derossi.

Josie era stata a casa di Noah solo un paio di volte, per andarlo a prendere o per riaccompagnarlo quando provavano i veicoli forniti dal dipartimento, ma non era mai entrata. Ora si trovava sulla soglia di casa sua, saltellando da un piede all'altro per riscaldarsi. Viveva in una piccola casa in stile ranch, assolutamente priva di ornamenti. Non c'era nemmeno un tappetino di benvenuto sul gradino. Viveva sicuramente da solo. Suonò il campanello per la terza volta. Finalmente la luce sopra la porta si accese. La porta si aprì cigolando e Noah le comparve davanti con indosso solo i boxer. Era evidente che stava dormendo. I suoi folti capelli castani erano spettinati, gli occhi pesanti per la stanchezza. Sbatté le palpebre. «Boss?»

«Scusami se ti disturbo così tardi» disse Josie. «Posso entrare?»

Lui si fece da parte e la lasciò entrare. Lei si fermò quando notò la cicatrice sulla spalla destra. Anche se era stata lei a procurargliela durante il caso delle ragazze svanite, non l'aveva mai vista prima. Noah la guardò e vi strofinò sopra le dita. «Non fa male.» disse.

«Io... io...» fece con voce strozzata.

Lui rise. «Lo so, lo so. Ti dispiace. Non serve che tu lo dica di nuovo. Dai, vieni in cucina.»

La casa era arredata con mobili che sembravano di seconda mano. Tutto era funzionale. Aveva quello che gli serviva, e solo quello: un vecchio divano a due posti afflosciato al centro; un tavolino da caffè scrostato con sopra solo un telecomando; un televisore su un mobile multimediale a tre ripiani che conteneva solo un lettore DVD e quello che sembrava una console per videogiochi. La cucina sembrava provenire direttamente dagli anni Settanta. Al centro c'era un tavolino con due sedie. Ne tirò fuori una per lei e si avvicinò al lavello della cucina. Dal mobile sopra di esso estrasse una confezione di caffè.

«So che non è un granché» disse. «Mia madre mi chiede sempre di metterci mano, ma in realtà passo pochissimo tempo in casa.»

Josie si sedette al tavolo e lo guardò mentre riempiva d'acqua la caffettiera; era l'unica cosa moderna della casa. «Ti sto facendo lavorare troppo.» disse.

Lui lanciò un sorriso al di sopra della spalla. «No, sto bene.» Versò l'acqua all'interno della caffettiera e si girò verso di lei, appoggiando la schiena al bancone. Ancora una volta, gli occhi di Josie furono attratti dalla cicatrice. Le vennero in mente le cicatrici che costellavano irregolari il torso di Luke. Alcune dovute agli spari stessi e altre al punto in cui i medici lo avevano aperto. Si chiese se ne avrebbe mai ripassato con le dita i contorni. Poi si chiese se davvero avrebbe voluto rifarlo: le aveva mentito e forse l'aveva tradita.

«Che succede?» disse Noah.

Gli raccontò dei messaggi di Diana Sweeney e del suo incontro con Rowland. Noah emise un fischio basso. «Non me l'aspettavo.»

«Nemmeno io.»

«Allora, a cosa stai pensando?»

«E se il motivo per cui non abbiamo trovato il bambino nella chiesa e per cui la culla sembrava inutilizzata fosse che è stato Rowland a rapirlo?»

«Boss...»

«Aspetta, sta' a sentire. Se Misty è stata informata dello scambio, non è logico che lo sia stato anche Rowland?»

«Ma non avrebbero violato la privacy di Misty dicendo a Rowland chi era la destinataria, e tu hai detto che lui sapeva che il suo campione non era stato distrutto. E anche se lo sapesse, perché avrebbe dovuto prendere il bambino? Cosa se ne farebbe di un bambino? Credo che tu stia esagerando.»

Prese due tazze da un altro mobile e ci versò del caffè fumante preparandole la sua esattamente come piaceva a lei e gliela porse.

Josie proseguì: «È una strana coincidenza, però, non credi?»

«Cosa? Che abbia offerto una ricompensa per un bambino che potrebbe essere suo? Beh, è sicuramente una strana coinci-denza.» concordò Noah.

«Non è una coincidenza.» insistette Josie.

«Non abbiamo prove che colleghino Rowland a Misty, a parte lo scambio di campioni, e sappiamo che la banca del seme ha mantenuto la riservatezza.»

«Ma forse non l'hanno fatto. Io ho ottenuto quelle informazioni.»

Noah posò la sua tazza sul tavolo e si sedette di fronte a lei. Le fece un sorriso sbilenco. «Hai imbrogliato.»

«Solo perché passare per i canali ufficiali avrebbe richiesto troppo tempo. Diana mi ha detto che il loro ufficio legale impiega dai sette ai dieci giorni per elaborare i mandati. È molto probabile che a Rowland basti un buon avvocato per ottenere quelle informazioni, e so che può permettersene uno.»

Noah si passò una mano tra i capelli. «Secondo me è una forzatura. Perché mai Rowland dovrebbe offrire una ricompensa per un bambino che ha già?»

«Per far credere di non avere il bambino.» rispose Josie.

«Okay, quindi vuoi dire che Rowland ha sottratto il bambino da sotto il naso di Denny Twitch?»

«No» disse Josie. «Qualcuno che lavora per Rowland. Forse proprio quel tizio, Leo.»

«Va bene, ammettiamo che sia andata così: Rowland scopre che il bambino potrebbe essere suo, ma invece di rivolgersi direttamente a Misty, cosa fa? La fa seguire da uno dei suoi? Per sorvegliarla? Poi nasce il bambino e arriva Twitch. Invece di salvare Misty, aspetta che Twitch la picchi a sangue e prenda il bambino. Poi segue Twitch e gli sottrae il bambino, lo tiene con sé e offre una ricompensa perché venga restituito sano e salvo? Ma a che scopo? Perché Rowland vuole così tanto questo bambino e allo stesso tempo cerca di nasconderlo?»

«Non lo so» disse Josie. «È questa la parte che non riesco a capire. Voglio dire, ha perso una figlia l'anno scorso, forse vede un'altra opportunità con lui.»

«Allora perché agire illegalmente? Perché tutti questi retroscena e con tanto di gorilla? Perché non far contattare Misty dai suoi avvocati e risolvere l'intera faccenda in questo modo?»

Josie emise un sospiro frustrato. Noah aveva ragione. Non aveva senso.

«Boss, ti è venuto in mente che forse vuoi così tanto che il bambino di Misty sia vivo, che ti stai aggrappando al sospetto su Rowland?»

Lei deglutì, distolse lo sguardo da lui. Avvicinò la tazza di caffè e la circondò con entrambe le mani. «Va bene» ammise. «È vero. Non ho salvato Luke, non ho trovato il bambino di Misty. Il bambino potrebbe essere di Ray. Ray era mio marito. Mi rendo conto di quello che vuoi dire.»

«Davvero?»

Lei incrociò di nuovo il suo sguardo. «Lo capisco. Ti assicuro che comprendo il tuo punto di vista.»

Noah sorrise. «Ma?»

«Ma il mio istinto raramente si sbaglia. Voglio perquisire la casa di Rowland.»

A suo merito, Noah non si scompose affatto e disse: «Beh, l'unico modo per farlo è far firmare a un giudice un mandato basato sul fatto che il campione di Rowland è stato scambiato con quello di Ray – informazioni che non possiedi ufficialmente, ricorda – e forse non basterà comunque.»

«Noah, ma se avesse davvero preso il bambino?»

«Un uomo come Peter Rowland non avrebbe alcun motivo per rapire un bambino, soprattutto se pensasse che è suo. Anche se non voleva che si scoprisse la storia della donazione di sperma, avrebbe potuto avvicinare Misty in privato e trovare un accordo con lei. Sono sicuro che ha abbastanza soldi per tenerla buona.»

«Forse aveva paura che lei lo ricattasse. Non la conosce abbastanza per sapere che non lo farebbe. Nemmeno io la conosco abbastanza da sapere che non lo avrebbe ricattato.»

Noah scosse la testa. «Non hai afferrato il punto. Persone come Peter Rowland non hanno bisogno di tattiche da teppisti. Non è come Eric Dunn, che brandiva la sua ricchezza e il suo potere come una clava, distruggendo chiunque lo ostacolasse. Rowland è un noto filantropo. Un benefattore. Siede nei consigli di amministrazione di diverse società e istituzioni benefiche. Sminuisce la sua ricchezza. È mille volte più ricco e di successo di quanto lo sarebbe mai stato Dunn. Lo hai detto tu che non ha nemmeno una guardia del corpo. Rowland non è il tipo di persona che gestirebbe gli affari usando un tirapiedi. Se ne occuperebbe in un'aula di tribunale o con contratti, accordi di riservatezza e pagamenti.»

Josie non poteva negare che la valutazione di Noah su Peter Rowland sembrava esatta, sulla base di quanto sapeva su quell'uomo.

«Ascolta» continuò Noah. «Sei sconvolta per quello che è successo oggi ai Dunn's Flats. Hai bisogno di dormire. È tutto incasinato in questo momento. La cosa migliore che puoi fare è andare a casa, dormire un po' e tornare a parlarne domattina.»

«Mi stai liquidando?»

Lui rise. «L'ultima volta che l'ho fatto, mi hai sparato. Secondo te?»

Josie arrossì. Aprì la bocca per dire di nuovo che le dispiaceva, ma la chiuse. Noah si protese in avanti, sopra il tavolo, e le toccò leggermente la mano. «Boss» disse. «Cerca di dormire qualche ora, okay? È tutto ciò che ti chiedo. Puoi restare qui, a dormire sul mio divano, e domattina decideremo come muoverci.»

Josie bevve un lungo sorso di caffè e spinse la tazza verso Noah. «Grazie.» disse.

Lui la accompagnò in salotto e la guardò raggomitolarsi sul divano. «Ti prendo una coperta.» le disse.

Lei si stava addormentando prima ancora che lui tornasse a

portargliela. Le stese la coperta addosso. Senza aprire gli occhi, lei borbottò: «Noah. Rowland ha una governante. Forse possiamo parlare con lei...»

Lo sentì ridacchiare sommessamente e la sua mano stringerle la spalla. «Domani, Boss. Ne parliamo domani.»

CINQUANTATRÉ

VENERDÌ

«È una perdita di tempo.» disse Noah.

«Shhh» disse Josie, agitando una mano nella sua direzione. «Credo di vedere qualcosa.»

Scrutò attraverso il parabrezza, fissando il viale d'ingresso della casa di Rowland. Dopo aver dormito qualche ora, Josie e Noah erano tornati a casa di Rowland. Erano rimasti tutto il giorno seduti a diversi metri dal vialetto nella Escape di Josie, in attesa che la governante lasciasse la proprietà.

«Un cervo.» disse Noah.

Infatti, una cerva spuntò dal fogliame che circondava l'imboccatura del vialetto e poi si avvicinò timidamente alla strada. Josie sbuffò. All'inizio avevano aspettato che Rowland se ne andasse – guidava una Mercedes-Benz – e si erano recati alla casa, bussando, suonando il campanello e facendo il giro per vedere se riuscivano a individuare la governante all'interno. Niente. Poi Noah aveva indicato le varie telecamere che Rowland aveva piazzato in tutto il giardino. Si erano allontanati, monitorando il vialetto da lontano. Josie era certa che la governante sarebbe uscita prima o poi e che avrebbero potuto seguirla e interrogarla.

«Ma l'hai vista questa donna?» chiese Noah.

Josie fece una smorfia. «Certo che l'ho vista. Io...» Ma non l'aveva vista. In realtà non aveva visto nessuno. Perché Rowland avrebbe dovuto mentire? «Ha detto che si chiama Marie» disse Josie. «Perché mi avrebbe detto il suo nome se non esiste?»

Noah sospirò. «Per farti credere che abbia davvero una governante di nome Marie. Potrebbe essere chiunque. Forse ha un'amante segreta di cui non vuole che si sappia nulla. O un animale esotico illegale.»

Josie rise. «Un animale esotico? Per esempio?»

«Non lo so. Per esempio, una di quelle scimmie cappuccine o qualcosa del genere. Quel tipo è ricco e stravagante. Oppure sta tramando qualcosa e voleva solo cercare di depistarti, di sbarazzarsi di te.»

«Pensi che sia così diabolico?»

«Non sono io a sospettare che nasconda un bambino in casa.»

Josie gemette. Anche lei cominciava a pensare che fosse un'enorme perdita di tempo. Forse si stava arrampicando sugli specchi ora che Dunn se n'era andato, tentando di forzare un miracolo.

«Ti è venuto in mente che, se avesse il bambino, ed è un grande se, potrebbe non tenerlo a casa sua? Voglio dire, Dunn non aveva nascosto Luke in un posto che potesse ricondurre a lui.»

«Lo so» disse Josie. «Ho chiesto a Gretchen di controllare i registri catastali questa mattina, ma questa è l'unica proprietà di Rowland nella contea. Per ora è l'unica pista che abbiamo. Forse la governante può dirci qualcosa di utile.»

Un suono squillante riempì l'abitacolo.

«È il tuo telefono?» chiese Noah.

Josie prese il cellulare dal portabicchieri in mezzo a loro e guardò lo schermo. «È Gretchen.» disse.

«Boss» disse Gretchen quando Josie rispose. «Credo che

abbiamo trovato il tizio di nome Leo di cui parlava Kim Conway.»

CINQUANTAQUATTRO

Josie e Noah attesero che altri due agenti gli dessero il cambio da Rowland e si diressero verso il luogo in cui li attendeva Gretchen. La strada che conduceva al silo di grano abbandonato a un miglio dietro la casa di Luke era sterrata e accidentata e loro vennero sballottolati da una parte all'altra mentre procedevano a bordo della Escape. Tutto intorno c'erano infestanti ed erba incolta, che sembrava volessero avvinghiarsi all'auto di Josie. In mezzo al campo sulla sinistra c'era una vecchia mietitrebbia arrugginita, con il tettuccio cadente. L'aria di desolazione che aleggiava su quel campo incolto si accentuò quando si fermarono dietro la Chevy Cruze di Gretchen e intravidero la scena del crimine poco più avanti. Accanto, c'era il pick-up della dottoressa Feist. Josie posteggiò la Escape e scese insieme a Noah. Accanto al silo, delimitato da un nastro per scene del crimine, c'era una Ford Fusion nera. Una berlina a quattro porte, proprio come l'aveva descritta Kim Conway.

Gretchen apparve accanto a loro, con un rotolo di nastro giallo in mano. La dottoressa Feist girava intorno alla berlina, sbirciando dentro il finestrino del lato passeggero.

«Stiamo aspettando la Scientifica.» spiegò Gretchen.

Josie fece qualche passo verso l'auto e vide degli schizzi di sangue sul finestrino del lato guida. Sentì una stretta al petto. «Un altro morto.»

Gretchen annuì. La dottoressa Feist si avvicinò. «Sembra proprio l'altro uomo che cercavate. Ferita d'arma da fuoco al lobo temporale anteriore. Una pistola è abbandonata sul sedile di fianco.»

Noah chiese: «Si è sparato da solo?»

La dottoressa Feist scosse la testa. «Ne dubito. La maggior parte delle persone che si sparano si mettono la pistola in bocca o sotto il mento. Sarebbe piuttosto scomodo tenere la canna a lato della testa in quel modo. Quando lo porteremo all'obitorio, farò un esame delle mani per verificare la presenza di residui di polvere da sparo.»

«Maledizione.» disse Josie.

Gretchen disse: «L'auto è registrata a nome di Leonard Nance del Queens, New York. Una volta fotografata e analizzata la scena, vedremo se ha qualche documento di identità, ma credo che possiamo dire con certezza che si tratta di quel Leo con cui Kim Conway doveva incontrarsi qui.»

Josie disse: «Avremmo dovuto far fare a *lei* un esame per verificare la presenza di residui di polvere da sparo sulle mani. Ecco perché si stava facendo la doccia da Luke. Noah, chiama qualcuno che venga a prenderti e vai a casa di Luke a cercare i vestiti di Kim. Se ha sparato a quest'uomo a distanza ravvicinata in una macchina, si sarà sporcata di sangue.»

Noah annuì e prese il telefono, allontanandosi di qualche passo per fare la telefonata.

«Gretchen» disse Josie. «Rimani qui, aspetta la Scientifica e chiamami se trovi qualcosa di interessante. Tornerò alla centrale e farò una ricerca su Nance. Vedrò cosa riesco a scoprire. Il Queens non è molto lontano da Manhattan. Spero di riuscire a trovare un collegamento tra lui e Peter Rowland.»

Un'ora più tardi, Josie era seduta dietro la scrivania,

massaggiandosi le tempie. Leonard Nance era un fantasma: era riuscita a trovare il suo indirizzo nel Queens e una data di nascita che attestava che aveva cinquantaquattro anni, ma nient'altro. Nessun precedente penale, nessun percorso di studi, nessun lavoro, nessun parente... non era nemmeno riuscita a trovare un indirizzo precedente. L'unica cosa che aveva trovato era che da giovane aveva prestato servizio nell'esercito per otto anni. A parte questo, non aveva tracce digitali. Nemmeno dopo che Gretchen le ebbe inviato una foto della sua patente di guida, Josie era riuscita a trovare qualcosa di utile. Né aveva trovato alcun collegamento tra Nance e Peter Rowland. Ciononostante, era ancora convinta che avesse lavorato per lui.

Pensando a come aveva scoperto il collegamento tra Kim Conway ed Eric Dunn, aprì Google e digitò il nome di Peter Rowland. Cliccò su "Immagini" e iniziò a scorrere. C'erano migliaia di foto di quell'uomo. Noah aveva ragione: aveva donato molto generosamente a moltissimi enti di beneficenza.

La maggior parte delle foto che lo ritraevano erano state scattate in occasione di eventi di beneficenza. Molte lo raffiguravano su un tappeto rosso, con un completo elegante, mentre sorrideva alle fotocamere. Spesso, al suo fianco c'erano la moglie e la figlia, sorridenti e radiose. La moglie, con gli zigomi alti e sottili e i capelli biondi e lucidi, sembrava una top model. Sua figlia Polly era quasi una fotocopia della madre, tranne che per il naso adunco, che aveva chiaramente preso dal padre. Josie scorse migliaia di foto di Rowland prima di trovare quello che cercava a pagina ventotto della ricerca su Google. Si trattava di un'immagine di Peter Rowland che passeggiava a Central Park. Indossava pantaloni kaki, una polo gialla e mocassini. Il vento gli scompigliava i capelli. Portava gli occhiali da sole e teneva gli occhi puntati sul cellulare. Accanto a lui, abbastanza lontano da far sembrare che non stessero camminando insieme, c'era Leonard Nance. Vestito completamente di nero, con lo sguardo fisso davanti a sé; la fotocamera lo aveva colto mentre faceva un passo.

«Bingo.» mormorò Josie.

Noah fece capolino dalla porta.

«Ehi» disse Josie, facendogli cenno di entrare. La sua presenza contribuì a ridurre il martellamento della sua testa. «Hai trovato qualcosa?»

Lui si accigliò sedendosi di fronte a lei. «I vestiti nella lavatrice.»

«Oh mio Dio.» disse Josie.

«Boss, non ti colpevolizzare.»

«Non siamo stati abbastanza accurati.» disse lei.

«La gente si fa la doccia» le fece notare Noah. «Kim Conway era una vittima di violenza domestica. Pensavamo fosse nei guai. Non sapevamo nemmeno dell'esistenza di Leonard Nance fino a quando non siamo andati a prenderla. Ho già chiamato Gretchen. Manderà la Scientifica da Luke dopo che avranno finito di lavorare al silo per esaminare di nuovo la casa. Raccoglieremo tutto e lasceremo che sia il procuratore distrettuale a occuparsene.»

«Il procuratore non vorrà procedere. La ragazza ha già ammesso di essere stata nella sua auto e di essere andata al silo, quindi, anche se trovassimo le sue impronte su tutta l'auto, non è una prova schiacciante. Può facilmente invocare l'autodifesa, e probabilmente è di questo che si è trattato. Penso che Leonard fosse un mercenario pagato per fare il lavoro sporco al servizio di qualcuno più ricco e potente, come Peter Rowland. Dio solo sa cosa intendeva fare con lei.»

«Hai trovato un collegamento tra Leonard Nance e Peter Rowland?» chiese Noah.

Gli fece cenno di avvicinarsi alla scrivania per fargli vedere la foto che aveva trovato.

«Tutto qui?» chiese lui.

«Sì. Ed entrambi vivono a New York.»

«Boss, non so...»

«Noah, questo è tutto ciò che abbiamo al momento. Il bambino e Luke sono ancora scomparsi. Devo seguire ogni pista.»

Lui tornò alla sedia di fronte alla scrivania e si sedette. «Posso capire il collegamento tra Rowland e il bambino, ma perché Rowland avrebbe mandato qualcuno a cercare Kim?»

«Kim ha detto che Leo le ha chiesto del crollo dell'edificio» disse Josie. «Voleva i video in suo possesso.»

«Perché Rowland avrebbe dovuto cercare prove incriminanti contro Dunn? Stava cercando di fare un accordo con lui per mettere i suoi sistemi di sicurezza e sorveglianza negli hotel e nei casinò. Voleva quei video per ricattare Dunn, ma a che scopo? Rowland non aveva bisogno di ricattarlo. E anche se Rowland avesse avuto una buona ragione per mettere le mani su quei video, cosa che noi ignoriamo, cosa c'entra tutto questo con Luke?»

Non voleva dirlo, non voleva pensarlo, ma lo aveva già fatto, molte volte nelle ultime ore. «Probabilmente niente. Credo sia più probabile che Dunn abbia fatto uccidere Luke.» Non riuscì a evitare che la voce le si incrinasse. Si strofinò gli occhi.

«Josie.» disse Noah a bassa voce.

Lei agitò una mano, ricomponendosi. «Sto bene. Ascolta, le possibilità di trovare Victor sono ancora molto alte, soprattutto se non è mai passato per le mani di Dunn e se Rowland pensa che sia suo figlio. Possiamo cercare di concentrarci su questo?»

«Va bene» disse Noah. «Ma devi sapere che non ho rinunciato a trovare Luke.»

Lei gli rivolse un sorriso malinconico. Neanche lei si era arresa: aveva solo capito che ora stavano cercando un cadavere.

Dall'altra parte della porta del suo ufficio giunse il rumore di una discussione. Si alzò, ma Noah era già alla porta. «Me ne occupo io.» disse.

Fuori, due dei suoi agenti stavano discutendo animatamente

per il telecomando del televisore comune. «Si incazzerà se la ritrova accesa. Spegnila.» disse uno di loro.

«Stanno mostrando un'intervista fatta a King dopo il suo primo arresto. È un filmato inedito!» disse l'altro agente, allontanando il telecomando dalla portata del collega.

Sul televisore c'era un altro servizio sul processo al killer dell'Interstatale, con Trinity Payne in collegamento dal tribunale della contea di Alcott. Il sottopancia recitava: *"Giurato sviene. Il processo si aggiorna al pomeriggio"*. Intanto, Trinity riportava le notizie: «Oggi ai giurati sono state mostrate le foto della scena del crimine dell'ultima vittima conosciuta di Aaron King. Le immagini erano così raccapriccianti che uno dei giurati, un uomo sulla sessantina, è svenuto, provocando agitazione in aula.»

Sentendosi una madre che interrompe una lite tra i figli, Josie si avvicinò e tese la mano. «*Sono* incazzata. Vi ho detto in più di un'occasione di spegnere questa porcheria. Potrete guardarla in streaming più tardi, nel tempo libero.»

L'agente con il telecomando lo consegnò immediatamente. «Scusi, Boss.» borbottò.

«Come promesso» continuava Trinity dopo aver descritto la scena in aula, «uno dei nostri collaboratori ha riportato alla luce questa intervista che King aveva rilasciato subito dopo essere stato accusato degli omicidi sull'Interstatale.»

Josie alzò il telecomando per spegnere il televisore proprio mentre sullo schermo appariva un giovane uomo in tuta arancione, con i capelli castani corti e ben pettinati, il viso rasato e gli occhi penetranti come sempre. Lo stavano portando in manette da un furgone dello sceriffo all'interno del tribunale della contea di Alcott. I giornalisti gli urlavano domande. Quando lui sorrise, Josie si sentì attraversare da una scossa fredda. Per un attimo fu così disorientata da ciò che stava vedendo che non riuscì a parlare. Rasato, con i capelli in perfetto ordine, King non sembrava affatto lui.

Noah e i due agenti la fissarono. Il braccio le faceva male a forza di tenere in alto il telecomando. Non sentì nulla di ciò che diceva King. Era troppo impegnata a guardarlo in faccia.

«Boss?» chiese Noah.

Lei gli passò il telecomando. «Vai a prendere Rowland. Subito. Voglio che lo faccia tu. Porta con te un agente in uniforme.»

Tornò nel suo ufficio.

«Dove stai andando?» le chiese Noah da lontano.

«Devo parlare con Trinity.»

Si chiuse la porta alle spalle. Ci vollero tre tentativi per riuscire a contattare Trinity al telefono. «Che cosa vuoi? Ero nel bel mezzo di una diretta» disse lei con petulanza. «Non che sia tenuta ad aiutarti. Non mi hai nemmeno chiamata quando Eric Dunn è morto. È vero che eri presente?»

Josie sgranò gli occhi. «Sì, c'ero. Sì, se vuoi ti concedo un'intervista. Non mi interessa. Adesso ho bisogno di informazioni da te.»

«Un'intervista con la telecamera» pretese Trinity. «Un'esclusiva.»

«Bene, come vuoi. Mi aiuterai?»

Trinity sospirò. «Sarà meglio che sia una buona storia. Buona e grossa.»

«Penso proprio di sì.»

«Bene. Cosa vuoi sapere?»

«Quanto ne sai del killer dell'Interstatale?»

Rise. «Tutto. So tutto.»

CINQUANTACINQUE

Dopodiché telefonò a Diana Sweeney. Le disse cosa stava cercando, aspettandosi che Diana la mandasse al diavolo; invece, accettò prontamente di aiutarla e annotò il numero di cellulare di Trinity Payne. Dopo aver riattaccato, Josie controllò i messaggi arrivati mentre parlava con Diana. Erano di Noah. *"Sto portando Rowland, ma devi sapere che era a pranzo con il sindaco quando siamo andati a prenderlo".*

Josie mugugnò, sentendo il martellamento della testa peggiorare. Una rapida occhiata al cassetto della scrivania e trovò dell'ibuprofene che ingoiò a secco prima di dirigersi verso la sala conferenze. La tensione le bloccò il respiro quando, sbucando dalla tromba delle scale, trovò Tara Charleston che camminava davanti alla porta della sala conferenze, con il suo tacco dieci nero che batteva freneticamente sulle piastrelle; nel momento in cui si scambiarono uno sguardo, per un attimo credette che il sindaco l'avrebbe raggiunta e presa a schiaffi.

«Ma è impazzita?» inveì, con le guance arrossate. «Cosa diavolo crede di fare?»

«Avevo bisogno di parlare con Mr. Rowland.» replicò Josie, a braccia conserte.

«E per questo l'ha fatto arrestare come un comune criminale? Ha mandato un agente in uniforme!»

«Non l'hanno ammanettato, no?» chiese Josie.

Tara si stizzì. «No, perché Mr. Rowland è un gentiluomo ed è stato così cortese da seguire i suoi agenti. Non è questo il punto. Lei sta rischiando di essere rimossa dalla sua carica. Le manca tanto così.»

«Vuole rimuovermi per aver fatto il mio lavoro?»

Tara pungolò una spalla di Josie con un'unghia. «Il suo lavoro? È così che fa il suo lavoro? Prima Eric Dunn rimane ucciso e ora ha fatto trascinare qui Peter Rowland per rispondere a delle domande... su cosa? Che cosa vi serve da lui che non possiate chiedergli in modo più discreto? È già abbastanza grave che mi abbiate lasciato a gestire da sola l'incubo della faccenda su Dunn. E ora questo.»

«Incubo?» ripeté Josie.

Tara emise un verso di frustrazione. «Non crede che l'uccisione di Eric Dunn nella nostra città sia un incubo di proporzioni *colossali*? L'avvocato della madre mi ha già contattato ritenendomi responsabile.»

Josie rise. «Responsabile? Ma per favore. Era nel suo stesso cantiere. Ha palesemente ignorato le norme di sicurezza previste, il che ha reso più facile per qualcuno entrare nei locali e compromettere l'integrità dell'edificio. Lasciamo che se ne occupi l'avvocato comunale.»

«Oh, certo» rispose Tara. «Come se fosse così facile. La stampa mi sta addosso e non sono sicura di poterla gestire.»

«Non c'è un addetto stampa?» chiese Josie, che si sentiva sempre più irritata. Tara voleva solo qualcuno con cui lamentarsi e Josie non aveva tempo per stare ad ascoltarla. «Senta, devo parlare con Mr. Rowland.»

«Lo faccia e lo lasci andare, e si auguri che io riesca a sistemare la faccenda con lui. Se non ci riesco, in questa città lei ha chiuso.»

CINQUANTASEI

NEWS 4 Gainesville
Gainesville, Florida
4 agosto 2017

Pedone ucciso da un pirata della strada

*Venerdì, molto presto, il diciannovenne Joshua Johnson,
di Gainesville, è stato investito e ucciso da un pirata
della strada mentre camminava sul marciapiede. La
polizia ritiene che l'incidente sia avvenuto tra le 4 e le 5
del mattino lungo la Southwest 34th Street, vicino a
Windmeadows Boulevard. Johnson, che era in libertà
vigilata per una recente condanna per furto con scasso,
stava camminando verso una vicina tavola calda dove
aveva trovato lavoro come cuoco. Un automobilista di
passaggio ha visto il suo corpo sul marciapiede e ha chiamato il 911. Il ragazzo è stato dichiarato morto sul posto.
Chiunque abbia informazioni è pregato di chiamare la
polizia.*

CINQUANTASETTE

Aspettarono un'ora prima che si presentasse un avvocato per conto di Rowland. Josie lo riconobbe dai casi penali di più alto rilievo che si svolgevano nella contea di Alcott. Non sapeva se Rowland lo tenesse a contratto per gestire le questioni locali o se lo avesse chiamato dopo che lo avevano condotto alla centrale, ma sapeva che era un eccellente penalista. Nel momento in cui lei e Noah entrarono nella stanza degli interrogatori, lui si lanciò immediatamente in una filippica sulla miriade di violazioni dei diritti di Rowland.

«Aspetti» lo interruppe Noah. «Abbiamo chiesto a Mr. Rowland di venire in centrale per rispondere ad alcune domande e lui ha accettato. Non gli abbiamo letto i suoi diritti. È libero di andarsene in qualsiasi momento.»

«Siamo qui solo per parlare.» aggiunse Josie.

L'avvocato li guardò dall'alto in basso, finché Peter Rowland, che era seduto accanto a lui e sorrideva gentilmente, non gli toccò il braccio. «Va tutto bene» lo rassicurò Rowland. «Prego. Vediamo perché ci hanno chiesto di venire qui.»

Con riluttanza, l'avvocato si sedette accanto a Rowland.

Noah si sedette mentre Josie rimase in piedi. «Da quanto tempo Leonard Nance lavora per lei?» gli chiese.

La fronte di Rowland si aggrottò. «Mi scusi, chi?»

Josie tirò fuori il suo telefono e visualizzò la foto di Nance con metà della testa mancante che Gretchen aveva inviato dalla scena del crimine. La girò verso i due uomini. Bisognava riconoscere che nessuno dei due mostrò alcuna reazione. L'avvocato disse: «Credo che per oggi si sia parlato abbastanza.»

Rowland disse: «Non conosco quell'uomo.»

L'avvocato si alzò, sistemandosi la giacca del completo. «Non so cosa stiate cercando di ottenere, ma ora ce ne andiamo» disse. «Se avete qualcosa di rilevante da chiedere al mio cliente, potete contattare il mio ufficio.»

Josie guardò direttamente Rowland, ancora seduto al tavolo. «So di Aaron King.» disse Josie.

La stanza divenne stranamente silenziosa. Sentiva che l'avvocato e Noah la stavano fissando, ma i suoi occhi erano fissi su quelli di Rowland, con un silenzioso flusso di comunicazione che scrosciava tra di loro. Senza staccare gli occhi da quelli di Josie, Rowland fece un cenno con le dita al suo avvocato, il quale si chinò in modo che il suo cliente potesse parlargli all'orecchio. Ci fu una breve ma accesa discussione che Josie non riuscì a capire. Poi l'avvocato si raddrizzò e, fissando Josie, disse: «Aspetterò fuori.»

Josie fece un cenno a Noah, che uscì dalla stanza. Quindi andò a sedersi di fronte a Rowland.

Lui appoggiò i gomiti sul tavolo e congiunse le mani, appoggiandovi il mento. «Mi dica, Capo, cosa crede di sapere su Aaron King? Stiamo parlando di Aaron King, il killer dell'Interstatale, vero?»

«Sì» disse Josie. «So che è suo figlio.»

Rowland rimase perfettamente immobile. Il suo sguardo si allontanò dal viso di lei, oltre le sue spalle. Per un attimo pensò che stesse cercando una telecamera, ma il suo volto aveva assunto un'espressione vuota e distante. Josie aspettò a lungo. Infine, disse: «Come ha avuto questa informazione?»

«Ho le mie risorse.»

Ora i suoi occhi erano fissi su quelli di lei, lo sguardo di nuovo attento. «Vorrei sapere quali sono le risorse che le hanno permesso di ottenere informazioni così riservate. Sa, possiedo una serie di software altamente sofisticati creati e implementati da un team di esperti hacker che non riescono a mettere le mani su informazioni così sensibili come quelle che lei sostiene di aver trovato negli ultimi due giorni. Forse dovrei assumerla.»

Eccolo lì, a fare lo splendido. Josie si rese conto che era quello il suo mestiere. Era gentile, educato, complimentoso, ma era solo un diversivo. Così disse: «A volte basta fare le domande giuste alle persone giuste. Da quanto tempo sa che Aaron King è uno dei suoi figli?»

«In che modo questo ha rilevanza per la vostra indagine sul rapimento di Victor Derossi?» chiese Rowland.

Il suo silenzio le fece capire che aveva avuto una buona intuizione. Avrebbe avuto le prove entro uno o due giorni. Per allora avrebbe potuto persino disporre di prove più schiaccianti. Non era ancora sicura del significato di tutte le coincidenze. Aveva bisogno di molte più informazioni prima di poterle usare correttamente come leva contro Rowland. Ma se c'era anche solo una possibilità che fosse stato lui a rapire Victor o che sapesse dove si trovava, lei doveva fare una mossa immediata, soprattutto finché il suo avvocato rimaneva fuori dalla stanza. «Perché non mi dice cosa c'entra il killer dell'Interstatale con Victor Derossi?» gli chiese. Potevano giocare tutti e due al suo gioco di rispondere a una domanda con un'altra domanda.

«Vorrei saperlo. Cosa pensa di fare con queste informazioni?»

«Non è ciò che ho intenzione di fare che deve preoccuparla.»

«In che senso?»

«Trinity Payne lo sa.»

Impallidì. «La giornalista?»

Josie annuì. «Segue il processo contro Aaron King. È molto scrupolosa. Una volta pensavo che fosse una cosa negativa, ma nell'ultimo anno e mezzo ho scoperto che le sue conoscenze sono molto utili.»

«Cosa intende fare con queste informazioni la Payne?»

«Non lo so e non mi interessa. Quello che mi interessa è salvare Victor Derossi. Adesso so che Leonard Nance lavorava per lei. So che ha sottratto il bambino a Eric Dunn, e so che poi si è avvicinato a Kim Conway per il suo legame con Dunn, che poi è morto.»

«Se ha delle prove per queste affermazioni, sono sicuro che il mio avvocato sarebbe interessato, così come lo sono io.»

Josie lo ignorò. «Dov'è Victor Derossi?»

Lui fece un debole sorriso. «Vorrei poterla aiutare, davvero, ma non so nulla del rapimento di Victor Derossi. Dico sul serio, capo Quinn, se avessi saputo cosa è successo al piccolo Victor, sarei venuto nel suo ufficio giorni fa. Ho chiesto al mio avvocato di uscire per le informazioni di cui siete venuti a conoscenza... Non voglio certo che la mia vita si trasformi in un circo. Sicuramente può immaginare che, se venissi collegato in questo modo ad Aaron King, la pubblicità sarebbe molto dannosa sia per la mia vita personale che per i miei affari.»

«Allo stesso modo in cui il suo legame con Victor ostacolerebbe la mia indagine?» domandò Josie.

«Suvvia, Capo. Lei ha dovuto sopportare lo scrutinio dei mass media, dico bene?»

Era vero, ma non era intenzionata a dargli ragione, e quando non rispose, Rowland continuò: «Sono certo che comprenderà perché non voglio che queste informazioni siano rese pubbliche. Che siano vere o meno.»

«Allora siamo a un punto morto, perché non posso aiutarla. Sono qui per un solo motivo: trovare Victor Derossi.»

«Sono poche le impasse che il denaro non può risolvere.» disse Rowland.

«Cosa intende dire?»

«Quanto ci vorrebbe perché lei dimenticasse ciò che sa e chiedesse a Trinity di fare lo stesso? Sicuramente ci sono storie più succose in giro.»

«Non prendo tangenti e non posso parlare per Trinity.»

«Non è una tangente» disse Rowland. «Le sto chiedendo di svolgere un servizio.»

«Io sono al servizio della città di Denton.» gli ricordò.

«Sì, e io sono uno dei suoi cittadini. Devo ricordarle la mia recente donazione al Centro per le Donne, di cui il sindaco ha grande bisogno?»

Josie sollevò un sopracciglio. «Sta minacciando di ritirare i fondi?»

Lui allargò le mani in un gesto di impotenza. «Non credo che il sindaco vorrebbe che il suo centro fosse finanziato dal padre di un serial killer.»

«Allora l'impasse non può essere superata. Grazie per il suo tempo.»

CINQUANTOTTO

Mentre Gretchen si occupava della scena del crimine di Nance e Noah pedinava Rowland, Josie non aveva altra scelta che dedicare un po' di tempo a mettersi in pari con le sue mansioni da capo; passò il resto della giornata a concedere gli straordinari, a rivedere il calendario del personale, a rispondere alle lamentele all'interno del suo dipartimento sia e dei cittadini nei confronti dei suoi agenti. Si trattava per lo più di cose di poco conto, facilmente risolvibili. Autorizzò le richieste d'acquisto di attrezzature e si occupò di alcune valutazioni trimestrali.

Ma le risultava difficile rimanere seduta alla scrivania quando la sua mente era così consumata dall'ansia. Continuava a controllare il telefono, ma non c'erano notizie né da Trinity né da Diana. Rivedeva in continuazione la scena con Rowland: era arrivato a corromperla per tenere nascosto il suo legame con Aaron King, ma non intendeva rinunciare a Victor Derossi. Perché ammettere di aver rapito un bambino, o di avere contribuito a farlo, lo avrebbe fatto molto probabilmente finire in prigione.

Doveva esserci qualcun altro coinvolto. Qualcuno che si stava occupando del bambino. Supponendo che Victor Derossi fosse ancora da qualche parte a Denton. Josie mandò un messaggio alla squadra che si trovava a casa di Rowland, ma non avevano visto alcun segno della presenza di una governante o di chiunque altro che entrasse o uscisse dalla sua proprietà.

La giornata si stava trascinando. Chiese incessantemente aggiornamenti a Gretchen, a Noah e agli altri agenti, ma nessuno aveva nulla di utile da riferire. Cercò di continuare a lavorare sulla montagna di scartoffie che invadevano la sua scrivania, ma con la mente continuava a vagare, immaginando il corpo senza vita di Luke in vari scenari. Come potevano averlo ucciso gli uomini di Dunn? Con un proiettile in testa? Tagliandogli la gola? Lo avevano prima torturato? Cosa ne avevano fatto del suo corpo? Lo avrebbero mai trovato?

Sola nel suo ufficio, consumata dal pensiero di Luke torturato e ammazzato, finalmente lasciò uscire le lacrime che avevano lottato per scoppiare. Liberò la tensione e la paura che negli ultimi giorni avevano imperversato dentro di lei. Poi si asciugò il viso, si passò un po' di fondotinta e si avviò verso casa. Aveva bisogno di bere. Un drink abbondante. Carrieann la aspettava a casa, con una pizza ancora intatta davanti a sé sul tavolo del soggiorno. Era accasciata davanti alla televisione in una posizione quasi identica a quella di Luke il giorno in cui tutto era cominciato. Le lanciò un'occhiata e fu abbastanza gentile da non menzionare gli occhi arrossati.

«Immagino che se ci fossero state delle novità, mi avresti chiamata.» disse con tono deciso mentre Josie prendeva posto accanto a lei.

«Potremmo avere una pista sul bambino» disse Josie e le raccontò del legame di Rowland con Victor Derossi. «Lo abbiamo convocato» aggiunse. «Si è portato dietro il suo avvocato. Ho avuto modo di parlargli in privato, ma è finita in una situazione di stallo. Carrieann, devo confessarti che ora abbiamo esaurito le piste sul caso di Luke.»

Carrieann la guardò. «E Rowland? Deve avere lui Victor.

Deve... dove altro potrebbe essere quel bambino? Se ha preso Victor da Dunn, allora deve tenere prigioniero Luke.»

«Ma non c'è alcun collegamento tra Rowland e Luke, né alcun motivo per cui Rowland avrebbe sottratto Luke a Dunn. Credo sia importante...» Josie si interruppe, la voce le si incrinò. Si riscosse e ci riprovò. «Penso che sia importante essere realistici.»

Carrieann guardò altrove, asciugandosi le lacrime. Si mise a sedere e appoggiò i gomiti sulle ginocchia, dondolandosi avanti e indietro. Dopo qualche minuto, disse: «Non sono mai stata un'amante del realismo.»

Josie rise. «Davvero? Ti ho sempre ritenuta una persona realista.»

«Pragmatica» precisò Carrieann. «Non è la stessa cosa. Io non mi arrendo e nemmeno tu dovresti farlo. Hai detto che gli uomini di Dunn erano morti quando sei arrivata in quella chiesa. C'erano i loro corpi, ma non il corpo di Luke.»

«Non sappiamo nemmeno se Luke fosse ancora in quella chiesa quando quegli uomini sono stati uccisi. Carrieann, non sappiamo niente.»

«E se ci fosse un collegamento tra Rowland e Dunn? E se fossero stati gli uomini di Rowland ad aver causato l'incidente che ha ucciso Dunn e la sua squadra?»

«Ci ho pensato» ammise Josie. «Solo che non capisco perché avrebbe deciso improvvisamente di eliminarlo, e in un modo che renderebbe evidente che non si è trattato di un incidente. Anche se Rowland, o i suoi uomini, sapevano dove trovare il piccolo Victor, questo è chiaro. Il che significa che probabilmente tenevano d'occhio Dunn e i suoi sgherri da tempo. Forse anche da quando Rowland stava cercando di concludere l'accordo per inserire i suoi sistemi di sorveglianza nel casinò che Dunn voleva costruire qui.» Scosse la testa. «Ho ancora la sensazione che mi manchi qualcosa» disse Josie. «Qualcosa di importante.»

«Beh» disse Carrieann. «Scopriremo cos'è, in un modo o nell'altro.»

Finirono quasi tutta la bottiglia di Wild Turkey che Gretchen aveva portato al cimitero la sera prima. Non le aiutò a risolvere nulla, ma fece sentire Josie un po' meno ansiosa e trasformò Carrieann in un'agitata piagnucolona. Non era il loro momento migliore, pensò Josie mentre inciampava sui gradini che portavano alla sua camera da letto, crollando completamente vestita e a faccia in giù sul letto matrimoniale.

Lo squillo del cellulare la svegliò alle otto del mattino. Non si era mossa per tutta la notte e aveva dormito molto più a lungo del previsto. Si rotolò sul letto, cercandosi addosso il telefono, finché non lo trovò nella tasca posteriore. Aveva solo il 14% di batteria. Rispose con uno stordito «Pronto?»

«Boss?» rispose Gretchen.

Josie si mise a sedere. «Sì.»

«Ho pensato che volessi saperlo. La Feist ha terminato l'autopsia su Nance. Stessa causa di morte di Twitch. La pistola nella sua auto non era registrata. Il numero di serie era stato cancellato. Non abbiamo trovato impronte.»

«Il che significa che qualcuno l'ha ripulita.»

«Esatto.»

Josie sospirò. «Chiama Noah. Ci vediamo alla centrale tra un'ora e decideremo come muoverci.»

«D'accordo.» disse Gretchen e riattaccò.

Inserì il pilota automatico: si lavò i denti, fece la doccia e indossò gli abiti da lavoro. La sua mente era consumata dal sospetto di Carrieann che Rowland avesse preso Luke e il bambino. Ma c'era davvero qualche motivo per cui Rowland avrebbe dovuto farlo? Oppure era lei che cercava disperatamente la minima possibilità che Luke fosse ancora vivo anche al di là dei limiti della plausibilità? Cercò di concentrarsi su Victor Derossi. Era certa che fosse con Rowland.

In ogni altro caso, avrebbe smontato la vita di Rowland pezzo per pezzo. Documenti catastali, aziende, soci, amici. Avrebbe scoperto tutto quello che poteva su di lui e su tutti quelli che conosceva. Avrebbe fatto seguire ai suoi uomini lui e chiunque gli fosse stato associato, se avesse ritenuto che potesse portare al piccolo Victor. Aveva già iniziato questa operazione, ma non riusciva a liberarsi dalla sensazione di non avere più tempo. Rowland non poteva nascondere per sempre un bambino rapito. Soprattutto ora, con le forze dell'ordine che gli stavano col fiato sul collo.

In cucina, mise su il caffè macinato e si appoggiò al bancone, in attesa dell'infusione. I rumori di Carrieann che russava scendevano le scale dal piano di sopra. Josie si concentrò su quel suono per non dover pensare che ogni singolo oggetto nella cucina le ricordava Luke. Dei colpi improvvisi alla porta d'ingresso la fecero uscire dalle sue riflessioni. Mentre Josie si dirigeva verso l'atrio, sentì una voce femminile. «Quinn! April! Devo parlarti subito.»

Josie spalancò la porta e trovò Trinity Payne in piedi sulla soglia di casa. Per la prima volta da quando Josie la conosceva, non sembrava pronta per le telecamere. Indossava una maglietta oversize dei New York Yankees, un paio di pantaloni grigi da ginnastica e degli Ugg. Non si era truccata. I suoi capelli neri erano scompigliati e tra le braccia stringeva un computer portatile e una pila di fogli. Passò di corsa davanti a Josie ed entrò in cucina. «Oh, bene» disse. «Hai fatto il caffè.»

Josie rimase sulla soglia della cucina, con le braccia aperte, a guardare Trinity che iniziava a spargere le pagine sul tavolo. «Sei stata sveglia tutta la notte?»

Trinity alzò lo sguardo dal tavolo e sorrise. «Sì, in effetti, e avrei proprio bisogno di un caffè. Dammi solo un secondo. Fidati, ne varrà la pena.»

Josie prese due tazze dal mobile e versò il caffè a entrambe. «Come lo prendi il...»

«Due zollette di zucchero e tanto mezzo-e-mezzo» la interruppe Trinity. «Sai, metà latte e metà crema, no? Ti prego, dimmi che ce l'hai.»

Josie aprì il frigorifero. «Ma è proprio come lo prendo io.»

Preparò in fretta i caffè e tornò al tavolo. Porse a Trinity una tazza e lei la tracannò. Il tavolo era coperto di articoli di cronaca online, profili di donatori e foto sgranate stampate su carta da ufficio con una stampante in bianco e nero. «Avevo ragione?» chiese a Trinity.

«Su Eric Dunn?»

Trinity posò la tazza, ormai mezza vuota, e annuì. «Sì, avevi ragione. Eric Dunn era figlio di Peter Rowland. Non so come tu abbia fatto questo collegamento, ma è così. Anche Aaron King è figlio di Rowland. Avevi ragione anche su questo.»

«Ripulito per il tribunale, Aaron King è uguale a lui» disse Josie. «La somiglianza con Eric Dunn non è così forte, ma ho cercato su Google e ho trovato alcune foto di lui da adolescente in cui si nota una certa somiglianza con Rowland. Comunque, è stato un colpo di fortuna. Se non avessi saputo che Dunn era figlio di un donatore, non mi sarebbe mai venuto in mente. Trinity, è una faccenda grossa.»

«Oh no, affatto. Non rispetto a ciò che ho trovato.»

Josie sollevò un sopracciglio. Raramente Trinity si entusiasmava così tanto. «Dimmi.» Trinity prese una serie di pagine da un angolo del tavolo.

«Questo è il profilo da donatore di Rowland, quello che mi hai mandato. Ho fatto delle ricerche. La tua amica Sweeney è stata incredibilmente utile. È una miniera, non avrei trovato un bel niente senza il suo aiuto. Comunque, a quanto pare, il campione di Rowland è stato utilizzato *nove* volte.»

Trinity indicò le pagine sul tavolo, tutte fotografie sgranate. «Nove adolescenti dai quindici ai ventiquattro anni. Eric Dunn era il più grande, seguito a ruota da Aaron King. Molti di loro sono nati nello stesso anno e quasi tutti tra la Pennsylvania, New York e il New Jersey. Gli altri erano sparsi per la costa orientale e uno viveva in Ohio.»

Josie guardò le immagini. La maggior parte sembrava provenire da profili Facebook.

«Questa è stata la parte più facile» continuò Trinity. «Diana Sweeney è riuscita a fornirmi i nomi delle coppie. Per rintracciare i giovani c'è voluta un'eternità, ma ce l'ho fatta, ed è qui che la cosa si fa interessante. A eccezione di Aaron King, che è sotto processo per omicidio, *tutti* i figli di Rowland sono morti negli ultimi dodici mesi.»

«Dici sul serio?»

«Assolutamente» rispose Trinity. «Tutti quanti, e senti questa: tutti sono morti in qualche tipo di "incidente".»

Josie dovette sedersi. Trinity prese uno degli articoli di cronaca che aveva stampato e lo tenne in mano per farlo vedere a Josie. «Questo ragazzo viveva a Philadelphia. Faceva jogging lungo il sentiero del fiume Schuylkill. Due giorni dopo il suo corpo è stato trovato nel fiume. Annegamento accidentale.» Josie prese l'articolo di Philly.com e lo scorse. Trinity prese altri quattro articoli e glieli passò.

«Due incidenti stradali, in Ohio e Florida. Non hanno mai trovato i conducenti dei veicoli. Questa ragazza» disse prendendo un'altra pagina, «viveva a Baltimora. Incidente in barca. Ecco un'altra ragazza, in campeggio nella contea di Bucks, schiacciata da un albero caduto sulla sua tenda. Questo ragazzo è caduto da un balcone. Questa è morta per avvelenamento da monossido di carbonio.»

«Oh mio Dio.» esclamò Josie.

«E sai bene cosa è successo a Eric Dunn.»

Josie sfogliò gli articoli incredula, mentre Trinity se ne stava in disparte con aria trionfante. «Non dirai sul serio? Rowland sta uccidendo i figli nati dal suo campione?» chiese Josie.

«Beh, non ho prove precise di questo, ma è una coincidenza troppo grande che tutti i suoi figli, tranne uno, siano stati uccisi nell'ultimo anno e che quello che è sopravvissuto stia per scontare una sentenza a vita o addirittura la pena di morte.»

«E non sarebbe così difficile organizzare un incidente in prigione, ne sono certa.» commentò Josie. Pensò al piccolo Victor Derossi e le venne un brivido. Rowland si era dimostrato così sicuro che non fosse suo figlio. Non per l'età del campione di sperma, ma perché lo sapeva già. Con le risorse di Rowland, probabilmente aveva già fatto eseguire un test del DNA sul bambino. Se fosse stato davvero il figlio di Ray, gli sarebbe stato permesso di vivere? «Perché?» chiese Josie ad alta voce. «Perché li sta uccidendo?»

Trinity alzò le spalle. «Chi lo sa? Perché è ricchissimo e non vuole che si sappia nulla? Insomma, uno di loro è un serial killer.»

«Secondo questi articoli, un paio delle vittime avevano precedenti penali» disse Josie. «Il ragazzo di Philadelphia aveva dei reati pendenti.»

«Giusto» disse Trinity. «Non è una buona pubblicità per uno come Rowland. Quello che non riesco a capire è come diavolo abbia fatto a trovarli tutti. Io ci sono riuscita solo grazie alla tua fonte... e non preoccuparti, la proteggerò. Nessuno saprà mai che mi ha aiutato.»

Josie ripensò alla conversazione con Rowland. «Ha hacker e fondi illimitati» disse a Trinity. «Probabilmente ha fatto entrare qualcuno nel sistema informatico della banca del seme.»

«Andrò dal mio produttore con tutto questo.»

«Lascia che prima lo porti dentro.» disse Josie.

«Come? Intendi arrestarlo? E come pensi di fare? Tutto quello che puoi dimostrare è che questi ragazzi sono nati dal suo campione, e che sono tutti morti in qualche incidente. Non hai alcuna prova che li abbia uccisi o fatti uccidere.»

«E lo dici proprio tu, che hai in mente di raccontarlo in televisione!»

Trinity sollevò un sopracciglio. «Non ho gli stessi standard dei tribunali. Tutto quello che devo fare è pubblicare una storia su questi figli di un singolo donatore e sul fatto che sono tutti morti nell'ultimo anno a causa di misteriosi incidenti. Il pubblico trae le sue conclusioni. Tu, invece, dovresti fornire a una giuria la prova definitiva che c'è lui dietro tutti questi incidenti. E non ce l'hai.»

«Allora me la procurerò.» disse Josie.

«Potrebbero volerci mesi» sottolineò Trinity. «Dovresti convincere tutti i dipartimenti di polizia a riaprire le loro indagini e cercare di trovare prima le prove di un omicidio e poi un collegamento con Rowland. Se lo convochi per l'interrogatorio, svelerai le tue carte.»

«Ma se fai girare la tua storia» disse Josie, «allora saprà cosa cerchiamo. Prima devo provare a parlargli.»

Trinity la fissò come se le fosse spuntata un'altra testa. «Sei proprio matta, vero? È impossibile che quell'uomo parli con te senza un avvocato. Inoltre, si tratta di omicidi plurimi. Pensi che ammetterà di averli commessi?»

«Credo di averlo provocato quando gli ho detto che sapevo di Aaron King» ha risposto Josie. «Credo che abbia in mano Victor Derossi. Devo fare qualcosa.»

«Bene» disse Trinity. «Fallo in fretta.»

CINQUANTANOVE

SABATO

Ci vollero diverse telefonate all'avvocato di Rowland per organizzare un altro incontro. Questa volta Josie intendeva far entrare Rowland nella stanza degli interrogatori, più intimidatoria. Ma prima voleva preparare il terreno per quello che sarebbe sembrato un incontro più amichevole, ammesso che riuscisse a convincere Rowland a far congedare di nuovo il suo avvocato. Perciò, Josie si recò in un piccolo caffè sulla Main Street di Denton, il Komorrah's Koffee. L'interno era caldo ed emanava un buon aroma di caffè e dolci. C'erano due commessi dietro il bancone, a destra dell'ingresso, entrambi con lo sguardo fisso sul cellulare.

Le pareti erano tappezzate di foto in bianco e nero di varie attrazioni di Denton e dintorni.

Ordinò diversi caffè e una dozzina di pasticcini.

Mentre aspettava, indugiò sulle foto appese alle pareti. In molte di esse c'erano formazioni rocciose familiari che si trovavano nei boschi che circondavano la città.

Erano state scattate da un fotografo locale di successo che ora viaggiava per il mondo, collaborando con riviste e siti web come il *National Geographic* e *Smithsonian*.

Josie ne riconobbe alcune che solo i residenti esperti della geografia della città avrebbero potuto conoscere. E lei le conosceva bene: Cuore Spezzato, Cataste, Tartaruga.

Il suo telefono squillò. Mentre leggeva il messaggio di Noah che diceva semplicemente *"Rowland"*, lo stesso Peter Rowland varcò la porta del bar. Indossava un abito grigio chiaro e una cravatta bordeaux. Per la prima volta da quando l'aveva conosciuto, le parve un uomo d'affari.

Si avvicinò e si mise accanto a lei. Indicando le foto, disse: «Sono bellissime, vero? Ne ho diverse nel mio appartamento a New York.»

Josie lo fissò. «Non sono sicura che dovremmo parlare senza la presenza del suo avvocato.»

Rowland sorrise, ma non con gli occhi. «Alcune cose non si possono risolvere con gli avvocati.»

Josie si girò completamente verso di lui. «Ah sì?»

«Quando il mio avvocato mi ha chiamato per organizzare l'incontro di oggi, mi ha detto che lei ha scoperto informazioni su ciò di cui abbiamo discusso ieri in privato.»

«Esatto. Informazioni sui suoi altri figli biologici.» disse Josie.

Non aveva voluto dire all'avvocato il motivo per cui aveva chiesto a Rowland di presentarsi per l'interrogatorio, ma lui si era rifiutato di accogliere la sua richiesta senza una qualche spiegazione. Lei era stata il più criptica possibile e gli aveva risposto che Rowland avrebbe saputo di cosa stava parlando.

«Li avete trovati tutti?»

«Intende le loro tombe?»

Un'ombra appena percettibile gli attraversò il viso. «Di quanti è a conoscenza?»

Il cuore di Josie si fermò e poi accelerò di diversi battiti. Era esattamente il tipo di conversazione che avrebbe voluto sostenere nella stanza degli interrogatori, con una telecamera che registrava ogni parola. Questa non contava, non ufficialmente, perché c'era la concreta possibilità che qualsiasi cosa le avesse detto in questo contesto sarebbe risultata inammissibile, se mai fosse arrivata in tribunale. «Credo che dovremmo discuterne alla centrale» disse lei, voltandosi verso il bancone. «Come avevamo programmato. Ci vediamo lì.»

«Ha passato i primi sei mesi in casa sua senza mobili.» sbottò Rowland.

La testa di Josie prese a formicolare. Si voltò verso di lui. «Come?»

Rowland si avvicinò e abbassò la voce. «Quando ha comprato casa, è rimasta senza mobili per quasi sei mesi. Li aveva per la camera da letto e la cucina, ma niente di più. Non ha montato le ante agli armadi, anche se c'è un'anta nuova di zecca per quello che ha in camera da letto che ora giace nel suo garage, inutilizzata. Provi a immaginare come faccio sapere queste cose.»

La sua mente si scervellò sulle varie possibilità, ma il suo cuore sapeva che c'era un solo modo per cui lui lo avrebbe potuto sapere.

«Lei ha preso Luke.» disse con voce soffocata.

Lui non rispose e non fece nemmeno un cenno di assenso, ma la perforò con lo sguardo.

«Dov'è?» chiese lei.

«Non così in fretta.»

«Perché me lo sta dicendo?»

«Perché non vuole accettare i miei soldi.»

«Intende la sua bustarella.» Sapeva che avrebbe dovuto andarsene. Avrebbe dovuto voltarsi, uscire e pretendere che parlassero alla centrale, come previsto. Ma non riuscì a farlo. La sua mente era invasa dal pensiero di Luke. Non voleva considerare l'eventualità di riaverlo vivo, perché una tale delusione sarebbe stata troppo devastante, tuttavia, non riusciva a contenere la speranza che stava sbocciando dentro di lei. Deglutì. «Come faccio a sapere che è ancora vivo?»

Ancora una volta, lui ignorò la sua domanda. «Di solito non gestisco le cose in questo modo, in modo non ufficiale, ma le informazioni che avete scoperto su di me sono... a dir poco problematiche.»

«Ha fatto uccidere otto persone. Problematico è un eufemismo.»

«Ho bisogno del suo aiuto.»

«Vuole che mi tiri fuori da questa storia?»

«Ho anche bisogno che lei parli con la giornalista, Trinity Payne, e si assicuri che tutte queste informazioni non cadano nelle sue mani. Siete in contatto, non è vero? Forse può convincerla a passare a storie più interessanti.» suggerì Rowland.

Josie si mise quasi a ridere. Trinity sarebbe morta prima di abbandonare una storia così importante. Ma non era necessario che Rowland lo sapesse. «E se riesco a convincerla?»

«Allora avrà un matrimonio da organizzare.»

Il respiro le si bloccò in gola. «E Victor Derossi?»

«Potrei essere in grado di aiutarvi nella ricerca, ma ho bisogno che faccia un'altra cosa per me.» disse lui.

Josie scosse la testa. «Qualcosa a parte fingere che lei non abbia fatto uccidere otto persone e convincere una giornalista a fare altrettanto? Ha una bella faccia tosta.»

«No» disse Rowland. «Ho qualcosa che lei desidera. Ci pensi bene, Capo, e scelga con saggezza. Devo ricordarle che sono in gioco delle vite?»

Josie si protese verso di lui. «Cosa mi impedisce di arrestarla in questo stesso istante?»

«È libera di farlo, ovviamente. Ma tenga presente che non ho ammesso nulla. E anche se l'avessi fatto, non ci sono testimoni di questa conversazione. Sarebbe la mia parola contro la sua, e mi basterebbe fare una telefonata al sindaco per farla rimuovere immediatamente dal suo incarico. Nel tempo necessario al mio avvocato per farmi uscire di prigione, lei non riuscirebbe a trovare le cose che sta cercando, e a quel punto potrebbe essere troppo tardi.»

Si sentiva ribollire. Aveva ragione. Ci ragionò febbrilmente; anche se fosse riuscita a trattenerlo per ventiquattro ore, probabilmente non sarebbero bastate per ritrovare Luke e Victor, e non era sicura di essere disposta a mettere a repentaglio le loro vite. «Cosa vuole?» chiese.

«Ho bisogno di un incontro privato con Kimberly Conway.»

«Cosa?»

«La sua ragazza senza nome, quella…»

«So chi è» disse Josie. «Perché ha bisogno di parlare con lei?»

«Temo di non poterlo rivelare.»

«È sotto la custodia dello sceriffo. Di sicuro può tirare qualche filo per farle visita nella prigione della contea.» disse Josie.

Rowland scosse la testa. «No, ho bisogno di parlare con lei in piena riservatezza.»

«Beh, Kim Conway è accusata dell'omicidio di Denny Twitch e di una serie di altri reati minori. Probabilmente nei prossimi giorni sarà accusata anche dell'omicidio di Leonard Nance.»

A questo punto Rowland trasalì. Accadde in un batter d'occhio. Josie quasi non se ne accorse. Continuò: «Il procuratore ha già detto che chiederà al giudice di negare la cauzione perché è a rischio di fuga. Non posso mica farla uscire di prigione.»

«Hmmm» fece Rowland. «Beh, dovrà essere trasferita da un luogo all'altro, no? E se la incontrassi durante il trasferimento?»

«Non possiamo accostare a un Burger King con un prigioniero in custodia. Non è così che funziona.»

«Non le è mai capitato di fermarsi per aiutare un automobilista in panne sul ciglio della strada? E con un detenuto a bordo?»

Eccolo che ricominciava con i suggerimenti e i piani, e lo

faceva in modo tale che, se mai un ispettore o un avvocato le avesse chiesto spiegazioni, lei avrebbe dovuto ammettere che non aveva mai apertamente proposto alcunché di criminoso. Il problema era che tutto ciò di cui stavano discutendo era criminale, soprattutto in riferimento a Kim Conway: non esisteva alcuna possibilità per cui Josie potesse allontanarla legalmente dalla prigione della contea per incontrarsi con Rowland. E non c'era alcuna possibilità che Josie potesse ottenere di nuovo la custodia di Kim. Una volta trasferita allo sceriffo, era fuori dal suo controllo. Se Rowland l'avesse chiesto il giorno prima, quando Kim si trovava ancora nell'area di detenzione di Denton, Josie avrebbe potuto organizzare un incontro all'esterno tra Kim e Rowland, e già così sarebbe stato problematico.

Era certa che Rowland non stesse solo proponendo un incontro con Kim. Voleva fare uno scambio. Kim per Victor Derossi. Ma perché? Cosa le sfuggiva? Con Dunn morto, i video che Kim aveva girato durante il crollo dell'edificio non significavano nulla. Perché voleva incontrarla?

«Capo?» disse Rowland.

«Temo di non poterlo fare» disse. «Non senza destare parecchi sospetti.»

«Allora, si è mai fermata ad aiutare un automobilista in panne mentre trasportava un prigioniero?» la incalzò.

Anche se Josie avesse avuto modo di incontrare Kim, non avrebbe potuto scambiarla. Nemmeno per il bambino, o per Luke. Per quanto la trovasse spiacevole, Kim non era un oggetto, una pedina da spostare. Josie odiava gli uomini che trattavano le persone in questo modo, soprattutto le donne.

«No» disse Josie. «Non mi è capitato.»

«Beh» disse Rowland, ritrovando il suo sorriso educato. «Ci pensi bene. Abbiamo un appuntamento alla centrale di polizia fissato tra un'ora. Se riesce a trovare una soluzione, forse potrà annullare l'incontro di oggi e potremmo incontrarci in un altro momento più conveniente per entrambi.»

Una barista fece scivolare una confezione di pasticcini sul bancone. «Ordine per Quinn» disse a voce alta, come se Josie e Rowland non fossero le uniche due persone nel locale.

«Vedrò cosa posso fare.» disse Josie, prendendo la confezione.

Con un cenno di assenso, Rowland si dileguò.

SESSANTA

«Non funzionerà mai.» disse Noah.

«Sì invece.» garantì Josie. Spinse la confezione di pasticcini del Komorra's Koffee verso di loro: Noah rifiutò, Gretchen afferrò un pasticcino ricoperto di noci pecan e lo addentò.

Josie prese uno dei caffè dal portabicchieri e tolse il coperchio. La barista le aveva dato anche una bustina di zucchero, panna e palettine, che distribuì sulla scrivania; aggiunse due dosi di zucchero e metà di latte e metà di crema al suo caffè finché non assunse un bel tono caramello. «Ho già parlato con il procuratore distrettuale e lo sceriffo. Lo sceriffo mi ha messo in contatto telefonico con Kim al penitenziario della contea» spiegò Josie. «Lo farà.»

«Conosce Rowland?» chiese Gretchen.

«Sostiene di no, ma chi può dirlo? Mentire è come respirare per lei.»

«Le hanno mostrato una foto di Rowland?» domandò Noah. Josie assaporò il caffè. «Sì, ma non lo ha riconosciuto.»

«E allora cosa vuole da lei?» brontolò Noah. «Non può trattarsi dei video che ha fatto a Dunn. Ormai non servono più a niente.»

Josie prese un danese al formaggio «Il bambino inventato da Kim sarebbe stato il nipote di Rowland.»

Gretchen intervenne: «Ma Kim aveva raccontato a Dunn che stava per avere il suo bambino solo per allontanarsi da lui. Non penso che fosse di pubblico dominio. Specialmente considerando che glielo ha detto e poi è scappata.»

«Sì, ma Rowland faceva tenere d'occhio dai suoi un sacco di attori di questo gioco.»

«Intendi Nance.» disse Noah.

«Nance è quello che ci è noto» disse Josie. «È chiaro che stava già tenendo d'occhio Misty, in attesa del parto; infatti, è riuscito a sottrarre il bambino a Danny Twitch. Se Rowland ha preso Luke significa che probabilmente Nance è andato alla chiesa e ha ucciso gli uomini di Dunn. Rowland fa sorvegliare varie persone, tra cui alcune dell'organizzazione di Dunn. È possibile che la notizia della gravidanza di Kim, per quanto finta, gli sia giunta così. Insomma, non sappiamo quanto strettamente sorvegliasse Dunn e i suoi uomini, né da quanto tempo. I suoi figli sono morti nel giro dello scorso anno. Non sappiamo quanto a lungo li abbia fatti spiare prima di provocare gli incidenti.»

«Comunque» si intromise Gretchen, «si sta prendendo un disturbo non da poco per organizzare uno scambio per una ragazza che potrebbe, o meno, aver dato alla luce suo nipote.»

«Questo tizio ha le mani in pasta ovunque» disse Noah, prendendo uno degli altri caffè. «Ha ucciso i suoi figli biologici, ma ha tenuto in vita Luke. Ma per quale motivo? Per lui non è nessuno.»

«Per fare leva» disse Josie. «Lo ha tenuto in vita così a lungo in caso di bisogno. Quando non gli sarà più utile, troverà qualcun altro come Leonard Nance per sbarazzarsi di lui.»

Tra loro calò un pesante silenzio. Poi Noah disse: «Ci riprenderemo Luke, Boss.»

Poteva solo sperare. «Beh, questo è il piano migliore che

sono riuscita a escogitare venendo qui dal bar. Inoltre, il procuratore è disposto a ridurre le accuse pendenti contro Kim se collabora con noi. Kim ha detto che farà tutto il possibile se servirà a far tornare Luke.»

«E adesso?» chiese Gretchen.

«Mi metto in contatto con Rowland e organizziamo l'incontro.»

SESSANTUNO

L'incontro con Rowland fu un incubo logistico. Noah non perse occasione per ricordarglielo mentre percorrevano il tragitto andata e ritorno dalla prigione della contea al Denton Memorial Hospital. Era bastata una breve telefonata a Rowland per organizzare il tutto. Josie gli disse che l'unico modo per spostare Kim era se fosse stata malata, al punto di dover essere ricoverata in ospedale; gli assicurò di aver già parlato con Kim e che questa pensava che si sarebbe fatta venire qualcosa. Josie l'avrebbe trasferita dalla prigione della contea all'ospedale entro le successive ventiquattro ore. Nel suo modo esasperatamente vago, Rowland alluse al fatto che avrebbero potuto incrociarsi una volta che Josie fosse stata in viaggio verso il Denton Memorial con Kim. Rifiutò di concordare un luogo d'incontro specifico e la tirò ancora per le lunghe per chiarire che si aspettava che Josie venisse da sola. «Beh» gli disse lei, «con tutti gli agenti che stanno cercando Victor Derossi e l'agente Creighton, non ho abbastanza uomini per farmi accompagnare da qualcuno. Penso di essere in grado di portare un detenuto all'ospedale da sola.»

Rowland riattaccò soddisfatto.

Josie avvertì lo strizzone allo stomaco più forte che ricordasse di aver mai avuto.

«Non abbiamo idea di dove sceglierà di intercettarvi.» disse Noah, con la voce indurita dalla frustrazione.

«È per questo che stiamo facendo una prova generale» disse Josie. «Sceglieremo i punti più probabili dove piazzarci. Ho già chiesto allo sceriffo e alla Polizia di Stato di aiutarci, così avremo dei rinforzi.»

«E non pensi che Rowland si accorgerà di tutti questi agenti in giro?»

«Una volta segnalati i punti d'incontro, le squadre si organizzeranno in anticipo e una pattuglia farà il giro per assicurarsi che non si noti nulla» spiegò Josie. «Noah, dobbiamo farlo. È la mia unica possibilità di riavere Luke e Victor e di far sì che Rowland risponda di ciò che ha fatto.»

«E se poi non ammettesse niente? Tu stessa hai detto che non voleva esprimersi in modo diretto.»

«Ha ucciso quelle persone» disse Josie con convinzione. «So che l'ha fatto e mi dirà quello che voglio sapere, perché non credo che abbia intenzione di lasciar andare me e Kim. Credo che abbia intenzione di farci avere un incidente, proprio come ha fatto con i suoi figli biologici.»

Sentì gli occhi di Noah penetrarla. «Boss, ho un gran brutto presentimento.»

«Anch'io» disse lei. «Ma è la nostra migliore possibilità di fermarlo e di trovare il bambino e Luke.»

«Non li porterà con sé» affermò Noah. «Se vuole Kim, qualsiasi sia il suo scopo, e vuole te morta, non li porterà.»

«Ci ho pensato. In tal caso, forse posso convincerlo a dirci dove sono. Se lo arrestiamo, il procuratore è già disposto a fare un accordo con lui se ci dice dove si trovano.»

«Vuole anche far tacere Trinity» le ricordò Noah. «L'hai avvertita?»

«L'ho chiamata questa mattina. Lo sceriffo la farà sorvegliare finché non avremo arrestato Rowland.»

«*Se* lo arresteremo.» disse Noah.

Josie uscì dalla strada e raggiunse un'ampia area di sosta in ghiaia.

Si trovavano in cima a una delle montagne che separavano Bellewood da Denton.

Belvedere Red Hawk, annunciava un cartello. Parcheggiarono, scesero e camminarono fino a raggiungere il parapetto in alluminio del belvedere; ad altezza cosce, si frapponeva tra loro e un brusco salto verso una valle alberata, centinaia di metri più in basso. Sporgendosi e guardando il profondo burrone, Josie si sentì prendere da una lieve vertigine.

«Ci siamo» si disse. «È qui che arriverà.»

SESSANTADUE

DOMENICA

Seduta sui sedili posteriori della volante della polizia di Denton che Josie aveva preso per questa missione, Kim Conway si muoveva facendo tintinnare le manette e frusciare la tuta. Lanciando un'occhiata nello specchietto retrovisore, Josie la vide che si affannava per controllare bene la toppa sul lato sinistro del petto, dove era cucito il suo numero di detenzione. «Sicura che questo aggeggio funzioni? È il microfono più piccolo che abbia mai visto.»

Josie tornò a guardare la strada. «Funziona. Gli uomini dello sceriffo l'hanno testato prima che partissimo. Non giocarci, è costoso.»

«E dove l'avete preso?»

«L'abbiamo preso in prestito dall'FBI. Ho ancora un contatto. A quanto pare, è il miglior sistema di comunicazione wireless portatile sul mercato. L'ha sviluppato la stessa azienda di Rowland.»

«Sul serio?»

«Ironico, no?»

Erano state entrambe dotate di microfoni wireless che potevano stare in una gomma da matita. Quello di Kim era stato cucito sotto la toppa con il numero di detenzione e quello di Josie era nel bavero della giacca. Josie aveva anche un piccolo ricevitore trasparente nell'orecchio destro, ben coperto dai capelli, che le permetteva di sentire gli altri membri della squadra. Noah era al posto di comando mobile, ad ascoltare e registrare ogni loro mossa in modo da poter dare indicazioni alle squadre a terra nei tre punti di incontro scelti da Josie. Sperava solo di aver ragione su dove Rowland avrebbe scelto di intercettarle.

«Stiamo per raggiungere il Belvedere Red Hawk» disse Josie, rivolgendosi più alle squadre che a Kim. «È dietro la prossima curva.»

La voce di Noah le risuonò nell'orecchio. «Lo teniamo d'occhio» disse. «È già lì.»

Mentre percorreva lentamente la curva della strada di montagna, il belvedere apparve davanti a lei. Vide la Mercedes-Benz di Rowland e tirò un lungo sospiro di sollievo. La tensione nel suo stomaco si sciolse quando vide Rowland appoggiato alla portiera del lato guida. Il cofano dell'auto era aperto.

Ai passanti sarebbe sembrato un uomo con l'auto in panne. Josie diede un'occhiata alla zona ma non vide nessuno con lui. Si fermò dietro alla sua auto e scese. Con i capelli scompigliati dal vento, lui si tolse gli occhiali da sole e le rivolse un sorriso tirato. Avvicinandosi, Josie poté notare la rigidità con cui si muoveva. Era scomparso il suo caratteristico portamento: era nervoso. Forse perché non aveva portato con sé nessuno dei suoi, pensò. O perché si era già sbarazzato di Luke e del bambino?

«Dove sono?» chiese Josie.

«Ha portato Miss Conway?»

«È in macchina. Dove sono Luke e Victor?»

Rowland non rispose. *Merda*. Doveva costringerlo a parlare. «Li hai lei?» chiese, cercando di ottenere una risposta verbale.

Niente. Invece lui disse: «Posso parlare prima con Miss Conway?»

Josie tornò alla macchina e fece uscire Kim. Anche se non si fidava del tutto di lei, non voleva che fosse ostacolata dalle manette nel caso in cui le cose avessero preso una brutta piega, quindi gliele tolse. Afferrandola per un braccio, la spinse verso Rowland, che le tese una mano. «Sono Peter Rowland.» disse mentre lei la stringeva.

«Così mi hanno detto» disse Kim, lanciando un'occhiata a Josie. «Che cosa vuole da me?»

Rowland si spostò davanti alla sua auto e chiuse il cofano. Aprì la portiera del lato passeggero. «Spero che possiamo discuterne in privato.»

«No» disse Josie. «Non era questo l'accordo. Voleva incontrarla, eccola. Di qualsiasi cosa voglia discutere con lei, lo farà qui.»

«Temo di non poterlo fare, Capo. È una questione personale.»

«Non ho nessuna questione personale con lei» disse Kim. «Non la conosco nemmeno.»

«È una detenuta sotto custodia della polizia» insistette Josie. «Non posso permetterle di prenderla.»

Questa volta il sorriso di Rowland apparve quasi minaccioso e, per la prima volta, Josie poté notare una netta somiglianza tra lui ed Eric Dunn. Anche Kim dovette accorgersene, perché indietreggiò, stringendosi contro il fianco di Josie.

«Pensava davvero che fosse un semplice incontro, Capo? Questo è uno scambio. Significa che la porto via con me. Sono sicuro che le verrà in mente qualcosa da raccontare ai suoi colleghi.»

Josie non si prese il disturbo di rispondere all'assurdità della domanda. Invece disse: «Se questo è uno scambio, dove sono Victor e Luke?»

«Li rivedrà quando avrò preso Miss Conway e quando saprò

che Trinity Payne è stata convinta a tacere su ciò che ha scoperto.»

La voce di Noah le risuonò nell'orecchio. «È sufficiente per un mandato. Invio subito una squadra a casa di Rowland per cercarli. Tieniti pronta.»

«Allora abbiamo un problema, immagino» disse Josie a Rowland, cercando di rimanere concentrata. «Perché uno scambio non è tale se non ottengo nulla in cambio di Kim, e ho bisogno di tempo per parlare con Trinity Payne. Ha scoperto molte altre cose e sarà difficile convincerla ad abbandonare una storia così grossa.»

Un'espressione di incertezza gli attraversò il viso. «Di che cosa sta parlando?»

«Sa di tutti i suoi figli biologici e di come sono stati uccisi. Vuole mandare in onda la storia. Mi ci vorrà molto per convincerla a non farlo, e non penso di dovermene preoccupare se lei non ha intenzione di fare la sua parte nell'accordo.»

«Ma siamo qui. Lo ha detto lei stessa che è stato estremamente difficile far uscire Miss Conway dal penitenziario. Non ha senso che la riporti indietro, adesso» disse e fece cenno a Kim di avvicinarsi a lui. «Venga, Miss Conway, abbiamo molto di cui discutere.»

«Non vengo da nessuna parte» disse Kim. «Il capo Quinn ha ragione. Uno scambio è uno scambio. Perché dovrei venire con lei se so già che è un bugiardo?»

«Perché l'alternativa è la galera, no?»

«Ma almeno sarei viva» disse Kim con tono deciso. «Leonard Nance, Leo, lavorava per lei, vero? Crede che non sappia per cosa l'ha assunto? Ho già avuto a che fare con uomini come lei. So come operate.»

«Uomini come me? Mi sta paragonando a Eric Dunn? Non sono affatto come lui.» insistette Rowland.

«Certo che no. Lasciamo perdere. Non verrò con lei se non ha intenzione di consegnare il bambino e Luke al capo.»

Rowland indicò la portiera aperta dell'auto. «Bene, anche il capo può venire. Vi porterò entrambe da Luke e dal bambino.»

Josie lo fissò scettica. «Prendo Miss Conway e la seguiamo.»

«Temo di non poterlo accettare» disse Rowland. «Guardate.» Si tolse la giacca del completo e si girò di fronte a loro. «Non sono armato. Ma sono sicuro che lei lo è, vero, Capo? Ha un vantaggio. Salite entrambe nella mia auto. Vi porterò da Luke e dal bambino.»

«Mi dica dove sono» disse Josie. «Posso fare una chiamata e inviare una squadra mentre aspettiamo.»

«Preferirei non coinvolgere la sua squadra» disse Rowland. «Per favore, lasci che vi porti da loro. Poi io porterò via Miss Conway, lei potrà parlare con Trinity e potremo mettere a tacere la questione.»

«Ehi, ma mi sta ascoltando? E se non volessi far parte di questo scambio?» chiese Kim, proprio come Josie le aveva indicato. Non voleva che Kim sembrasse troppo impaziente. «Non vengo da nessuna parte con lei» poi si volse verso Josie e disse: «Mi riporti in prigione.»

Si voltò e tornò indietro verso la macchina. Rowland disse: «Sei mia figlia.»

Kim si bloccò, poi si girò lentamente e lo fissò. «Cosa?» disse.

Josie esclamò: «Non era nella lista. Non è nata dal suo campione.»

«No» confermò Rowland. «Non è nata dal campione. Ma è mia figlia.» Guardò Kim. «Tua madre e io abbiamo avuto una relazione quando eravamo molto giovani. Ci eravamo conosciuti a New York e avevamo legato perché eravamo entrambi di Denton. Le cose andarono avanti tra noi, ma lei amava suo marito e voleva rimanere con lui. Scoprii solo molto più tardi che aveva avuto una bambina... tu.»

«Non è... è impossibile.» sbottò Kim.

«No, non è impossibile» disse Rowland. «Provavo dei sentimenti profondi per Zora.»

Sentendo il nome di sua madre, Kim spalancò gli occhi. «Quando scoprii che potevi essere mia figlia, avevo da poco iniziato ad avere un certo successo nella mia attività. Andai da lei. Volevo sposarla e costruire una vita insieme, ma lei rifiutò. Suo marito era già morto, ma lei non riusciva ad andare avanti. Si rifiutava di dare a chiunque a Denton la soddisfazione di sapere che avevano ragione su di lei, che era rimasta incinta di un altro uomo e aveva cercato di far passare il bambino per quello di suo marito. Si aggrappava ai suoi segreti, mia cara.»

Sul volto di Kim si fece largo il disgusto. «Ma Eric... il capo Quinn mi ha detto che anche lui era suo figlio.»

Rowland fece una smorfia. «Lo so. Mi dispiace. È stata una sfortunata coincidenza.»

Kim si chinò. «Mi sento male.»

«Mi dispiace tanto, mia cara. Davvero. Ma non potevi saperlo.»

«Stai mentendo.» sputò Kim.

«No, non è vero. Kim, tu sei l'unica vera erede della mia fortuna.»

«Ha fatto uccidere tutti i suoi figli biologici» disse Josie. «Perché dovremmo credere che le sue intenzioni nei confronti di Kim, ammesso che sia davvero sua figlia, siano buone?»

«Perché i miei figli biologici non erano brave persone.» sbottò Rowland.

«Cosa?» dissero all'unisono.

Josie sperava con tutto il cuore che la squadra stesse ricevendo tutto via radio. Come se le leggesse nel pensiero, la voce di Noah si fece sentire. «Lo sentiamo. Continua.»

«Cosa vuol dire?» Josie chiese con insistenza.

Rowland sospirò. «I miei figli biologici. Erano... persone tremende. Orribili. Con il caso di Aaron King ho capito che qualcosa non andava. Non avevo pensato molto a ciò che era successo al mio campione fino a quando King non è stato arrestato e io ho visto un servizio al notiziario nazionale che lo ritraeva mentre entrava e usciva dal tribunale. Mi assomigliava molto. In effetti, ricevetti tutto il giorno telefonate da amici e colleghi di lavoro che scherzavano sulla somiglianza. "Ehi, Peter, sapevi di avere un figlio serial killer in Pennsylvania?" Sembrava tutto uno scherzo, ma non lo era. Sapevo che poteva essere davvero mio figlio. Così ho chiesto a qualcuno di entrare nei registri della banca del seme e poi in quelli di varie cliniche della fertilità. Li ho rintracciati uno dopo l'altro e ho scoperto che erano diventati tutti persone molto cattive. Avete visto le notizie, probabilmente le avete sentite direttamente da Trinity. King è ritenuto responsabile di oltre trenta morti in Pennsylvania.»

Josie puntò un dito nella sua direzione. «Sta dicendo che ha rintracciato i suoi figli biologici e li ha fatti uccidere tutti perché erano persone cattive?»

«Non solo persone cattive» spiegò Rowland. «Criminali. Assassini. Ladri. Bugiardi. Dovevo mettere le cose a posto.»

Josie quasi non riusciva a credere alle sue orecchie. «Mettere le cose a posto? Uccidendoli *tutti*?»

«Era colpa mia se erano in vita. Senza il mio campione, nessuno di loro sarebbe nato. Guardate lo scempio di tante persone innocenti che da soli Dunn e King hanno fatto.

A Newark avevo un figlio che lavorava in un centro sociale. Era stato accusato di aver abusato fisicamente di uno dei ragazzi che gli erano stati affidati. L'avevano filmato. A Philadelphia c'era un ragazzo accusato di rapina a mano armata. Una ragazza in Pennsylvania appiccava abitualmente incendi ed era accusata di incendio doloso. Non era una brava ragazza e la strada che aveva preso... non si sarebbe ravveduta. Non capite, nessuno di loro si ravvede. È nel loro DNA.»

«Se è nel DNA, perché dovremmo credere che non cercherà di uccidere Kim?»

Kim lo fissò, aspettando la risposta. Lui spostò lo sguardo da Josie a Kim e viceversa. Allargò le mani in un gesto di supplica. «Non è nata da quel campione. È nata per amore. Nel modo giusto. Ho amato sua madre. Proprio come ho amato la madre della mia Polly. Non lo vede, lei è come la mia Polly. Innocente. Pura. Per favore. Kim è tutto ciò che mi è rimasto. Quel bastardo mi ha portato via la mia Polly. Kim, ti prego. Sei tutto ciò che resta del mio retaggio. Sei tutto ciò che è rimasto di buono.»

Josie avrebbe voluto dirgli che Kim non era affatto pura. Avrebbe invocato la legittima difesa, ma non si sarebbe fatta problemi a premere il grilletto. Mentiva con la stessa facilità con cui respirava. Ma questo non era importante. Stavano ottenendo quello di cui avevano bisogno per sbatterlo in galera. «Sapevi di me da quando sono nata» disse Kim. «E non ti sei preoccupato di contattarmi finché tutti gli altri tuoi figli non sono morti? Finché la tua preziosa Polly non se n'è andata?»

«Mi dispiace, ma tua madre me l'aveva fatto promettere. Puoi chiederlo a lei. Mi aveva fatto giurare che non ti avrei mai avvicinata.»

«Perché hai fatto dire a quel tale, Leo, che eri interessato a ciò che sapevo sul crollo dell'edificio?»

«Leo pensava che fosse l'unico modo in cui ti saresti sentita sicura ad andare con lui» spiegò Rowland. «Kimberly, ti prego, mi dispiace per tutti i sotterfugi, ma ora siamo qui. Ti prego, vieni con me.»

Kim si raddrizzò, dopo che i conati di vomito si erano attenuati. Fissò Rowland con uno sguardo calcolatore e fu in quell'espressione che Josie poté notare la somiglianza tra i due. «Bene» cedette. «Verrò con te, ma devi dire al capo Quinn dove sono Luke e il bambino.»

«D'accordo.» rispose Rowland.

«E chiameremo mia madre per confermare tutto questo.» aggiunse Kim.

«Naturalmente.»

«E voglio che sia reso pubblico. Sono la tua erede. Mi metterai nel tuo testamento e tutto il resto.»

«Affare fatto.» disse Rowland.

«Quale sarebbe la versione ufficiale?» chiese Josie. «Se le permettessi di sottrarla alla mia custodia?»

«Come ho suggerito, si è sentita così male che avete accostato. Lei l'ha sopraffatta ed è scappata. L'ho trovata che vagava nel bosco e l'ho riportata indietro. Farò in modo che abbia il miglior avvocato che si possa comprare. Non passerà un giorno in prigione.»

Kim annuì.

La voce di Noah riempì di nuovo l'orecchio di Josie. «La casa di Rowland è libera. Nessuna traccia di Luke o del bambino.»

«Dove sono?» chiese Josie per quella che sembrava la centesima volta.

Rowland fece ancora una volta un gesto verso la portiera aperta della sua Mercedes e, con uno sguardo rivolto a Josie, Kim si avvicinò e si accomodò all'interno. Josie sapeva che non sarebbero andati molto lontano. Nel momento in cui si fossero allontanati, una delle sue squadre li avrebbe seguiti.

«Dietro casa mia, nel bosco, c'è un cottage. Non ci si può arrivare in macchina, ma c'è un sentiero da percorrere a piedi. È a mezzo miglio di distanza. Sono lì.»

La voce di Noah crepitò. «Ci pensiamo noi.»

«Quando li avrò davanti agli occhi» disse Josie a Rowland, «parlerò con Trinity. Forse riuscirò a convincerla che una storia migliore è quella del suo ricongiungimento con la figlia perduta da tempo.»

«Questa città ha bisogno di buone notizie» concordò Rowland. «Grazie, Capo.»

«Ci rivedremo presto.» disse Josie e li guardò allontanarsi.

Noah disse: «Vediamo Rowland e la Conway. Li stiamo seguendo. Tenetevi pronti.»

«E il cottage?» Josie disse, sentendosi un po' strana a parlare da sola all'aria aperta.

«La squadra è quasi arrivata.»

Josie rimontò in macchina. Mentre girava le chiavi nel quadro, le tremavano le mani. Dovette ricordarsi di respirare. Stava cercando di capire quanto tempo le ci sarebbe voluto per arrivare a casa di Rowland quando udì di nuovo la voce di Noah. «Boss, non ci sono. Il cottage è vuoto. La squadra uno è già all'inseguimento di Rowland.»

Josie accese il motore. «Lo inseguo.» disse.

SESSANTATRÉ

Sparando ghiaia da sotto le gomme posteriori, Josie uscì dalla piazzola con il piede schiacciato sul pedale dell'acceleratore. Quella strada tortuosa continuava per diversi chilometri ed era sicura che Rowland non avesse deviato. L'indicatore di velocità aumentò e lei si strinse al volante, affrontando le curve il più velocemente possibile senza perdere il controllo del veicolo. Parlò nel silenzio dell'abitacolo. «Noah, hai individuato Rowland?»

«Lo stanno seguendo. Pare che stia sbandando.»

Passò davanti a un cippo chilometrico e glielo lesse. «Quanto sono lontana?»

«Dovresti trovarteli davanti alla prossima curva. A mezzo miglio.»

Josie lanciò la sua auto dietro la curva successiva, raggiungendo velocemente l'auto civetta su cui si trovavano i suoi agenti. Rallentò dietro di loro e guardò davanti. La Mercedes-Benz di Rowland sbandava violentemente da un lato all'altro.

«Che diavolo sta succedendo?» chiese.

«Stanno litigando» disse Noah. «Boss, Rowland ha mentito. Si mette male. Sta...»

Ma Josie smise di ascoltare quando l'auto di Rowland sbandò ancora una volta a sinistra e le ruote del lato destro si sollevarono da terra. In un attimo, si ribaltò sul tettuccio, sfondando il guardrail e rotolando giù per la ripida scarpata, scomparendo dalla vista. Il silenzio mattutino della strada solitaria fu squarciato dallo scricchiolio del metallo e dal frantumarsi dei vetri.

«Oh mio Dio...» esclamò Josie.

I suoi agenti accostarono e scesero. Josie fece altrettanto. Corsero verso il ciglio della strada, fermandosi in mezzo a ciò che restava del guardrail. Non si trattava di uno strapiombo come al belvedere Red Hawk, ma era comunque ripido e Josie stimò che l'auto doveva essere rotolata per la lunghezza di un campo da calcio.

Appariva minuscola e accartocciata sotto di loro, con sottili nuvole di fumo che fuoriuscivano dal cofano deformato. Almeno era atterrata in posizione verticale, con il lato del conducente schiacciato contro tre tronchi d'albero.

«Andiamo» ordinò Josie. «Dobbiamo portarli via da lì, nel caso in cui la macchina prenda fuoco.»

Cominciarono a scendere verso l'auto.

Il fumo si addensava man mano che si avvicinavano. L'odore di metallo, gomma e sostanze chimiche bruciate si attaccò alla gola di Josie.

All'improvviso, mise male un piede nell'erba e cadde, precipitando lungo il resto della discesa, graffiandosi su rocce, ramoscelli e vetri della Mercedes-Benz. Atterrò a pochi metri dall'auto, respirando a fatica.

Da sopra, i suoi agenti la chiamarono. Lei fece un cenno verso di loro per indicare che stava bene e si alzò in piedi. Il sangue scorreva da una ferita sul dorso della mano destra. La passò sui jeans. Si sentiva tutta ammaccata e scossa, ma a parte quel graffio non aveva l'impressione di essere ferita. Si avvicinò all'auto di Peter Rowland. La fiancata era schiacciata contro i tronchi degli alberi, quindi Josie provò ad aprire la portiera del lato passeggero. Si aprì con un cigolio e Kim Conway scivolò fuori. Tra i suoi capelli biondi luccicavano pezzi di vetro e sottili rivoli di sangue le colavano dal cuoio capelluto lungo il viso.

Josie la stese a terra e verificò il polso. Era forte.

«Kim! Riesci a sentirmi?»

Aprì gli occhi. Cercò di fare un respiro profondo e gemette di dolore.

«Stai ferma» le disse Josie «Stai ferma, okay? Ti aiutiamo noi.»

Kim sollevò un braccio indicando la macchina.

Josie dovette avvicinare l'orecchio alle labbra di Kim per sentire le sue parole. «Ha mentito.»

«Lo so.» disse Josie.

Mentre i suoi agenti raggiungevano la scena, Josie entrò nell'auto di Rowland. Il vetro scricchiolava sotto le sue ginocchia mentre si muoveva sul sedile del passeggero. Rowland era accasciato sul volante, con le braccia lungo i fianchi. Josie gli premette due dita sul lato del collo.

«Grazie a Dio» mormorò quando sentì un debole battito. Si girò e urlò ai suoi agenti: «Abbiamo bisogno di due ambulanze!»

«Stanno arrivando, Boss.» rispose uno di loro a gran voce. Josie diede un colpetto alla spalla di Rowland. «Si svegli» disse. «Mr Rowland.»

Il fumo dal cofano formava ora una densa colonna nera e dalla parte anteriore dell'auto si diffondeva molto calore. L'odore era insopportabile. Josie cercò di slacciare la cintura di sicurezza, ma il meccanismo era bloccato.

«Maledizione! Mr. Rowland, devo farla uscire da questa macchina.»

Nessuna risposta. Lo scosse per le spalle. Lui sollevò la testa; del sangue gli colava dall'orecchio e una brutta escoriazione gli oscurava la tempia. Josie si voltò e gridò a uno dei suoi agenti. «Mi serve un coltello!»

Uno di loro fece capolino nell'abitacolo. «Non ce l'abbiamo.» disse.

«Allora aiutami» urlò Josie. «Aiutami a portarlo fuori di qui prima che questa macchina salti in aria.»

L'agente le passò accanto e insieme cercarono di tirare Rowland fuori dal sedile. Era abbastanza facile districarlo dalla cinghia che passava sul petto, ma la parte inferiore del corpo era bloccata sotto la cintura addominale, completamente tesa. Sia Josie che l'agente erano coperti di sudore e tossivano. «Boss, non possiamo restare qui. Quest'auto sta per esplodere. Non è sicuro.»

Josie strinse la spalla di Rowland. «Non posso lasciarlo qui.» Provarono a tirarlo di nuovo, ma era bloccato. In lontananza si udivano delle sirene. «Vedo se uno dei paramedici ha un coltello.» disse l'agente, scendendo dall'auto.

Josie scosse Rowland, e la sua testa ondeggiò. Allora gli diede un leggero schiaffo sulla guancia. Non potevano aspettare i paramedici. Non c'era tempo. Il fuoco divorava il cofano e si dirigeva verso il parabrezza, le fiamme lambivano l'interno dell'auto dove il vetro si era rotto. «Rowland» gridò Josie. «Dove sono? Dove sono Luke e Victor?»

Lo schiaffeggiò di nuovo e lui schiuse appena gli occhi. Lo prese per le guance con entrambe le mani, girandogli la testa verso di sé tenendola ferma, e gridandogli in faccia: «Dove sono? Dove sono Luke e il bambino?»

Gli occhi di Rowland guardarono verso il parabrezza. La paura li animò per una frazione di secondo. Poi tornò a guardarla.

«Questa è la tua ultima possibilità» gli disse. «Fa' la cosa giusta. Dove sono Luke e il bambino?»

«P-Pa-Patio... Mo...»

Qualcosa sotto il cofano dell'auto esplose, sparando fiamme e pezzi del motore in aria. Josie sentì un braccio circondarle la vita, tirarla all'indietro, fuori dall'auto e poi trascinarla di nuovo su per la collina rocciosa cosparsa di detriti. Sentì le urla, le sirene e il rombo del fuoco che inghiottiva l'auto di Peter Rowland.

Mentre il suo corpo sobbalzava sul terreno sconnesso, piegò il collo per guardare Rowland che veniva inghiottito dalle fiamme e dal fumo.

SESSANTAQUATTRO

La ghiaia le pungeva la schiena. Fissò il cielo azzurro, osservando i getti di fumo nero che attraversavano il suo campo visivo. Il volto di Noah comparve alla sua vista. Le premeva qualcosa di freddo sulla fronte. Lei chiuse gli occhi, solo per un momento, concentrandosi sul suo tocco. Poi lui le fece stendere la mano. Sentì qualcosa di freddo e pungente scorrere sulla ferita e poi qualcosa di caldo e asciutto premervi dentro. Gridò di dolore.

«Allora, sei ancora con noi.» disse Noah.

Il suo corpo esplose in un attacco di tosse. Noah la aiutò a girarsi su un fianco mentre dalla sua bocca uscivano saliva fuligginosa e vomito, e le strofinò la schiena mentre era scossa dagli spasmi. Quando lei ebbe finito, le passò un braccio intorno alla vita e la tirò in piedi. Lei gli si appoggiò. L'odore di bruciato era così forte che non pensava di riuscire a toglierselo dalla pelle o dai capelli. «Sei rimasto per tirarmi fuori?» chiese.

«Qualcuno doveva farlo.» Le fece un sorriso sofferto e lei capì che doveva essere messa piuttosto male perché non si preoccupava nemmeno di rimproverarla per essere quasi morta in quella macchina.

«Kim è sopravvissuta?»

«È grave, ma sì, sta andando in ospedale. Gretchen è con lei. La squadra dello sceriffo si occuperà di questo macello.» Sapeva già che Rowland era morto nell'incendio.

«Ha detto la parola patio. Prima che tu mi tirassi fuori dall'auto. Stavo cercando di farmi dire dove fossero Luke e il bambino. Ha detto patio.»

Noah si accigliò. «Patio?»

«Patio Mo... è tutto ciò che ho sentito.»

«Mo?»

Uno dei paramedici che passava accanto a loro disse: «Patio Motel, forse? Riceviamo chiamate da quel posto due volte a settimana.»

Josie lanciò un'occhiata a Noah: conosceva quel posto. Ci avevano beccato più prostitute e drogati che in qualsiasi altro posto in città.

«Andiamo.» disse Josie.

SESSANTACINQUE

Il Patio Motel si trovava appena fuori dall'Interstatale, su uno spiazzo di asfalto infestato dalle erbacce. C'erano sedici camere sui due piani del motel, otto per ogni piano. Alcune delle porte avevano ancora i numeri di metallo argentato inchiodati nel mezzo di un'orrenda verniciatura verde. Altre avevano perso da tempo i numeri, e sembrava che il personale del motel li avesse semplicemente scarabocchiati con un grosso pennarello nero. Alcune auto di vecchio modello occupavano circa la metà degli spazi.

Tra il parcheggio e l'ufficio del motel si trovava una piscina interrata senz'acqua. Una metà era riempita di rifiuti e nell'altra avevano iniziato a fare un giardino, gettandovi un po' di terra e piantando alcuni fiori dall'aspetto sofferente.

Josie e Noah arrivarono seguiti dagli agenti della Polizia di Stato e dallo sceriffo. Josie aspettò in macchina, mentre Noah correva verso l'ufficio.

Quel posto sembrava una città fantasma, ma Josie sapeva che nessuno dei clienti del Patio si sarebbe fatto vedere in un parcheggio pieno di poliziotti. Mentre aspettava Noah, aprì il bagagliaio e tirò fuori il giubbotto antiproiettile e lo indossò.

Sentiva dolore in tutto il corpo per la caduta dalla scarpata e poi per la risalita accidentata. Non aveva dubbi che, quando finalmente si sarebbe fatta una doccia, si sarebbe ritrovata coperta di lividi. I poliziotti e i vice dello sceriffo seguirono il suo esempio. Presto furono armati e si raccolsero nel parcheggio, pronti a sfondare qualche porta.

Noah uscì dall'ufficio, alzando quattro dita mentre trotterellava verso di loro. «Il direttore ha riconosciuto Leonard Nance dalla foto della patente. Dice che qualche giorno fa, Nance ha affittato una stanza per tutta la settimana, pagando in contanti, al doppio della tariffa, per la privacy.»

«Come hai fatto a farlo parlare?» chiese Josie.

«Gli ho detto che prima mi diceva quello che volevo sapere, prima ci saremmo tolti dai piedi. Non gli piace avere la polizia nei paraggi.» e sorridendo, mostrò una chiave.

Josie sorrise. Il suo primo sorriso genuino della giornata. «Andiamo.» disse.

Josie e Noah si schierarono con due agenti di Stato davanti alla Stanza 4 con le pistole spianate, pronti a sfondare la porta.

Gli agenti dello sceriffo sorvegliavano il retro dell'edificio.

Ignorando il battito frenetico del suo cuore e la tensione delle sue spalle, Josie usò la mano bendata per infilare la chiave nella serratura e girare la maniglia.

Una volta sbloccata la serratura, i quattro attraversarono la porta, perlustrando la stanza e gridando «Polizia!»

La stanza era vuota. Era piccola e c'era puzza di sudore, vomito ed escrementi.

Un letto matrimoniale occupava la maggior parte della stanza, di fronte a una piccola cassettiera con sopra un televisore, su cui scorrevano le immagini di una sitcom in muto.

Il letto era completamente disfatto, con il piumone verde e rosa sgargiante appallottolato ai piedi. C'erano gocce di sangue sparse sul lenzuolo e quella che sembrava una macchia di vomito su un lato.

Sul comodino, accanto a una lampada, c'erano un flacone marrone con prescrizione medica e tre biberon vuoti con quelli che dovevano essere avanzi di latte artificiale che si stavano rapprendendo sul fondo. Tra la finestra e il letto c'era una poltrona giallo senape, ormai logora, con sopra un lenzuolo arrotolato.

Di fronte, sul pavimento, c'era un cesto blu rettangolare per il bucato, con un cuscino adagiato sul fondo.

Mentre Josie si muoveva intorno al letto, il suo piede si impigliò in qualcosa che sporgeva da sotto. Si inginocchiò e sbirciò sotto.

Le si formò un groppo in gola. C'era una scarpa da ginnastica bianca con uno stemma Nike blu sul lato. L'altra scarpa di Luke. Si rialzò in piedi, con le vertigini e combattendo le lacrime. «Erano qui» disse. «Maledizione. Erano qui.»

Noah aveva indossato un paio di guanti in lattice. Sollevò il flacone e lesse l'etichetta con la prescrizione.

«Viene da una farmacia di New York. Ossicodone per una certa Marie Muir.»

«Marie» disse Josie. «La governante di Rowland.»

«Non una governante» disse Noah. «Una babysitter.»

«Capo Quinn» sentì gridare dall'esterno uno degli agenti dello sceriffo.

Josie corse fuori e vide uno degli agenti alcune porte più avanti, dove un vicoletto conduceva al retro dell'hotel. Le fece cenno di avvicinarsi e lei lo seguì dietro il motel, un'area dove l'asfalto era ancora più sconnesso e disseminato di rifiuti, erbacce, vetri rotti e siringhe. C'era un cassonetto verde ricoperto di sporcizia appoggiato a una recinzione a maglie metalliche. Dietro c'era una striscia di terra brulla che si estendeva per un quarto di miglio prima di terminare con i blocchi di cemento che separavano il terreno dietro il motel dalle corsie dell'Interstatale in direzione est. Più avanti ancora c'erano le corsie in direzione ovest. Autoarticolati e automobili sfrecciavano in entrambe le direzioni. I capelli di Josie era scompigliati dal vento.

«C'è qualcuno laggiù» disse l'agente, indicando oltre la recinzione, verso l'Interstatale. «Va verso ovest.» In effetti, in mezzo alle corsie in direzione ovest, una figura procedeva a passo svelto, zoppicando, cercando di correre. Teneva le mani al petto mentre si muoveva. Tra i clacson che suonavano, una dopo l'altra le auto lo evitavano per un soffio. Era troppo lontano per vederlo chiaramente e dava loro le spalle, ma Josie avrebbe riconosciuto la forma del suo corpo ovunque. Per un attimo non riuscì a riprendere fiato. Cercò di dire «Luke» ma dalla sua gola non uscì un suono.

«Probabilmente si è infilato in quel buco nella recinzione» disse l'agente. «Si farà ammazzare.» Dalla radio sulla sua spalla arrivò uno crepitìo.

«Chiama delle unità» ordinò Josie. «E fai venire qui il tenente Fraley.»

In pochi secondi attraversò il buco nella recinzione, battendo sul terriccio mentre correva accanto alle barriere di cemento. «Luke!» urlò, ma la sua voce fu inghiottita dal rumore dei veicoli che sfrecciavano sulla strada. Lui aveva forse mezzo miglio di vantaggio su di lei e i polmoni le dolevano ancora per il fuoco.

Si fermò un attimo, il petto ansimante, e si tolse il giubbotto antiproiettile. In questo modo sarebbe stata in grado di muoversi molto più velocemente, e appena vide passare meno auto in direzione est, saltò le barriere di cemento e attraversò le corsie fino a raggiungere la sponda ovest dell'Interstatale. Mentre la raggiungeva, si accorse che Luke correva a piedi nudi. Doveva aver calpestato dei vetri correndo, perché delle orme insanguinate marcavano il suo passaggio lungo la linea bianca che divideva le corsie.

«Luke!» urlò di nuovo, ma lui non la sentì. Continuava a

sbandare, incurante dei veicoli che gli sfrecciavano intorno, strombazzando con i clacson.

Dove diavolo stava andando?

Stavano raggiungendo un cavalcavia che attraversava il fiume Susquehanna. Un grosso automezzo passò rombando e la strada tremò sotto i piedi di Josie; di fronte a sé vide Luke inciampare sul bordo del cavalcavia. Raggiunse la barriera e vi si appoggiò. Era vicina.

Doveva solo attraversare le corsie senza essere investita. Josie lanciò un'occhiata alle sue spalle e vide Noah in lontananza che correva lungo le corsie in direzione est. Quando si voltò verso Luke, lui stava salendo sulla barriera.

«No!» urlò. «Luke!»

Lui si alzò, barcollando, cercando di stare in equilibrio sul bordo, e le lanciò un'occhiata. Si rese conto che le sue mani avevano qualcosa che non andava. Erano entrambe molto gonfie, la pelle tesa, lucida e rosea. I polsi erano ricoperti da bozzi sanguinolenti. Il viso era livido in varie tonalità di blu e viola, un occhio era tumefatto e quasi chiuso. Il labbro inferiore era incrostato di sangue. I loro occhi si incrociarono ai lati opposti della strada.

Josie urlò: «Non farlo!»

Lui disse qualcosa, ma il suono fu sovrastato dal traffico che passava tra di loro. Poi voltò la testa verso il fiume, incrociò le braccia sul petto e saltò dalla barriera.

SESSANTASEI

Josie attraversò di corsa l'Interstatale, evitando per un soffio di essere schiacciata da un pick-up. Il suo torace era così teso che ansimava mentre si teneva contro la barriera di cemento e guardava verso il fiume. Sotto di lei, la corrente portava via Luke, verso valle. Lui nuotava goffamente, era chiaro che faceva fatica.

Ancora una volta si chiese cosa diavolo stesse facendo, ma poi un lampo di colore brillante più avanti nel fiume attirò la sua attenzione. A parecchi metri di distanza da Luke, si vedeva un'altra persona galleggiare. Josie strizzò gli occhi e scorse dei capelli lunghi e scuri. Una donna. Galleggiava a faccia in su e sul suo petto c'era l'oggetto colorato che aveva attirato l'attenzione di Josie.

«Oh Dio!»

Era un marsupio blu brillante. La nausea scosse lo stomaco di Josie. La donna era saltata dal cavalcavia tenendo il bambino legato a sé, come aveva appena fatto Luke? Guardò in basso, cercando di misurare il dislivello. Erano nel bel mezzo della stagione degli uragani e l'acqua era alta. Un adulto sarebbe sopravvissuto facilmente a un tuffo dall'altezza del cavalcavia, ma un neonato?

Josie scrutò la riva, sperando che la donna fosse corsa giù per l'argine invece di saltare con il bambino. Quella che sembrava una piccola coperta bianca o forse una federa svolazzava dal ramo basso di un albero. Luke riapparve. La sua testa scomparve sotto l'acqua. Josie contò i secondi. Ne passarono cinque e vide di nuovo la parte superiore della testa. Agitava le braccia. Stava per annegare.

Josie si tolse la fondina e le scarpe, montò sulla barriera e saltò.

Scivolare nell'acqua trasmise una scossa fredda ai suoi sensi. Agitò le gambe finché non raggiunse la superficie. Quando tornò a galla, si rigirò nell'acqua per orientarsi, finché non scorse la sagoma di Luke che galleggiava davanti a lei. Per fortuna la corrente si muoveva velocemente.

Con bracciate fluide e regolari, nuotò verso di lui. I polmoni le bruciavano. Trattenne un forte colpo di tosse. Rallentò per un attimo, cercando di evitare che il suo corpo si dissolvesse in un attacco di tosse. Era quasi arrivata. Finalmente con le dita sfiorò la maglietta di lui. Un altro potente colpo sotto l'acqua la portò vicinissima, e lo afferrò per il colletto, tirandolo verso di sé. Lui si dimenò.

«Luke» rantolò. «Sono io. Josie. È tutto a posto. Ti tengo io.»

Gli passò le braccia sotto le ascelle e lo strinse a sé quando lui smise di muoversi. Per qualche secondo galleggiarono insieme nell'acqua. Luke disse: «Il bambino.»

«Lo so.» gli disse Josie.

«Devi prendere il bambino.»

«Sì.»

«Vai! Adesso!»

«Non posso. Non posso lasciarti, annegherai. Ti riporto a riva.»

«Non c'è tempo.»

Josie guardò verso il fiume, ma la donna e Victor erano solo un puntino che ondeggiava verso l'orizzonte e si stavano rapidamente allontanando. La polizia di Denton, lo sceriffo della contea di Alcott e la Polizia di Stato stavano arrivando, ma non sapevano che Marie Muir era finita nel fiume con il bambino.

Il cavalcavia non era nemmeno più visibile. Non avrebbero saputo di dover cercare più a valle per tirare fuori dal fiume la donna. Josie era una buona nuotatrice e, con la corrente che la trasportava, c'erano più che buone possibilità di raggiungere la donna. Ma non poteva portare Luke a riva e inseguire la donna. Non c'era abbastanza tempo per fare entrambe le cose. Se perdeva la donna, perdeva anche Victor Derossi. Sempre che fosse ancora vivo.

«Devi andare» disse Luke, come se le leggesse nel pensiero. «Josie. Devi farlo. È il figlio di Ray. Avrei dovuto dirtelo. Mi dispiace. Quel bambino è il figlio di Ray. Devi andare a prenderlo.»

Le bruciavano gli occhi per le lacrime. Si spostò davanti a lui in modo da trovarsi faccia a faccia. La riva scorreva velocemente davanti a loro mentre la corrente li trascinava. Batteva i piedi mentre gli stringeva il viso. «Noah era dietro di me. Sono sicura che mi ha visto saltare. Mi seguirà. Ti troverà.»

«Vai.» disse Luke.

Josie gli stampò un bacio sulla bocca e, prima che potesse cambiare idea, si allontanò da lui, girandosi a pancia in giù e nuotando il più velocemente possibile verso Marie Muir e Victor Derossi.

SESSANTASETTE

Josie teneva gli occhi puntati sulla testa di Marie Muir che ondeggiava con la corrente. Doveva continuare ad andare avanti. L'estate era appena finita e, sebbene le temperature fossero più fresche, l'acqua non era ancora gelida. Tuttavia, il fiume era freddo e non poteva essere un bene per un neonato rimanervi a lungo.

Sempre che non annegasse. Josie si spinse con il corpo, ma gli arti le sembravano molli e gelatinosi. I polmoni erano in fiamme. Era sempre più difficile prendere aria. Si sentiva come se qualcuno la stringesse, schiacciandole il busto. La sua vista si annebbiò.

Poi lo sentì. Un flebile vagito.

Un flusso di adrenalina la spinse a muovere le braccia e le gambe nell'acqua con rinnovato vigore. Man mano che si avvicinava, i lamenti rabbiosi di Victor si facevano più forti. Purtroppo, non era possibile avvicinarsi di soppiatto alla donna.

Marie, che galleggiava sulla schiena con il bambino nel marsupio sul petto, notò Josie. Il panico le attraversò il viso già pallido e con uno scatto remò con le braccia, aumentando la distanza tra lei e Josie.

«Ferma!» urlò Josie, ma non appena lo disse, si rese conto di quanto sembrasse ridicola. Non ci si può fermare in mezzo a un fiume.

«Esci dall'acqua» urlò allora Josie. «Nuota verso la riva.»

Le braccia di Marie schizzarono più forte. Josie diede più impulso alle gambe e la raggiunse. Senza un bambino legato al petto, Josie era in vantaggio. Riuscì quasi ad afferrarli.

«Marie» biascicò Josie. «Nuota verso riva.»

Lei grugnì e schiaffeggiò le mani di Josie mentre si aggrappava al marsupio. «Lasciami stare.»

Josie si fermò. «Bene» disse. «Dammi il bambino. Dammi il bambino e basta. Non mi interessa chi sei o da dove vieni, e non mi interessa cosa hai fatto. Dammi il bambino.»

Marie respirava a fatica, mentre sbatteva le braccia nel tentativo di allontanarsi. Guardandola da vicino, Josie stimò che avesse circa sessant'anni. Galleggiare era facile, ma se avesse dovuto nuotare pensò che non sarebbe andata molto lontano. Il suo viso corrugato era già di un bianco preoccupante.

«Smetti di nuotare» disse Josie. «Conserva le energie o annegherai. Non sono qui per te. Dammi il bambino.»

Marie diminuì i suoi sforzi e riprese a galleggiare. Avvolto sul suo petto, il bambino si muoveva a tempo con il suo respiro. A scanso di equivoci emise qualche altro sano vagito.

«Per favore» disse Josie. «Sta morendo di freddo. Fammelo portare a riva.»

Dopo quella che sembrò un'eternità, Marie fece scivolare una delle cinghie lungo il braccio e poi l'altra, allontanando il marsupio dal suo busto. Lo girò in modo che Victor si trovasse a faccia in su, galleggiando sulla schiena nel marsupio. Josie si sentì sollevata.

Poi Marie spinse Victor lontano da entrambe e iniziò a nuotare verso riva.

«Ma che puttana.» inveì Josie.

Si lanciò verso il marsupio, sfiorando con le dita una delle cinghie. Gli urli acuti di Victor la incitarono a proseguire. Non poteva avvicinarsi così tanto e poi perderlo. Non ora. Non così. Con un ultimo colpo, afferrò una delle cinghie. Tirò il marsupio a sé e nuotò all'impazzata verso la riva.

Ci vollero diversi tentativi per riuscire a mettere piede sulla terraferma. La stanchezza l'aveva completamente indebolita. Il piccolo Victor ora urlava. In quel tratto di fiume non c'erano né case né moli. Solo alberi. Il senso di disorientamento era opprimente. Non aveva idea di quanto fossero lontani o di dove si trovasse: erano ancora a Denton? Josie recuperò l'equilibrio e pose il marsupio a terra, in modo da poter estrarre Victor. Lui si contorse mentre lei lo tirava fuori. Il suo piccolo viso era viola, ma le era impossibile dire se il colore fosse dovuto al pianto o al freddo, o a entrambi, così lo strinse al petto e si mise a correre.

I calzini bagnati le scivolarono lungo le caviglie, impigliandosi nei ramoscelli e nelle rocce durante la corsa. Il suono delle grida di Victor era soffocato dai suoi stessi respiri affannosi e dal sangue che le pulsava nelle orecchie. Quando finalmente raggiunse una strada a due corsie, cadde in ginocchio. Scrutò i dintorni, ma non vide case o edifici di alcun tipo.

Stava cercando di decidere da che parte andare quando il rumore di un veicolo in avvicinamento attirò la sua attenzione. Alla sua destra, un vecchio pick-up rosso avanzava lungo la strada. Josie incespicò per mettersi in piedi, stringendo Victor al petto con una mano e facendo cenno al pick-up di fermarsi con l'altra.

Il pick-up si fermò con gran stridore di freni a pochi metri da lei. Un uomo sulla cinquantina, con i capelli castani e gli occhiali, guardò fuori dal finestrino a bocca spalancata. Josie poteva solo immaginare come dovesse apparire. Si avvicinò di corsa al lato del passeggero e salì a bordo. L'uomo la guardò. «Ho appena salvato questo bambino dal fiume. È bagnato e sta congelando. Dobbiamo andare all'ospedale.»

Senza dire una parola, l'uomo si tolse la giacca e gliela porse.

Si girò e ruotò la manopola per alzare il riscaldamento. Poi fece un'inversione a U e sfrecciò lungo la strada. Josie era vagamente consapevole che lui le lanciava ripetuti sguardi mentre lei si metteva Victor in grembo e si spogliava rimanendo in reggiseno. Poi tolse la tutina bagnata di Victor e lasciò cadere i vestiti bagnati di entrambi sul sedile di fianco.

Prese in braccio il bambino e lo strinse al petto, pelle contro pelle, e tirò la giacca dell'uomo su entrambi. Dalle bocchette del cruscotto usciva aria calda. Sotto la giacca, Josie accarezzò la piccola schiena di Victor. Alla fine, le sue grida si placarono e lui, esausto, si addormentò accoccolato contro di lei.

SESSANTOTTO

Al pronto soccorso del Denton Memorial Hospital, Josie si mise sulle spalle la giacca del buon samaritano e cominciò a camminare fuori da una stanza dalle pareti di vetro mentre un medico e tre infermiere controllavano Victor Derossi. Le sue urla perforavano l'aria, facendo fermare i passanti davanti alla stanza per guardare dentro. Un'infermiera sorrise a Josie mentre passava e disse: «Sembra che abbia fame.» In realtà sembrava che qualcuno stesse torturando il povero neonato, ma Josie si rese conto che probabilmente l'infermiera aveva ragione. Non avevano idea di quando avesse mangiato l'ultima volta.

«Boss.» Noah apparve accanto a lei, fradicio e coperto di fango e foglie.

Senza pensarci, Josie lo afferrò in uno stretto abbraccio. Lo lasciò in tempo per vedere un rossore colorargli le guance. «L'hai preso? Hai trovato Luke?»

Sorrise. «L'ho preso. Sta bene. Si stanno occupando di lui in fondo al corridoio. È in pessime condizioni, ma è vivo.»

Josie si afflosciò contro di lui e lui le passò un braccio intorno alla vita, accompagnandola per qualche passo lungo il corridoio fino a una sedia. Lei cercò di trattenere le lacrime, ma gliene sfuggirono un paio. Noah si allontanò e riapparve pochi secondi dopo con un pacchetto di fazzoletti in mano. Josie li prese, mormorando un grazie, e si concentrò per ricomporsi. Sia Luke che Victor Derossi erano vivi e al sicuro. Fece qualche respiro profondo e si asciugò gli occhi.

«E il bambino?» chiese Noah.

«Incazzato.»

Noah si avvicinò al vetro e sbirciò all'interno. Josie lo seguì, guardando da sopra le sue spalle. Fortunatamente, una delle infermiere stava agitando un biberon pieno di latte artificiale.

L'altra infermiera avvolse il bambino e lo prese dalla barella, tenendolo sapientemente nell'incavo di un braccio. Si fece passare il biberon dalla collega e strofinò la tettarella sulle labbra di Victor, che la prese in bocca avidamente e finalmente si calmò. Un silenzio celestiale scese sul pronto soccorso. Il medico uscì dalla stanza. «Sta bene» disse a Josie. «È impressionante. Non sembrano esserci ferite, né segni di patologie o disidratazione. Nessuna ipotermia. Niente febbre. È... perfetto. Chiunque lo abbia tenuto si è preso cura di lui. Non ha subito conseguenze dalla nuotata.»

Josie rilassò le spalle per il sollievo. «Grazie.» disse.

«Lo terremo per tutta la notte solo per monitorarlo. Ha un genitore o un tutore che possa venire a stare con lui o dobbiamo chiamare i servizi sociali?»

«No» si affrettò a dire Josie. «Non c'è bisogno di chiamare i servizi sociali. Troveremo un familiare.»

Quando il medico se ne andò, disse a Noah: «Vedi se l'amica di Misty può venire. Se non ce la fa, chiamo io la madre di Ray.»

«La madre di Ray? Boss, non sai nemmeno con certezza se è il figlio di Ray.»

Josie fissò il fagottino tra le braccia dell'infermiera. Gli avevano messo un cappellino azzurro in testa. Da quella posizione Josie riusciva a scorgere solo la sua fronte rosa. «È proprio il figlio di Ray.» disse. Non sapeva come, ma lo sapeva. Aveva pensato che quando lo avesse visto si sarebbe sentita triste o tradita in qualche modo. Misty aveva un pezzo di Ray che Josie non avrebbe mai avuto. Aveva fatto qualcosa che Josie non era mai stata disposta a fare, che Ray non aveva mai voluto che facesse. Aveva pensato che si sarebbe sentita in qualche modo a disagio vedendo il figlio di Ray, invece, tutto ciò che provò fu un senso di protezione e di sollievo come non aveva mai provato.

Non aveva idea di che tipo di madre sarebbe stata Misty, e ancora si chiedeva se fosse stato saggio mettere al mondo un bambino il cui padre non solo era già morto ma era anche un paria della società. Però tutto questo non aveva importanza. Non in quel momento. Ciò che importava era che avesse trovato il bambino e che fosse vivo.

Aspettò che Noah si opponesse ancora all'idea di chiamare la madre di Ray; invece fece una telefonata a Brittney. Josie riuscì a sentire le sue grida di gioia a un metro e mezzo di distanza. «Direi che può venire a stare con lui.» disse Josie quando riattaccarono.

Noah sorrise.

«Hai trovato la Muir?» gli chiese poi.

Lui annuì. «Lo sceriffo è andato a prenderla. Ha iniziato a confessare non appena ha scoperto che Rowland e Nance erano morti. A quanto pare, Nance l'aveva spaventata a morte. Le aveva detto che avrebbe ucciso lei e tutti quelli che conosceva se la polizia avesse trovato il bambino. Ecco perché è scappata quando ci ha visti arrivare.»

«E Luke l'ha seguita. Dimmi, ha detto se si è buttata dal cavalcavia?»

«No, è scesa dalla scarpata. Credo che Luke si sia buttato per essere più veloce.»

«Sì, è così. Quindi era la Muir a occuparsi del bambino e di Luke.»

«È un'infermiera in pensione di Brooklyn. Rowland l'ha pagata una bella somma per occuparsi di un bambino per un paio di giorni. In realtà sono stati a casa di Rowland fino a pochi giorni fa. Dice che un uomo di nome Leo è venuto a prelevare una specie di tampone dalla guancia del bambino. Poi Leo è venuto a prendere lei e il bambino, li ha scaricati al Patio Motel e poi ha portato Luke. Si è sentita in colpa per Luke e gli ha dato alcuni dei suoi antidolorifici che prende per il dolore cronico alla schiena causato da un incidente d'auto. Ma dice che non sapeva chi fossero il bambino o Luke.»

«Balle» disse Josie. «Sono sicura che aveva un televisore nella stanza al motel.»

«Beh, lasciamo che se ne occupi il procuratore» disse Noah. «Gretchen è andata a controllare mentre la Scientifica analizza la scena del motel.»

«Come sta Kim?»

«Ha alcune fratture e una contusione allo sterno. Ha riportato gravi lacerazioni al cuoio capelluto e alla gamba, ha perso molto sangue. Commozione cerebrale. È ancora viva.»

Per quanto a Josie importasse poco di Kim Conway, era contenta che fosse sopravvissuta all'incidente.

«Sappiamo cosa ha causato l'incidente?»

Noah tirò fuori il telefono. «Sì. Kim e Rowland stavano discutendo quando hanno superato la scarpata. La discussione era accesa. Ho chiesto all'ufficio dello sceriffo di inviarmi via e-mail l'estratto delle comunicazioni dall'interno dell'auto, dopo che Rowland si è allontanato. È meglio che lo ascolti anche tu.»

Non avendo cuffie, trovarono un bagno misto e si chiusero dentro. Si misero faccia a faccia e con il telefono in mano mentre Noah avviava un file audio. All'inizio c'era solo silenzio. Poi sentirono la voce di Kim. «Tutte quelle cose che mi hai promesso prima... potresti prendere accordi con un avvocato. Voglio dire, sei ricco, giusto?»

Rowland rispondeva: «Abbastanza ricco, sì, e potrei certamente prendere tutti gli accordi per legittimarti come mia erede senza mai vederti di persona.»

«Quindi avresti potuto rimandarmi in prigione con il capo Quinn.»

«Infatti. Avrei dovuto rimandarti indietro con lei. Temo che questo le causerà un po' di problemi».

Kim diceva: «Allora perché sono qui? È un po' tardi per farsi avanti e giocare al padre premuroso.»

Rowland rideva. «Oh, Kimberly, non mi interessa essere tuo padre.»

Dalla voce di Kim traspariva una leggera ansia. «Cosa vuoi dire?»

«Hai davvero creduto a tutte quelle sciocchezze di prima, sul fatto che tu e Polly eravate pure perché eravate frutto dell'amore?»

«Cosa stai dicendo?»

«Sto dicendo che ho mentito, mia cara. Hai una certa familiarità con questa pratica.»

«E Polly? L'altra tua figlia?»

Rowland aveva emesso un mugugno. «Polly era una psicopatica nata. È stata incorreggibile fin dalla più tenera età. Mia moglie si rifiutava di rendersene conto. Anche dopo che aveva spinto una sua compagna di scuola giù da una scalinata. Quella ragazza non camminerà mai più per colpa della mia Polly. So che lo fece di proposito. Me lo disse lei stessa. Ci sono voluti milioni per tenerlo nascosto. Non ha avuto rimorsi e sua madre l'aveva difesa.»

«Le hai... le hai uccise? Polly e sua madre?»

«L'autista che le ha investite aveva dei debiti di gioco molto consistenti. Di quelli che potevano causare la morte dei suoi familiari. Ho pagato i suoi debiti, l'ho mandato a farsi un pieno tale da superare il limite consentito dalla legge, e poi gli ho detto a quale angolo appostarsi e quando. È stato ben ricompensato. Tra qualche anno uscirà di prigione per buona condotta e avrà una bella somma da parte per vivere il resto della sua vita. La sua famiglia è al sicuro e non può accumulare debiti di gioco mentre è in carcere.»

«Mio Dio.»

«E tu... tu pensi che io non sappia che tipo di persona sei? Sono tornato da tua madre quando avevi dodici anni. È stato prima di sposare mia moglie. Volevo darle una possibilità. Lei mi raccontò tutto delle bugie e dei furti.»

«Ma io...»

«Risparmiatelo, ti prego. So che hai passato un anno in un carcere minorile.»

«Sapevi di me da quando sono nata. Perché mi hai lasciata per ultima?»

«Solo quando ho scoperto di Aaron King mi sono reso conto della portata di ciò che avevo fatto, di ciò che avevo consentito che venisse messo al mondo. Solo dopo che è stato arrestato e ho saputo che era mio figlio, ho capito che dovevo liberare il mondo dal mio seme cattivo. Ho lasciato te ed Eric per ultimi. Eravate sempre visibili, facili da trovare. Gli altri sono stati più difficili da rintracciare. Volevo chiudere i contratti del casinò prima di sbarazzarmi di Eric, ma Leonard ha rovinato tutto, uccidendolo troppo presto. Ma gli ho fatto tenere d'occhio te ed Eric abbastanza a lungo da scoprire che ti sei prostituita con tutti gli uomini dell'organizzazione di Eric. Il capo Quinn ritiene che tu abbia ucciso Denny Twitch e Leonard, il che fa di te una puttana assassina.»

La voce di Kim tremò. «Ero prigioniera di Eric. Ho fatto quello che dovevo per rimanere in vita. No, non sono orgogliosa delle scelte che ho fatto, ma sono ancora viva.»

Rowland rise di nuovo. «Non per molto, mia cara.»

«Cosa racconterai al capo Quinn? Che ne sarà di Trinity Payne?»

«Devo solo prendere accordi per metterle a tacere.»

«Hai intenzione di ucciderle?»

«Solo se non accetteranno le mie generosissime offerte.»

«Intendi tangenti.»

«Chiamale come vuoi. Non mi piace fare un massacro, ma farò quello che devo per tutelarmi.»

«Non ti piace fare un massacro? Quante persone hai ucciso?»

«Nessuna.»

«Ah giusto, tu non ti sporchi le mani. Perché sei una persona tanto buona, vero?»

«Ho salvato l'agente Creighton, no? Avrei potuto lasciarlo morire in quella chiesa, ma era innocente. Quanto a Victor Derossi... prima o poi verrà restituito a sua madre.»

«Prima o poi? Ma non sono dove hai detto che dovevano essere, vero? Hai mentito. Tu sei un bugiardo e un assassino, e pensi che io sia una persona cattiva? Pensi che tutti i tuoi figli siano persone terribili? Ti sei mai chiesto da chi hanno preso?»

A quel punto la voce di Rowland suonava roca di rabbia o di foga, Josie non lo seppe dire con certezza. «Mi sto assumendo la responsabilità di ciò che ho creato! A differenza di tutti voi piccoli bastardi, io sto cercando di rendere il mondo un posto migliore.»

«Beh, questo è un modo piuttosto incasinato di farlo, *papà*» aveva sbottato Kim. «Non credo che a te importi qualcosa del mondo. Credo che ti interessi solo che nessuno di noi metta le sue sporche mani sul tuo impero. Penso che tu tenga alla tua eredità più di qualsiasi altra cosa.»

«Non importa quello che pensi» aveva replicato Rowland. «Nessuno soffrirà più per mano di uno dei miei figli, e se la mia eredità rimarrà intatta, sarà un ulteriore vantaggio.»

Seguiva il silenzio. Josie guardò lo scorrere dei secondi sul file audio. Trenta secondi, quaranta secondi, quarantatré secondi. Poi si udirono dei fruscii, degli schiaffi e alcuni grugniti. «Basta!» gridava Rowland. «Cosa stai facendo? Smettila!»

Altri rumori di lotta. Rowland urlava: «Lasciami! Lascia il volante! Ci ucciderai entrambi. Maledizione...»

La registrazione si spense. Josie e Noah si guardarono per un lungo momento.

Poi lei disse: «Assicurati che il procuratore lo riceva, d'accordo?»

«Certo.»

«Sai dove trovarmi.» gli disse Josie e lo lasciò nel bagno per andare a telefonare a Carrieann.

SESSANTANOVE

Carrieann raggiunse Josie al Pronto Soccorso del Denton Memorial Hospital. Una accanto all'altra, aspettarono davanti a un vetro divisorio mentre un'infermiera collegava Luke a una flebo. Era svenuto, esausto per il calvario e per gli antidolorifici che gli stavano somministrando. Josie aveva avuto modo di parlare con il medico, ma non con Luke.

«È gravemente disidratato» disse Josie. «Ha quasi tutte le dita rotte. Gli sono rimaste intatte solo alcune ossa in ciascuna mano. Pare che gli scagnozzi di Dunn abbiano usato un martello. Dato che nascondeva Kim, hanno pensato che sapesse dove fosse il bambino e hanno cercato di tirarglielo fuori a suon di martellate. Comunque, il personale del pronto soccorso sta aspettando l'ortopedico. Sta finendo un'operazione e poi porteranno Luke al piano di sopra. Cercheranno di sistemare quello che possono.»

Carrieann scosse la testa e si abbandonò a un'ondata di lacrime. «Le ossa guariranno» disse. «È ancora vivo.» Tese una mano e Josie la strinse. Carrieann incrociò il suo sguardo. «Ma non facciamolo più, che ne dici?»

Josie rise. «Sono d'accordo.»

Luke era seduto nel suo letto d'ospedale, con un vassoio pieno di cibo davanti a sé. Aveva entrambe le mani bendate e fissava con desiderio il vassoio. Con la mano destra, cercò di spostare la forchetta. Josie lo osservò dalla porta per qualche secondo prima di avvicinarsi, prenderla, infilzare il petto di tacchino e portargliela alle labbra. Lo imboccò in silenzio per diversi minuti. Alla fine, lui scosse la testa a indicare che ne aveva avuto abbastanza. «Grazie.» disse.

Lei annuì e si sedette sulla sedia accanto al letto. Sarebbe stata una lunga convalescenza per lui. Per entrambi. Avrebbe avuto bisogno di molte cure. Forse di un'infermiera a domicilio. Come se le leggesse nel pensiero, Luke disse: «Carrieann ha detto che posso stare da lei per un po'. Ha abbastanza aiutanti per la fattoria da potersi occupare di me praticamente ventiquattr'ore su ventiquattro. Sto pensando di accettare la proposta.»

Josie fu sorpresa dalla delusione che la pervase. Soprattutto perché la verità era che, in fondo, non si aspettava che la loro relazione sopravvivesse. Non a una cosa del genere.

Erano state dette troppe bugie. E sapeva che, quando avrebbe scoperto la verità su ciò che era accaduto tra lui e Kim Conway, quanto era rimasto tra loro avrebbe ricevuto il colpo di grazia.

Le lacrime le salirono agli occhi. Abbassò lo sguardo sul suo grembo. «Sei sicuro di volertene andare?»

«Josie, c'è qualcosa che dovresti sapere.»

Lo guardò. «Sei andato a letto con Kim.»

Lui voltò la testa dall'altra parte. «Mi dispiace» disse. «Sono davvero, profondamente dispiaciuto. Non avrei mai voluto che le cose finissero così... fuori controllo.»

«Avresti dovuto parlarne con me» disse Josie. «Dopo tutto quello che abbiamo passato insieme? Non pensavi di poterti fidare di me?»

Aggrottò la fronte. «Non mi sono mai trovato in una situazione del genere. So di aver fatto delle scelte sbagliate, e poi una scelta sbagliata dopo l'altra, fino a quando non mi sono trovato così in difficoltà da sapere che non ne sarei potuto uscire senza rovinare la mia vita e forse anche la tua.»

«Stavo per diventare tua moglie» gli ricordò. «Avresti dovuto fidarti di me. Invece mi hai esclusa.»

«Mi dispiace. Mi dispiace davvero.»

«Perché?» chiese Josie. «Perché non ti sei fidato di me? Eri così freddo, così distante. Era come se non potessi raggiungerti.»

«Non sono il solo a essere chiuso, Josie.»

Lei strizzò gli occhi. «E questo cosa vorrebbe dire?»

Lui le rivolse un sorriso malinconico. Il suo tono non era accusatorio. Solo triste.

«Pensi che non sappia di tutti i ricordi oscuri che hai seppellito? Di tutte le cose che tieni imbottigliate in quella tua testa matta? Non lasci entrare nemmeno me.»

Josie si alzò, sentendo lo stomaco sprofondare. «Non sai di cosa parli.»

Luke scosse la testa, ridendo sommessamente. «Ecco che ti metti sulla difensiva. Josie, sto cercando di parlarti. Mi dispiace di non essere stato aperto con te, ma nemmeno tu sei completamente sincera con me. Non mi dici le cose. Ti mostri all'altezza, e gestisci tutti i tuoi casini, ma qualsiasi cosa ti sia successa quando eri piccola... ha fatto dei danni. Ma non ti sei mai fidata abbastanza da lasciarmi entrare, da permettermi di aiutarti.»

Una lacrima solitaria le scivolò lungo la guancia e lei la asciugò furiosamente, odiando se stessa. Si puntò un dito sul petto. «Perché io non ho bisogno di aiuto. Non c'è nulla di sbagliato in me.»

«Perché i tuoi armadi non hanno le ante, Josie? Eh? Come ti sei procurata la cicatrice che hai sul lato del viso?»

«Non sono affari tuoi.»

Annuì, come se fosse d'accordo su qualcosa. «Giusto. Non sono affari miei. Dovremmo sposarci e tu non mi dici nulla di te.»

«Smettila di far ricadere la colpa su di me» sbottò Josie. «Non sono io quella che ha mentito, che ha coperto un triplice omicidio, che ha nascosto un'assassina bugiarda in casa per mesi. Non sono io quella che ha tradito. Non ho fatto nulla di male.»

«Non mi hai mai mentito?»

«No, non l'ho mai fatto.»

«Quante volte sei stata sulla tomba di Ray? Al campo da sportivo? Quante volte solo nell'ultimo mese?»

«Non parlare di Ray.»

«Oh giusto, non posso parlare di Ray. Non posso tirarlo in ballo. Ray conosceva tutti i tuoi segreti. Ray è morto e ancora lo ami più di me.»

Josie sentì qualcosa dentro di sé ammorbidirsi. Un'altra lacrima le scivolò sulla guancia. La sua voce si incrinò quando parlò. «Non è vero.»

Luke alzò le mani fasciate come in segno di resa. «Non

importa. Non credo che saremmo andati avanti... non a lungo. Mi dispiace.» Mentre parlava, Josie poté vedere piccole perle di sudore formarglisi lungo l'attaccatura dei capelli, il suo volto diventare cinereo. «Hai bisogno di antidolorifici?» Lui annuì, con il respiro più affannoso. Josie corse in corridoio a cercare l'infermiera. Quando entrarono, lui stava vomitando sul vassoio.

«Oh, cielo!» esclamò l'infermiera. Gli iniettò dei farmaci nella flebo mentre Josie lo ripuliva. «Gli ho dato anche qualcosa per la nausea.» disse l'infermiera prima di lasciarli di nuovo soli. Josie si rimise a sedere sulla sedia, guardandolo sonnecchiare e cercando di non piangere. Quando si mise a russare, Josie andò a prendere un po' d'aria e una tazza di caffè.

Tornò un'ora dopo e lo trovò sveglio, con lo sguardo perso nel vuoto verso il televisore appeso alla parete, e vedendola entrare le rivolse un debole sorriso.

«Scusami» disse. «Il dolore... è...»

«Capisco.» disse Josie. Non si sedette.

«Mi dispiace» disse ancora Luke. «Per come sono andate le cose. Ti amo, lo sai. Ti amo davvero.»

«Ti credo.» rispose Josie. Si avvicinò e gli diede un ultimo, lungo bacio sulla bocca. Era quasi uscita dalla porta quando si fermò e si voltò indietro. «Luke, hai mandato tu Kim a casa di Misty Derossi?»

«No» rispose. «Non sapevo dove fosse andata finché non è tornata e mi ha detto che era stata da lei e che uno degli uomini di Eric aveva preso il bambino.»

«Lo immaginavo.»

«Mi ha detto di aver raccontato a Misty che l'avevo mandata da lei e che se Misty l'avesse aiutata, sarei stato più propenso a fare quello che voleva, cioè parlare con te del fatto che il bambino è di Ray. Devi capire che Kim è molto manipolatrice e può essere davvero convincente quando si mette in testa una cosa. Non escluderei che abbia convinto Misty a partorire in casa.»

«Oh, lo so bene» disse Josie. «Di cosa voleva parlarti Misty? Quando l'hai incontrata al Foxy Tails e quando lei è venuta a casa tua?»

«Soprattutto del bambino di Ray, ma lascerò che sia lei a dirtelo. È quello che avrei dovuto fare fin dall'inizio.»

SETTANTUNO

Misty era ricoverata due piani sopra quello di Luke. Josie bussò piano alla porta prima di entrare. «Sei tornata.» disse Misty sorridendo. Un lato del suo viso era ancora afflosciato. Alzò la mano buona e si toccò la guancia. «Paralisi temporanea» spiegò. «Hanno detto che dovrebbe regredire. Ci vorrà molta terapia, ma pensano che riuscirò a recuperare tutte le funzioni.»

Josie si avvicinò di un passo. «Meno male.»

«Non avrei mai pensato di essere felice di vederti.» commentò Misty. Josie annuì. «Nemmeno io.»

Osservò la stanza.

«Dov'è il bambino?»

«Oh, è a casa con Brittney. Lo riporterà tra qualche ora. La mia vicina, che Dio la benedica, le darà il cambio per farla riposare un po'.»

«Fantastico.» disse Josie.

«So che non siamo sempre andate... molto d'accordo» disse poi Misty. «Ma ti ringrazio per quello che hai fatto.»

«È il mio lavoro.» rispose Josie.

Misty rise. Un sottile rivolo di bava le colò dal lato pendente della bocca. «È quello che diceva sempre Ray. "È solo il mio lavoro".»

«Ti manca.» disse Josie. Il suo cuore soffriva per lui quasi ogni giorno e per questo era ancora furiosa nei suoi confronti. Si chiedeva se quei sentimenti sarebbero mai scomparsi, o almeno si sarebbero placati.

«Sì» disse Misty. «Da impazzire. Senti... riguardo a Victor.»

«Lo so» disse Josie. «È il figlio di Ray.»

«Luke te l'ha detto?»

«No. L'ho scoperto mentre cercavo di ritrovarlo. Ascolta, Misty, non fa niente. Mi sta bene, chiaro?»

«Lo dici solo perché sono... ridotta così?» rise di nuovo, e altra bava le uscì dall'angolo della bocca. Josie prese un fazzoletto dalla scatola sul comodino e glielo porse. Misty si asciugò il viso.

«No.» rispose Josie. Dentro di lei c'era ancora una guerra: il senso di irrealtà che provava per essere stata l'amore della vita di Ray e per non essere stata colei che avrebbe dovuto dare alla luce suo figlio, contrapposto all'istantanea sensazione di legame che aveva avuto con Victor dal momento in cui lo aveva stretto tra le braccia. «Senti, non importa. Ray vorrebbe che io fossi d'accordo. Capisci?»

«Grazie.»

Josie annuì, sentendosi a disagio. «Luke ha detto che c'era qualcos'altro di cui volevi parlarmi, ma ha detto che avrebbe lasciato che fossi tu a dirmelo.»

Misty si concentrò sul fazzoletto che teneva in mano, stringendolo e rilasciandolo più volte. «Ti prego, non prenderla male.» disse, e Josie sentì un gemito salirle dalla gola. Tuttavia, rimase in silenzio. Misty continuò: «Il fatto è che ho usato tutti i miei risparmi per la procedura in vitro. So che Ray aveva un'assicurazione sulla vita. Mi chiedevo se ne fosse rimasto qualcosa o se rimanesse qualcosa del suo patrimonio per aiutare... Victor.

Odio chiedertelo, ma... beh, non posso certo tornare a ballare dopo questo.»

Josie si sentì avvampare di rabbia, ma si ricordò che, per qualche motivo, Ray si era innamorato di quella donna. Il suo ultimo desiderio era che lo rispettasse e che rispettasse anche lei, per quanto la detestasse. «Ray aveva una piccola assicurazione sulla vita» disse quindi. «Ne ho usato una parte per pagare il suo funerale dopo che sua madre lo aveva organizzato e il resto l'ho dato a lei. È quello che avrebbe voluto Ray. Per quanto riguarda il patrimonio, non c'era nessun patrimonio. Eravamo ancora sposati, quindi tutto è andato automaticamente a me. Quando dico tutto, intendo la nostra casa. Era tutto quello che avevamo, ed era pesantemente ipotecato. Non ho ricavato molto dalla vendita.»

«Oh.» disse Misty, accasciandosi contro i cuscini.

Josie sentì l'acido salire in gola. Una voce nella sua testa le diceva di voltarsi, uscire dalla stanza e non tornare mai più: non era un problema suo. Ma sentiva anche Ray, chiaramente come se fosse accanto a lei. *E dai, Jo.*

Josie chiuse gli occhi, contò fino a cinque e li riaprì. «Ma ascolta» riprese pronunciando quelle parole con fastidio. «Ti aiuterò come posso, okay? A due condizioni.»

Gli occhi di Misty si illuminarono di speranza. «E cioè?»

«Devi parlarne alla madre di Ray. Ha avuto una vita difficile, chiaro? Victor è suo nipote. Ha il diritto di conoscerlo e ti aiuterà. So che lo farà. Lasciala partecipare a tutto questo.»

Misty annuì. «Va bene, lo prometto. Qual è l'altra condizione?»

«Non puoi chiamare il bambino Victor.»

«Come sarebbe?»

«Victor. L'hai chiamato come il padre di Ray, giusto?»

«Sì, è così.»

Josie fece un respiro profondo. «Il padre di Ray picchiava la signora Quinn. Di brutto. E non ci andava molto leggero nemmeno con Ray. Posso dire con certezza assoluta che Ray non vorrebbe che suo figlio si chiamasse come suo padre.»

Misty si portò la mano buona al petto. «Oh mio Dio. Oh no. Non lo sapevo. Mi dispiace. Io...»

Josie allungò la mano e toccò il braccio di Misty. «Non c'è problema. Non lo sapevi. Non è niente di grave. Ma non hai ancora compilato il suo certificato di nascita, giusto?»

«No, non ancora.»

«Allora scegli un altro nome.»

Misty rimase in silenzio per un lungo momento. «Che ne dici di Harris?» chiese infine. «Come il capo? Harris Raymond Derossi.»

Josie sorrise. «Oppure Harris Raymond Quinn.»

«Davvero?»

Josie fece una mezza alzata di spalle. «È il figlio di Ray.»

«Grazie.» disse Misty.

Josie le accarezzò di nuovo il braccio prima di andarsene e pronunciò le parole che non avrebbe mai pensato di dire a Misty Derossi. «A presto.»

SETTANTADUE

Kim Conway fu dimessa dall'ospedale dopo due settimane e venne rinchiusa nel penitenziario della contea di Alcott in attesa della riduzione delle accuse a suo carico per la morte di Denny Twitch. Il procuratore distrettuale stava indagando su ciò che era realmente accaduto a casa di Brady ed Eva Conway e sull'omicidio di Leonard Nance.

Josie aveva saputo che stavano pensando di accusare sia Kim che Luke di ostruzione alla giustizia e occultamento di cadavere per la questione Kavolis. Carrieann disse a Josie che Luke era rassegnato a qualsiasi cosa dovesse accadere ed era pronto a rispondere delle proprie azioni. Josie sperava, per il suo bene, che riuscisse a patteggiare e a evitare la galera.

Di certo la sua carriera nelle forze dell'ordine era finita. Kim avrebbe sicuramente evitato il carcere una volta messe le mani sul patrimonio di Peter Rowland. Si diceva che avesse già assunto un avvocato di alto livello per assicurarsi che fosse nominata unica erede di Rowland. Josie provava ancora sentimenti contrastanti nei confronti di Kim, ma non poteva fare altro che fornire al procuratore tutte le prove e lasciare che il pubblico ministero facesse il suo lavoro.

Trinity Payne si occupò del servizio dell'intera storia, che si rivelò più grande di quella del killer dell'Interstatale, e apparve su tutti i notiziari di tutti i canali che Josie riuscì a trovare. Solo la HBO le dava un po' di sollievo evitando di mandare in onda i servizi di Trinity.

Dopo che venne fuori la storia sui figli dei donatori, Josie trascorse quasi due giorni a letto, scolando una bottiglia di bourbon. Cercò e si sbarazzò di tutto ciò che riuscì a trovare in casa che riguardava il matrimonio.

Nascose l'anello di fidanzamento nei recessi del suo portagioie, dove non avrebbe potuto vederlo nemmeno di sfuggita: proprio accanto alla vecchia fede nuziale. Svanito il bisogno di bere e piangere, iniziò a pulire. Strofinò ogni superficie della casa, passò l'aspirapolvere su ogni centimetro quadrato di moquette, persino negli angoli, sui gradini e sotto i mobili. Riordinò tutto in modo che ogni stanza avesse un aspetto diverso. Cambiò la disposizione negli armadietti della cucina.

Poi, per tutto il giorno successivo, continuò a prendere il caffè dal pensile sbagliato e a sbattere gli stinchi su mobili che non si trovavano al loro posto.

Due sere dopo la grande ristrutturazione della casa, aveva appena sbattuto il ginocchio sullo spigolo del tavolino, quando bussarono alla porta. Zoppicando, andò ad aprire e, accendendo la lampada a soffitto, vide Lisette, Noah, Gretchen e la dottoressa Feist, riuniti sul portico.

«Sorpresa!» urlarono all'unisono. Fu allora che Josie notò una bottiglia di champagne tra le mani di Gretchen, dei palloncini legati al deambulatore di Lisette, una torta a strati tra le braccia della dottoressa Feist e dei fiori sul petto di Noah.

«Ma cosa si festeggia?» chiese Josie. Desiderò immediatamente di non essere in tuta e con i capelli sporchi di tre giorni.

Lisette si fece strada attraverso la porta facendo sbattere i palloncini contro il viso di Josie passando. Josie li allontanò lasciando che tutti gli altri entrassero. Noah le porse il mazzo di fiori. «Questi sono da parte di Trinity» disse. «Avrebbe voluto venire, ma stasera è alla CNN.»

Josie li seguì in cucina e li osservò in un silenzio sbalordito mentre si mettevano all'opera per apparecchiare la tavola, trovare i bicchieri da vino e mettere le candele sulla torta, estratte dalla tasca della giacca della dottoressa Feist.

Lisette lanciò un'occhiata da sopra le spalle e sorrise a Josie. «Ti sei dimenticata, vero?»

Josie fece un passo avanti e guardò la torta. La scritta di glassa blu diceva «Buon compleanno, Capo!»

«Oggi compi trent'anni.» le ricordò Lisette.

Noah disse: «Abbiamo ordinato da mangiare. Dovrebbe arrivare a momenti.»

Josie si guardò intorno e per la prima volta dalla morte di Ray sentì qualcosa, seppur piccolo, riempire il vuoto che lui aveva lasciato nella sua vita e nel suo cuore. «Grazie.» disse sommessamente.

Grazie mille per aver letto *La ragazza senza nome*. Se vi è piaciuto e volete essere aggiornati su tutte le mie ultime uscite, iscrivetevi al seguente link. Il vostro indirizzo e-mail non sarà mai condiviso e potrete cancellarvi in qualsiasi momento.

italia.bookouture.com/subscribe/

Se siete tornati per questa seconda puntata delle avventure di Josie Quinn, voglio ringraziarvi di cuore per essere rimasti con lei. So che ci sono tantissimi libri straordinari da leggere, quindi apprezzo molto il fatto che dedichiate il vostro tempo a Josie. Se siete nuovi alla serie di Josie Quinn, vi ringrazio per averla provata. Spero che vi sia piaciuta e che vogliate continuare leggendo il Terzo Libro, per scoprire molto di più sul passato di Josie.

Mi piace ascoltare i lettori. Potete mettervi in contatto con me attraverso i social media qui sotto, compreso il mio sito web e la mia pagina Goodreads. Inoltre, se ve la sentite, vi sarei molto grata se lasciaste una recensione e magari consigliaste *La ragazza senza nome* a un altro lettore.

Le recensioni e le raccomandazioni del passaparola aiutano molto i lettori a scoprire uno dei miei libri per la prima volta. Come sempre, grazie mille per il vostro sostegno! Significa molto per me! Non vedo l'ora di sentirvi e... arrivederci alla prossima volta!

Grazie,

Lisa Regan

www.lisaregan.com

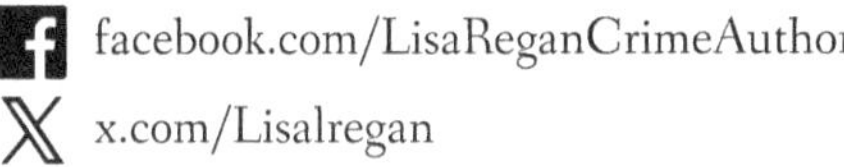

RINGRAZIAMENTI

Come sempre, desidero innanzitutto ringraziare i miei meravigliosi lettori. Grazie per aver letto, recensito e consigliato i miei libri ad altri. Grazie per il vostro incessante entusiasmo, che mi fa andare avanti.

Grazie a mio marito Fred e a mia figlia Morgan per avermi motivata a finire questo libro e per aver saputo cosa dire ogni volta che mi sentivo insoddisfatta. Grazie anche alla mia famiglia: William Regan, Donna House, Rusty House, Joyce Regan e Julie House, miei costanti e ardenti compagni in questo fantastico viaggio.

Grazie ai miei amici più fidati e ai miei primi lettori, che sono tutti scrittori incredibili: Nancy S. Thompson, Dana Mason e Katie Mettner. Siete la mia ancora di salvezza e non potrei farcela senza di voi! Grazie di cuore a Torese Hummel per la sua passione, onestà e disponibilità ad aiutarmi a diventare una scrittrice migliore!

Grazie a Susan Sole per le innumerevoli parole di incoraggiamento e di sostegno, puntualmente accorse quando ne avevo più bisogno. Grazie anche ai miei amici e familiari che mi incoraggiano e diffondono la voce senza sosta: Melissia McKittrick, Ava McKittrick, Andy Brock, Kevin e Christine Brock, Michael J. Infinito Jr., Carrie A. Butler, Helen Conlen, Marilyn House, Dennis e Jean Regan, Laura Aiello, Tracy Dauphin e le famiglie Tralies, Conlen, Funk e Regan.

Grazie di cuore al sergente Jason Jay per aver risposto

ancora una volta in modo così dettagliato a molte delle mie domande sul lavoro della polizia. Sono in debito!

Infine, grazie a Jessie Botterill per i suoi brillanti suggerimenti. Mi stupisce la tua capacità di tirarmi fuori così tanto. Sono grata e onorata di lavorare con te. Grazie a tutto il team di Bookouture, compresi i miei colleghi autori! Sono piena di gratitudine ogni singolo giorno di far parte di una famiglia editoriale così straordinaria.

www.ingramcontent.com/pod-product-compliance
Lightning Source LLC
Chambersburg PA
CBHW021241190726
48289CB00005B/1439